우리 곁의 성자들
聖者

우리곁의 성자들 聖者

1판 1쇄 발행일 2015년 8월 20일
1판 2쇄 인쇄일 2015년 9월 15일

지은이 | 김한수
펴낸이 | 안병훈
펴낸곳 | 도서출판 기파랑
디자인 | 커뮤니케이션 울력
등록 | 2004년 12월 27일 제300-2004-204호
주소 | 서울특별시 종로구 대학로8가길 56(동숭동 1-49) 동숭빌딩 301호
전화 | 02-763-8996(편집부) 02-3288-0077(영업마케팅부)
팩스 | 02-763-8936
이메일 | info@guiparang.com

ISBN 978-89-6523-857-7 03810

이 책은 관훈클럽 신영연구기금의 도움을 받아 출판되었습니다.

우리 곁의 성자들

聖者

종교전문 저널리스트의 시선

김한수 지음

기파랑

차례

제1부
이웃을 위한
완전연소

제2부
지금 여기를
똑바로 사세요

서문을 대신하여

"종교담당 기자는 스님들 뒤통수만 보고도 누군지 알 수 있어야 돼."

필자가 1993년 11월 「조선일보」 문화부 막내 기자로 발령받았을 당시 부장이셨던 고故 서희건 선배는 평소 이런 말씀을 하셨다. 속으로 '에이, 농담도~'라고 생각했다. 삭발한 뒤통수를 보고 어떻게 앞 얼굴을 알아낼 수 있단 말인가. 뭐 이런 생각을 했던 것 같다. 그런데 그 말씀이 실제로 일어날 수 있는 일임을 알게 됐다. 종교담당 기자로 한 10년쯤 지나고 보니 몇몇 스님들은 진짜 뒷모습만으로 얼굴을 알 것 같았다. 그리고 선배의 내공이 어떤 것이었는지 느낄 수 있었다.

멀고 낯설었다. 2003년 담당을 맡기 전까지 내게 종교는 그랬다. 어릴 때에야 크리스마스 무렵엔 교회에도 가봤고, 부모님 따라 절에도 가봤다. 성당은 좀 늦게 고교생 때 담임선생님 결혼식에 처음 가봤다. 종교를 갖지 않은 많은 이들의 종교 편력이 이와 비슷하지 않았을까. 막상 종교담당 기자가 됐지만 제대로 아는 것은 하나도 없었다. 다만 종교란 속인들에게 뭔가 마음의 평화를 주고, 종교인들은 보통 사람들이 하기 힘든 수행을 하면서 종교 본연의 사랑과 자비를 보여줘야 한다고 생각했다.

다행히 기자는 묻는 게 직업의 특징이다. 계속 질문하면서 한 걸음씩 나갔다. 속으로 생각했다. '일반 독자들도 나와 비슷할지 몰라. 어차피 자기 종교가 아닌 다른 종교는 잘 모르지 않을까? 일반 독자들이 궁금해할 만한 것을 취재해서 쓰자.' 그러면서 나로서도 알기 어려운 영성 이야기는 우선 뒤로 미루자고 생각했다. 먼저 선행善行을 솔선수범하는 종교인들의 이야기를 찾기로 했다. 다행히 종교계에는 불교, 개신교, 가톨릭 모두 신문이 있었다. 작은 기사라도 꾸준히 사랑과 자비를 베푸는 분들의 이야기를 스크랩했다. 그러다가 일간지에 쓸 만한 계기가 생길 땐 취재해서 소개했다.

그렇게 '무식하게' 시작한 종교담당 생활은 결국 '사람 이야기'로 남았다. 2003년 가을부터 2010년 가을까지 꼬박 7년간 종교를 맡았다. 참 좋은 분들을 많이 만났다. 그들은 세속의 눈으로 보면 '바보'들이었다. 잠깐만 눈을 돌리면 훨씬 안락하고 주변의 부러움을 받으며 살 길이 있음에도 외롭고 어려운 외길을 걸었다. 그래서 그들의 삶에선 성스러운 광채가 느껴졌다. 그런 분들을 소개할 땐 나도 덩달아 신이 났다.

그리고 2014년 초 다시 종교를 맡게 됐다. 문득 그때 그분들은 지금 어떻게 살고 계실까 궁금했다. 그런데 그 가운데 몇몇 분은 너무도 안타깝게 유명을 달리해버린 후였다. 그래서 내가 만났던 분들, 내게 감동을 줬던 분들을 기록으로 남겨야겠다고 생각했다. 더 늦기 전에. 그렇게 마음을 먹고 보니, 그동안 기사로 다뤘던 분들이지만 다 쓰지 못한 이야기들이 많았다. 다소 사적인 부분이라도 그냥 묻어버리기엔 아까운 이야기가 많았다. 그런 편린들을 모으기로 했다. 거창하게 '약전略傳' 같은 형식도 아니고 그냥 필자 눈에 비친 그분들의 인간적인 면모, 장점들을 편하게 전달한다는 기분으로 썼다.

책으로 정리하면서 두 가지 방향을 생각했다. 굳이 나누자면 실천과 수행이랄까. 먼저 자신의 모든 것을 던져 어려운 이웃들을 도운 분들이다. 언제든 신문의 사회면 톱을 장식할 만한 분들이다. 1부엔 이런 분들을 소개했다. 요셉의원 선우경식 원장은 성직자는 아니지만 그 누구보다 수도자적 삶을 보여줬다. 또 다른 방향은 직접적으로 어려운 이웃을 돕지는 않았더라도 우리의 마음을 맑게 하고 삶의 태도를 다시 챙겨보게 만드는 종교인들이다. 이 혼탁한 세상에 소금과 목탁의 몫을 철저하게 챙기며 살아가는 그분들의 삶은 그 자체로 신선한 바람 한 줄기다.

실은 이분들을 보면서 수행과 실천을 나눌 수 없다는 점도 많이 느꼈다.

이렇게 수행과 실천으로 세인들의 삶을 밝혀주는 이분들에게 감히 '성자'라는 이름표를 붙였다. 늘 우리 곁에 계시기에 그 고마움과 위대함을 잊고 살아온 분들. 그분들의 삶은 캘커타의 테레사 수녀나 프랑스의 아베 피에르 신부에 비해 결코 부족함이 없다고 생각했다.

그러나 막상 원고가 완성될 즈음엔 괜한 욕심을 부렸다 싶기도 했다. 여기 소개한 분들의 삶의 가치를 오히려 훼손한 것 아닌가 걱정도 앞선다. 또한 필자가 미처 취재하지 못하고 만나지 못한 분들이 책에 소개한 분들보다 훨씬 많을 것이다. 스스로 게으름을 탓할 뿐이다. 앞으로도 그렇게 세상에 덜 소개된 분들을 찾아 나설 것을 다짐한다.

기자 20년 만에 첫 책이다. 늘 곁에서 격려해주고 믿어준 사랑하는 아내 이수희와 술 좋아하는 아빠를 걱정하는 듬직한 아들 재우에게 바친다.

첫 책이다 보니 감사인사를 올려야 할 분이 너무도 많다. 아직도 자식 걱정을 놓지 못하는 부모님, 딸 시집 보내놓고 불안불안해 하실 장인 장모님께도 감사하다는 인사를 진심으로 드린다.

　　무엇보다 20여 년간 문화부 기자로 일하고 이렇게 책으로 쓸 이야기거리를 취재할 수 있도록 배려해준 「조선일보」 선후배, 동료 여러분께 감사인사를 드린다. 방상훈 사장님은 늘 인자한 미소로 용기를 북돋워 주셨다. 변용식 TV조선 대표님은 특히 개신교 기사에 대해 옳은 지적을 많이 주셨다. 강천석 논설고문님과 송희영 주필님은 필자도 직접 만나지 못한 스님들을 소개해주시기까지 하셨다. 지금은 논설위원실에 계신 오태진·김태익·김광일 선배 등 역대 문화부장 선배들의 격려가 없었다면 문화부 기자생활이 힘들었을 것이다. 문화부장 이한우 선배는 20년 전 처음 만난 날 삐삐 끄고 12시간 동안 술 마신 이후로 변함없는 든든한 형님이다. 지금도 옆자리에서 시지프스처럼 계속 무너지는 '책의 성城'을 쌓고 또 쌓고 계신 박해현 선배와 동료 선후배 기자들의 도움 덕에 졸저가 세상에 빛을 보게 됐다. 모두모두 무한한 감사를 드린다.

2015년 7월 김한수

우리 곁의 성자_{聖者}들

제1부
이웃을 위한
완전연소

영등포
슈바이처

선우경식 원장

그는 참 맑은 유머의 소유자였다. 처음 만난 날만 약간 데면데면했을 뿐, 언제나 투명한 미소와 촌스럽지 않으면서 상대를 편안하게 해주는 유머를 구사했다. 하지만 그에게 닥쳐 있던 상황을 생각하면, 아니 직접 눈으로 확인하면 처음 드는 생각은 안타까움을 넘어 짜증스럽기까지 하다. '아니, 이런 형편없는 상황 속으로 자청해서 들어가 이 고생을 하면서 농담이라니….' 그러나 이내 그의 유머가 그 지독한 암흑을 밝히는 등불이라는 것을 깨닫게 된다. 그의 미소와 유머 한마디로 그가 서 있는 곳은 암굴에서 천국으로 바뀐다. 그렇게 힘이 셌던 그다.

선우경식 원장. 지금도 내 휴대전화 전화번호부에서 지우지 못하는 이름이다. 마지막까지 잃지 않았던 그의 유머는 종내 사람들을 울리고 말았다.

그를 처음 만난 것은 2003년 12월, 성탄절을 앞둔 어느 날이었다. 외교관 출신 이동진 시인이 "당신, 종교담당 기자가 됐으면 선우 원장 한 번 만나야지." 하며 권해서였다. 당시 이 시인은 외교관을 은퇴하고 선우 원장이 이끄는 요셉의원을 돕겠다며 가톨릭 교양 월간지 「착한 이웃」을 발행하고 있었다. 잡지 판매 수익금을 요셉의원 지원에 쓴다는 취지였다. 이 대사는 고교 졸업 후 가톨릭대 신학부에 입학했던 사제 지망생이었다. 하지만 진로를 바꿔 서울대 법대를 졸업하고 외교관이 됐다. 그럼에도 천주교와의 인연은 꾸준히 유지하고 있었다.

이 시인은 당시 성탄절을 전후해 이 병원 3층 진료실과 복도에서 이만익, 김경인, 김춘옥, 김혜림, 송민호, 신승우, 유인수, 이승연, 이환범 등 화가들이 10호 내외의 소품 3~4점씩을 내놓는 자선전시회를 기획하고 있었다.

"그래요? 선우 원장은 누구고, 요셉의원은 뭔데요?"
"이렇게 무식하긴, 일단 같이 가보면 알아."

그렇게 찾아간 요셉의원. 영등포역은 이미 당시에 초현대식으로 바뀌고 백화점이 입주해 성탄절과 연말을 앞두고 휘황하게 불 밝히고 있었다. 그런데 영등포역을 정면으로 보고 오른편으로 약 200미터쯤 가자 거리의 조도照度는 뚝 떨어졌다. 전봇대에 매달린 가로등에서 부옇게 비추는 빛은 어두컴컴한 골목을 밝히기엔 힘이 부쳤다. 그 아래엔 초라한 행색의 남자들이 검은 표정으로 서 있었다. 극명한 콘트라스트였다. 빛의 조도보다 더 큰 사회와 인생의 낙차落差가 도사리고 있었다. 속칭 '쪽방촌'이었다.

　일단 골목 입구에서부터 냄새가 달랐다. 퀴퀴하다거나 구린내 종류가 아니었다. 그것은 뭔가 모를 죽음의 냄새 같은 것이었다. 고개를 들어보니 지은 지 20년은 족히 넘어 보이는 붉은 벽돌 3층짜리 건물이 보였다. 간판도 흰색 바탕에 검은색 옛날 글씨체로 '요셉의원' 넉 자만 적혀 있었다. 오후 1시부터 9시까지 문을 여는 이 병원이 가장 바빠지는 시간은 일반 병원이 진료를 마칠 저녁 7시부터 9시 사이. 자원봉사로 진료하는 의사와 간호사 등 의료진이 각자의 일터에서 퇴근해 모이는 것도 이 시간이고, 하루 5000원 쪽방 값이라도 벌기 위해 일터로 나갔던 환자들이 병원을 찾는 것도 이 시간이다.

　이동진 시인과 내가 도착한 시간이 이때다. 건물 안으로 들어서자 마침 저녁 배식을 마치고 환자 진료를 보기 시작한 시간. 병원 안의 형광등도 어두컴컴하기는 매한가지였다. 하지만 선우 원장의 표정은 훤히 빛나고 있었다.

　"밥 먹었어요?" "이젠 술 끊었죠?" "약 계속 먹고 있지?" 상대에 따라 존댓말과 반말을 번갈아 사용하며 그는 환자 하나하나를 어루만지듯 대했다. 모두들 옛날 말로 행려병자들, 요즘말로 노숙인들이었다. 그렇지만 그는 집안 어른이나 동생 대하듯 스스럼없이 말을 걸고 있었다.

　서울가톨릭사회복지회 부설 요셉의원은 지금도 의료보험증, 의료보호증도 없고 진료비도 없어 다른 병원에는 갈 수도 없는 극빈환자와 노숙자, 행려병자 등을 무료로 치료해주는 가톨릭의 대표적 의료복지시설이다. 2003년 당시 요일별로 자원봉사 나오는 24개 과科 120여 의료진과 450여 자원봉사자, 1200여 후원자들이 선우 원장을 돕고 있었다.

"하루 100명쯤 환자가 오는데, 그중 한두 명은 암, 장출혈 등 우리 병원에서는 치료할 수 없는 위급한 중환자입니다. 가톨릭의대 부속병원 등 몇몇 병원에는 '자선병상'이 있는데 그 담당자들 퇴근하기 전에 이송시키려면 전쟁이 따로 없죠. 그래도 1년에 한 300명쯤 그런 분들의 생명을 구하는 게 보람입니다."

당시 요셉의원에서 만났던 한 40대 남성은 "10여 년 전 간염에 걸렸는데 일용직 나가면서 계속 술을 마셔 간이 상했다."며 "2주에 한 번씩 약 타고 피검사 하는데, 나처럼 의료보험도 없는 사람에겐 요셉의원밖에 없다."고 했다.

선우 원장은 "우리 병원에서 치료받은 후 고철이나 폐지를 팔아 모은 귀한 돈을 쪼개 한 달에 1만 원씩 후원금을 보내오는 환자들이 20여 분 있다."며 "그럴 때 보람을 느낀다."고 했다. "나눠 주는 것을 알기 시작한다는 것은 술도 끊고 올바로 살게 된다는 징표"라는 이야기였다. 그는 "일반인들은 이것저것 계산하고 나누기 일쑤인데 이분들은 작은 것이라도 잘 나눈다."며 "그런 점에서 하느님의 말씀을 잘 실천하는 품성 고운 사람들"이라고 했다. 그런 대화를 나누던 중 그는 '자선병상'이 확대됐으면 좋겠다는 이야기를 거듭했다. 요셉의원을 혼자 감당하기엔 극빈환자들이 너무나 많다는 이야기였다.

선우 원장은 그해 호암상을 받았다. 그는 자신의 일을 대단하게 보는 주변의 시선에 대해 당시 이렇게 '변명'했다.

> "저 역시 처음에는 얼마나 도망가려고 했는지 몰라요. 처음엔 '3년만' 하고 시작했다가 후임자가 나타나지 않아 다시 '2년만' 했는데, 5년이 지나도 후임자는 안 나타나고 그 사이 환자는 2만 명이나 돼버렸죠. 그래서 '이 사람들 버리고 내가 무슨 팔자 고치겠다고…' 싶어서 생각을 고쳐먹은 것뿐입니다."

요셉의원이 세워진 것은 1987년. 신림동 판자촌에서 문을 열었다. 그러나 선우 원장이 요셉의원과 인연을 맺은 것은 그로부터 4년을 더 거슬러 올라간다. 서울고와 가톨릭대 의대를 졸업하고 미국 유학까지 다녀와 서울의 한 종합병원 내과 과장으로 일하던 그는 1983년 우연히 신림동에 의료봉사를 나갔다. 거기서 의료사각지대에 있는 최극빈층을 만났다. 봉사의 발길을 끊지 못했다. 계속 의료봉사를 나가던 그는 1987년 뜻을 함께하는 의료진 동료들과 함께 요셉의원을 세웠다.

여기까지가 선우 원장이 생전에 밝힌 요셉의원과의 인연이다. 그러나 그가 떠난 후 이 문장들을 곰곰이 다시 읽던 나는 '우연히 신림동에 갔다가'라는 부분을 믿을 수 없다고 결론지었다. 1983년이면 그의 나이 이미 40대였다. 그때까지 결혼도 하지 않았던 그는 어쩌면 봉사하며 평생을 보낼 수 있는 곳을 찾고 있었던 것이 아닐까.

호랑이 아버지 밑에 고양이 자식이 나오는 것이 세상 이치다. 아버지 그늘이 너무 넓으면 자식 입장에선 도저히 아버지처럼 살 엄두가 나지 않는 법. 선우 원장이 딱 그랬다. 누가 그 어렵다는 의사 공부를 마치고 저렇게 자신의 모든 것을 포기하고 내놓고 살 수 있겠는가. 전임자가 너무도 엄청난 삶을 살았기에 그 누구도 선우 원장 자리는 엄두를 못낸 것이다. 그러나 아는 사람들은 다 안다. 그는 후임자가 나타났더라도 결코 요셉의원을 떠나지 않았을 것임을. 이미 나이가 늦기도 했지만 그는 결혼을 포기했다. 그뿐 아니라 종합병원 내과 과장직도 내려놓았다. 오직 행려병자 돕기에만 '올인'한 것. 그의 이런 성자聖者 같은 삶은 수많은 후원자들의 자발적 봉사를 불러일으켰다.

그는 결국 끝까지 숫자를 밝히지 않았다. 자신이 요셉의원에서 받은 보수 말이다. "차비는 받는다."며 능치기만 했었다. 그의 '경제생활'은 사실상 1987년 요셉의원 개원과 함께 끝난 셈이었다. 그래서 장남이었지만 어머니를 모시고 사는 생활비는 미국에 이민 간 누님과 동생들이 보내주는 비용으로 충당하면서 1961년 그의 선친이 직접 지은 서울 길음동의 반세기가 다 된 낡은 집에서 그냥 살았다.

'문제의 그 집'을 방문한 것은 2006년 초겨울이었다. 그런데 집들이가 아니었다. 역시 이동진 시인이 전해준 날벼락 같은 소식 때문이었다. '암투병'. 집은 '나이'를 제대로 느낄 수 있었다. 낡을 대로 낡았지만 깔끔했다. 거실 벽에 십자고상十字苦像이 걸린 집은 수도원 같았다. 거실 한 켠에는 김수환 추기경과 당시 서울대교구장 정진석 추기경이 그의 쾌유를 빌며 보내온 화분이 놓여 있었다. 그의 노모가 과일을 내오셨다. 똑같았다. 깊은 산속의 샘물 같은 그 맑음. 미국 사는 누이도 와 있었다. 그는 길거리에 떠도는 수십만 명의 노숙인, 행려병자에게는 '착한 형님'

'착한 동생' '착한 삼촌'이었다. 그러나 도대체 이렇게 착한 가족들에게는 폐만 끼치는 '나쁜 아들' '나쁜 동생' '나쁜 오빠'였다.

그는 그해 10월 말 위의 3분의 2를 잘라냈다 했다. 당연히 얼굴은 수척했다. 핏기도 없었다. 그래도 그의 입에선 유머가 줄줄이 나왔다.

> "이거 창피해서 원, 의사가 돼서 자기가 암에 걸릴 때까지 모르고…. 진단지를 흘끗 보니까 '암' '전이는 안 됐다.'고 적혀 있더군요. 살 가능성이 있다는 것과 아직은 저 없으면 어려움이 많은 환자들을 생각하니 기뻤고, 한편으론 부끄럽더라고요."

환자들에게는 노상 "약 챙겨 먹어라." "술 마시지 말라."고 잔소리를 늘어놓던 그였다. 하지만 정작 자신의 건강은 놓쳤다. 1차 항암치료를 거치며 숱이 성성해진 머리칼의 그는 "아주 못 일어나는 줄 알았는데, 이만하기 정말 다행"이라며 또 웃었다. 마주 앉아 웃는 이 시인과 김경인 화백 그리고 나도 따라 웃었다. 웃는 게 웃는 것이 아니었다. 그의 유머 행진은 계속 됐다. "수술 받고 항암치료 하느라 체중이 8킬로그램이나 줄었다."면서도 "심술, 심통이 좀 빠진 셈"이라고 했다. 무슨 심술, 심통이 있었다고….

그러면서 그는 천주교 신자로 40년 이상 살았고, 늘 죽음이 코앞에 닥친 환자를 대하고 살았음에도 정작 자신은 죽을 준비가 전혀 안 돼 있었고, 죽음이 다가온 게 두려웠다고 털어놓았다. 그래서 수술 후 회복하고 가장 먼저 고백성사부터 했다. 그 무렵 다시 요셉의원에 나가기 시작했다는 그는 말했다.

"진료는 못하지만 자원봉사자들과 환자들이 '원장이 죽었나, 살았나' 궁
금해할 것 같아서요."

그날 선우 원장 집을 나온 이 시인, 김 화백 그리고 나는 근처 포장마
차에서 소주를 꽤 많이 들이켰다. 소주가 꽤 썼다.

그로부터 1년 가까이 지나 선우 원장을 다시 만났다. 이번엔 다시 요
셉의원에서였다. 2007년 10월 24일. 요셉의원이 20주년을 맞는 생일날
이었다. 내 마흔한 번째 생일 다음 날로 토요일이었다. 요셉의원은 나보
다 스물한 살 어린 동생인 셈이다. 잔치다웠다. 건물 1~3층은 물론 옥
상과 계단까지 사람들로 꽉 찼다. 봉사자들은 정성껏 떡과 김밥 등 다
과를 준비했고, 이 병원에서 치료받고 있는 환자들은 자신들이 직접 만
든 머그컵을 참석자들에게 돌렸다. 이동진 시인은 「착한 이웃」 잡지와
단행본 등을 수백 권 기부했다. 그냥 돈 주고 사온 것은 없어 보였다.

항암치료 때문에 머리카락이 거의 다 빠진 대머리 선우 원장은 생전
에 내가 본 모습 중 이날 가장 환히 웃고 있었다. 그것은 요셉의원이 스
무 살을 맞았기 때문만은 아닌 듯했다. 자신을 도와 요셉의원 20년을 지
켜준 봉사자들을 여러 사람들에게 공개적으로 소개하고 칭송해줄 기회
를 얻었기 때문인 것으로 보였다.

"이 자매님은 주방봉사를 하시는데요, 김치 담그는 솜씨가 너무 좋으세요."

"이 자매님들은 10년 넘게 '세탁봉사'를 해오셨어요. 저희 병원에 봉사 분야가 여럿 있지만 특히 힘든 것이 세탁입니다. 그래도 싫은 표정 없이 지금까지 해주셔서 감사드립니다. 앞으로도 잘 부탁합니다."

그는 '20년 의료봉사' '10년 의료봉사' '20년 후원자' '10년 일반봉사' 등 봉사자와 100여 단체에 '감사장'을 주면서 일일이 그들의 공적을 설명했다. "요셉의원의 오늘은 모두 자원봉사자들 덕분"이라는 그의 말이 괜한 공치사로 들리지 않았다.

이날 그가 최고로 기뻐한 것은 '격려장' 수여식. 요셉의원에 환자로 왔다가 알코올중독 등을 완치하고 자립自立한 두 남성을 소개하며, 선우 원장은 "이분들이 요셉의원의 보배 중의 보배"라고 했다. "처음엔 저도 포기하려고도 했고, 힘든 순간도 많았습니다. 하지만 이분들을 보면서 힘내서 지금까지 살아왔습니다."

선우 원장이 요셉의원에 모든 것을 바치면서도 보고 싶어 했던 모습이 바로 그들과 같은 삶이었다. 가족과 사회로부터 외면당해 나락을 헤매던 이들이 요셉의원에서 육신의 건강뿐 아니라 재기할 수 있는 정신의 힘까지 회복하는 것, 그것을 선우 원장은 염원했던 것이다.

잔치의 흥이 한창 무르익을 즈음, 누군가 편지봉투를 가져왔고 선우 원장은 잠시 행사를 멈췄다. 그리고 편지를 읽었다.

"요셉의원 20년에 선우 원장선생님과 봉사자 및 환우 모든 이에게 축하와 감사를 드립니다. 하느님께 영광과 찬미 있으소서."

당시 와병 중이던 김수환 추기경이 보낸 축전이었다. 요셉의원 설립 초기부터 깊고 따뜻한 관심을 갖고 지켜보며 지원했던 김 추기경은 이 날 꼭 참석하겠다고 했다고 한다. 하지만 당시 어떤 행사에 참석하기 위해 출발했다가도 차를 돌리는 일이 빈발할 정도로 병세가 급박하게 출렁이던 김 추기경은 결국 이날 직접 오지는 못하고 축전을 보낸 것이다. 감사미사가 끝나고 선우경식 원장에게 마이크가 돌아갔다. 그는 "예정됐던 1시간 30분에 (행사를) 끝낼 수 있게 됐다."며 "이제 저만 빨리 끝내면 되겠다."고 해서 사람들의 웃음을 자아냈다.

그리고 선우 원장은 이날 자신이 25년 전 어떻게 요셉의원에 첫발을 디디게 됐는지 약 5분에 걸쳐 설명했다. 다행히도 당시 그 모습을 동영상으로 촬영해둔 것이 〈조선닷컴〉 기사에 첨부돼 있다. 그 동영상을 돌려보면 왠지 모르게 눈시울이 붉어진다. 역광으로 촬영돼 선우 원장의 모습은 그림자로만 보이지만 머리카락이 다 빠진 모습에도 선우 원장은 연신 입가에 미소를 지으며 유머로 참석자들을 웃겼다. 이 자리에서도 유머의 '메뉴'는 '수렁론論'이었다.

"제가 25년 전에 골롬반 신부님을 신림동에서 만났어요. 그런데 그 신부님 생활하시는 것을 보고 제가 감명을 받고 발을 들여놓기 시작했어요. 수렁에 빠진 거죠. 신부님이 어떻게 사셨냐 하면 수도가 없어서 펌프로 물을 퍼 올리고, 화장실도 없어서 드럼통을 놓고 거기에 널빤지 두 개를 놓고 쓰셨어요. 제가 진료 마치고 들렀다가 빠질까봐 볼일을 못 볼 정도였지요. 신부님은 그렇게 사시면서 샌들 신고 환자들을 달동네에서 업어서 데려오시는 거예요. 물론 차는 못 올라가는 곳이지요. 거기서 진창 바닥을 환자 업고 내려와서 이 병원, 저 병원 다니시는 거예요. 그걸 보고서 저희가 1주일에 한 번씩, 3주일에 한 번씩 찾아가 진료했던 거지요. 한 5년쯤 하다 보니까…, 원래는 저희가 계속하는 것이 아니고 철수하기로 돼 있었어요. 그런데 어느 날 부르시는 거예요. 진료가 계속됐으면 좋겠다고요. 저는 이제 진료 끝내고 집으로 가려는데…. 그래서 어떻게 됐느냐. 결국은 계속하게 된 거죠."

그날 그렇게 기뻐하던 선우 원장의 모습은 촛불이 꺼지기 전 마지막으로 환히 불을 밝히는 그것이었던 모양이다. 그리고 아마도 그는 알고 있었을 것이다. 이게 요셉의원을 도와준 사람들과의 마지막 만남이라는 것을. 그래서 그는 일부러 '오버'해서 더욱 기쁜 모습을 보여줬는지 모른다. 사실 나 역시 선우 원장의 생전 모습을 생각하면 첫 만남 때의 훤하고 맑은 인상과 함께 20주년 기념식 때의 그 환한 미소가 먼저 떠오르니 말이다. 그는 그렇게 사람들 기억 속에 남고 싶었을 게다.

그로부터 불과 반년 후인 2008년 4월 18일, 결국 그는 세상을 떠났다. 천주교에서 죽음을 가리키는 '선종善終' 문자 그대로 '착한 마무리'였다. 아니 착하다는 정도로는 도무지 형용이 되지 않는 삶이었고, 마무리였다. '영등포 슈바이처' 선우경식은 강남성모병원 영안실 영정사진 속에서 병든 노숙자들을 맞을 때의 그 미소 그대로 조문객을 맞고 있었다. 조문객들 가운데는 이 병원 환자 출신들도 있었다. 영안실에서 한 노숙인 출신 문상객은 "알코올중독에다 싸움으로는 누구에게도 지지 않던 내가 유일하게 진 사람이 선우 원장님"이라며 "아버지 같은 분을 잃었다."며 눈물지었다. 정진석 추기경은 "선우 원장님의 평생은 마치 살아있는 성자聖者와도 같았다."며 "그처럼 훌륭한 분을 우리에게 보내주셨던 하느님께 감사드린다."고 말했다.

서울 명동성당에서 열린 장례미사는 선우 원장의 삶이 어땠는지 보여주는 현장이었다. 명동성당 1100여 좌석은 일찌감치 다 찼고 입구에도 서 있는 사람들로 어깨가 부딪힐 정도였다. 참석자들이 참고 있던 눈물을 쏟아낸 것은 노숙자 출신으로 요셉의원에서 현관접수를 맡고 있는 안근수 씨가 조사弔辭를 할 때였다.

안씨는 선우 원장이 1987년 요셉의원을 신림동에 설립하기 이전 주말의료봉사를 할 때부터 인연을 맺어온 사이다. 고아원 출신으로 신림동 다리 밑에 살면서 술과 싸움을 일삼았었다. 그러나 선우 원장은 포기하지 않고 그를 재활시키고 일거리도 줬다고 한다. 안씨는 "제 소원은 아버지 어머니를 불러보는 것인데 살아 계실 때 원장님을 아버지라고 불러보고 싶었지만 못했다."며 "아버지, 그동안 감사했습니다. 이젠 저 속 안 썩이며 열심히 살게요. 아버지."라며 끝내 울음을 터뜨렸다.

선우 원장과의 만남은 그렇게 끝난 줄 알았다. 그런데 그게 아니었다. 그가 선종한 지 거의 1년이 지난 2009년 3월. 당시 나는 일간지 동료 종교담당 기자들과 인도 출장 중이었다. 부처님의 8대 성지를 둘러보는 순례길이었다. 전체 일정의 반쯤 돌았을까, 인도에서도 가장 가난하다는 지역을 순례하던 중 점심 식사를 마치고 차에 오르는데 회사와 전화를 하던 한 동료가 외쳤다. "김수환 추기경 돌아가셨다는데요." 아찔했다. 당시 우리 일행이 있던 장소는 귀국하기에도 최악이었다. 뉴델리로 가기 위한 국내선 비행기를 타기 위해서도 꼬박 하루를 차로 달려야 했다. 겨우 뉴델리를 거쳐 급히 귀국했다.

아니나 다를까 서울은 난리였다. 이미 김수환 추기경이 선종한 지는 이틀이 지났지만 명동성당엔 여전히 추모 인파가 꼬리에 꼬리를 물고 있었다. 주변 상인들은 조문객들에게 화장실을 거저 내주고 있을 정도였다. 성당 건물 바로 옆 문화관인 꼬스트홀에는 초대형 프레스센터가 차려져 있었다. 그리고 모든 종교담당 기자들에게 떨어진 특명은 "김 추기경과 인연이 있는 모든 이를 찾아라, 특히 마지막 5년 동안 간병한 비서수녀를 찾으라."는 것이었다. 당연한 주문이었지만 상중喪中에 어디서 비서수녀를 찾을 것이며, 찾는다 한들 인터뷰에 쉽게 응하겠는가.

아무튼 공교롭게 자리를 비운 죄(?)로 이것저것 챙기던 중 휴대전화가 울렸다. 뜻밖의 전화번호가 떠 있었다. 김수환 추기경의 마지막 거처였던 혜화동 주교관 번호. 비서수녀였다. 나는 그때까지도 비서수녀의 세례명을 몰랐다. 내가 종교를 담당했을 때 김 추기경은 이미 은퇴한 상태였다. 그리고 혜화동 주교관에 머물며 공식 활동을 자제하고 있었다. 현직에 있을 때 한 번도 만나지 못했던 처지라 개인적인 인연이 없었다. 과거부터 인연이 있는 다른 신문사 선배는 김 추기경과의 인터뷰 기사를 연달아 싣고 있었다. 난감했던 나는 정공법으로 혜화동 주교관을 여러 차례 찾아갔다. 그리고 매번 입구에서 비서수녀에게 '질문서'를 전달하고 잘 여쭤달라는 부탁을 드리고 돌아서곤 했다. 결과적으로 인터뷰 요청은 한 번도 성사되지 않았다. 그런데 그 수녀님이 내게 전화를 해온 것이었다. 기적처럼.

"저, 혹시 추기경님 사진 한 장을 구할 수 있을까 해서요."

수녀님의 말씀인즉, 장례미사 때 쓸 상본(작은 팸플릿)에 실을 사진을 찾기 위해 온갖 앨범과 인터넷을 뒤지다 보니 마음에 드는 것이 딱 한 장 있더란다. 그런데 그 사진이 「조선일보」에 게재된 사진이어서 좀 얻을 수 있겠느냐는 말씀이었다. 당장 사진부에 여쭤봤다. 한참 동안 DB를 뒤지던 선배가 찾았다고 말했다. 그리고 덧붙였다.

"그거 요셉의원에서 찍은 건데."

사진을 다시 봤다. 김 추기경 특유의 미소가 환한 사진이었다. 뭐랄까 행복감, 뿌듯함이 묻어나는 표정이었다. 머리가 띵했다. 천주교 계통의 사회복지시설을 취재 갈 때마다 놀란 점이 있다. 어디를 가더라도 김 추기경과 함께 찍은 기념사진이 있었다. 그 시설들이 거의 움막 혹은 가건물 수준의 허름하던 시절부터 번듯한 건물을 지어서 입주할 때까지 그것도 한두 번이 아니었다. 그 수많은 복지시설을 다니면서 수만 번은 미소 지었을 김수환 추기경. 그런데 비서수녀가 고른 단 하나의 미소, 요셉의원을 찾았을 때의 웃음이었다. 생전에 인터뷰 자리 한 번 곁을 주지 않던 김 추기경. 사진을 전해드린다는 핑계로 찾은 혜화동 주교관에서 비서수녀를 만나 겨우 옆모습 한 컷 찍고, 몇 마디 이야기를 나누고 인터뷰 기사를 썼다.

선우 원장은 하늘나라에서 그렇게 내게 선물을 줬다. 생전에 그를 직접 만난 것은 이렇게 서너 번이 전부다. 좀 더 인간적으로 여러 번 뵙지 못한 것이 정말 아쉽다. 그런 점에서 기자라는 직업의 한계를 다시 절감한다. 하지만 그렇게라도 만나서 글로 적어뒀기에 지금도 이렇게 그를 회상할 수 있는 것은 기자라는 직업의 장점이기도 하다. 하루가 다르게 기억이 가물가물해지는 요즘엔 특히 그렇다.

거인이 사라진 공백은 더욱 크게 느껴진다. 요셉의원도 그랬다. 선우 원장이 선종한 후 많은 이들이 걱정이 많았다. 하지만 요셉의원은 선우 원장의 유지를 계속 이어가고 있다. 그리고 그가 환자들을 돌보던 진료실은 기념실로 바뀌어 선우 원장을 기리고 있다. 거기엔 가슴 주머니에 '선우경식'이라 쓰인 흰 가운이 걸려 있다. 이제라도 금방 저 가운을 걸치고 선우 원장이 나타날 것만 같다.

참 아쉽다. 좀 더 자주 뵙고 인생 공부할 수 있는 기회가 영영 사라져서…. 하느님은 착한 사람을 먼저 데려가신다는 말이 있다. 선우 원장을 보면서 나는 하늘나라도 별로 기대할 곳이 못 된다고 생각했다. 선우 원장 같은 분이 필요한 곳이라면 천국 역시 이승과 별로 다를 바 없이 시끄럽고 이기심이 넘치는 동네가 아닌가. 다시 생각해도 참 좋은, 참 착한 분이다. 나는 내 휴대전화에서 선우 원장 이름을 지우지 않을 것이다. 영원히.

1인 10역
톤즈의 성자

이태석 신부

"기자님, 핸드폰 거기 넣지 마세요."

시커먼 얼굴에 털모자를 쓴 그가 이렇게 말했다. 대화 중에 벨이 울려 가슴 주머니에서 전화기를 꺼내 통화를 끝내자 진정 걱정스런 표정으로 말이다. 이태석 신부였다.

그와의 만남은 2년 만이었다. 2009년 연말 우연히 그의 일을 돕는 분과의 통화에서 "한국에 와계신다."는 이야기를 들었다. 그런데 "요즘 병원에 다니신다."고만 했다. 전화를 걸어도 잘 통화가 되지 않았다. 겨우 전화가 연결됐을 때도 날짜를 정해주며 "나머지 날에는 병원엘 좀 다니고 있다."고 했다. 벌써 1년 가까이 됐다고도 했다. 지원과 후원을 요청하기 위해 2~3년에 한 번씩 휴가를 내고 귀국하곤 했지만 이렇게 오래 톤즈를 비워둘 그가 아니었다.

느낌이 좋지 않았다. 불안한 느낌은 늘 맞는다는 그 흔한 말은 서울 대림동 살레시오수도원에서 그를 만났을 때 현실이 됐다. 푹 꺼진 뺨, 시커멓게 타들어가고 있는 얼굴, 푸석푸석한 피부, 핏발이 서고 검은 동자와 흰 동자의 구분이 뚜렷하지 않은 눈…. 한눈에 봐도, 암이었다.

"맞습니다. 그동안 톤즈를 오가느라 통 정기검진을 받지 않아서 지난겨울에 한국에 들른 김에 검진을 받았더니 대장암이라네요. 허허 참, 이거 의사가 병 걸리도록 몰랐다니 창피하기도 하고요…."

내 눈엔 눈물이 핑 도는데 외려 그는 농담을 하며 위로하고 있었다. 그러면서 전자파가 나오니 핸드폰을 가슴 주머니에 넣지 말라고 걱정하고 있었다. '자기 코가 석자이면서….'

이날 그를 만난 것은 그가 돕는 남南수단 톤즈에서 학생 두 명이 한국으로 유학 오게 된 것이 계기였다. 아이들은 다음 날 한국에 도착하기로 돼있었다. 기사를 써도 되겠느냐는 물음에 그는 "괜찮다."고 했다. 얼마 전까지는 주변 사람들 모두 자신의 투병 사실을 알고 있었는데, 단 한 사람 어머니만 모르고 계셨다고 했다. 차마 아들로서 그런 불효를 하기는 어려웠으나 최근에 어머니마저 알게 되셨다고…. 그래서 이젠 사진을 찍어도 된다고 했다. 세상에 더 이상 숨길 대상이 없어졌다는 말이었다.

이튿날 다시 이 신부를 만났다. 남수단에서 온 토마스 라반과 존 마옌과 함께였다. 당시 각각 24세, 23세였던 청년들은 태어나서 처음 본 눈

[雪]과 추위에 들떠 있었다. 그러나 수도회 건물로 들어와 퀭한 모습의 이 신부를 보자마자 울음부터 터뜨렸다. 왜 그동안 '쫄리'(현지에서 이 신부를 부르는 이름. 그의 세례명 요한을 영어식 '존'으로 읽은 것)가 톤즈로 돌아오지 못했는지 단박에 알아버린 것이다. 눈물짓던 청년들은 이 신부가 "나는 괜찮다."며 다독이자 조금씩 말문을 열었다. '쫄리'가 톤즈에서 어떤 존재였으며 자신들을 어떻게 새로운 삶으로 이끌었는지. 병원과 학교를 짓고 어린이들에게 악기를 가르쳐 남수단의 명물이 된 브라스밴드를 만든 일까지 혼자서 열 명 몫을 했던 이야기를 더듬더듬 털어놓았다. 살레시오수도원 현관 입구 크리스마스 트리 앞에서 사진도 촬영했다. 수척한 얼굴의 이태석 신부는 오랜만에 아이들을 만나 반갑고 기쁜 때문인지 사진 속에서 한 점 걱정 없는 환한 얼굴이었다. 그리고….

2010년 1월 14일 새벽. 내 핸드폰에 문자메시지가 떴다. '이태석 신부님 오늘 새벽 선종' 천주교 서울대교구 기관지 「평화신문」 기자가 전해준 부음이었다. 불과 20여 일 전에 뵀는데…. 이별은 너무도 빨리 찾아왔다.

장례미사가 있던 아침, 서울 신길동 살레시오회 관구관을 찾았다. 성당 제대 앞에서 이태석 신부가 웃고 있었다. 영정 속 사진이었다. 조용히 줄을 따라 헌화하고 물러나왔다. 아무하고도 말을 나누지 않았다. 아는 이도 없었다. 살레시오회와는 이태석 신부 외에는 아는 '끈'이 없었다. 이 신부를 알고 돕는 많은 사람들도 그랬을 것이다. 그를 도왔던 그 많은 사람들은 살레시오회 신부였기 때문에가 아니라 '이태석'이었기 때문에 기꺼이 따지지 않고 도울 수 있었다.

건물 밖으로 나오니 1월의 차가운 공기가 코끝을 쨍하게 때렸다. 불과 4년 사이 딱 세 번, 마지막에 이틀 만난 것을 포함해봐야 네 번 만났던 그였다. 하지만 그 사이 나는 이태석에 빠져들고 있던 중이었다. 좀 더 빠져들고 싶었는데…. 그와 만난 모든 순간이 하나하나 떠올랐다.

내가 이태석 신부를 처음 만난 것은 2006년이었다. 어느 날 신문사로 전화가 걸려왔다. 이태석 신부의 활동을 돕는 분이었다. "이태석 신부님이 지금 한국에 와 계시는데 취재하면 어떻겠느냐"는 요지였다. 그러면서 그동안 이 신부가 인터넷에 올린 글과 「생활성서」에 연재한 글 내용을 알려줬다. 부산 출생, 인제대 의대 졸업, 살레시오회 입회, 남수단에서 의료 선교 중. 대략 이런 이력이었다. 인터넷에 올린 글은 톤즈에서 자신이 하고 있는 일을 일기처럼 정리한 것이었다.

사실 그 이전에 이태석 신부의 활동에 대해 들은 적은 있었다. 2004년 살레시오회 한국 진출 50주년을 맞아 기사를 쓸 때였다. 당시 살레시오회는 6·25전쟁 이후 도움을 받던 한국 살레시오회가 이젠 외국에 도움을 주고 있다면서 그 대표적 예로 이태석 신부의 수단 남부 활동을 들었다. 그러나 솔직히 그의 활동을 정확히 알지도 못했고, 천주교 선교활동에 비해 개신교의 오지奧地 선교는 너무도 활발했기에 당시로서는 큰 관심을 갖지 않았다.

그런데 그가 자신의 후원 카페에 보내온 글을 읽으니 묘한 끌림이 있었다. 우선 초현실적이었다. 6·25를 겪은 지 반세기가 지난 상황에서 우리는 '내전'이란 것이 얼마나 비참한 것인지를 실감하지 못한다. 그러나 내전이란 죽음과 삶이 엇갈리는 순간이었다. 그보다 더 비참한 것은 내전의 대치상황이 불러온 '아무것도 할 수 없는 상황'이었다. 모든 사회간접자본은 파괴됐는데 그걸 복구할 수가 없다. 언제 또 다른 군대가 와서 파괴할지 알 수 없기 때문이다. 그렇다 보니 수단 남부, 이태석 신부가 활동하는 지역은 '아무것도 없는 무無'의 상태였다. 도저히 대한민국에 앉아서는 상상도 할 수 없는 초현실적인 그 상황이 궁금해졌다. 그리고 함께 올라 있는 사진들이 매력적이었다. 사진 속 사람이 아무리 많아도 이태석 신부는 단번에 알아볼 수 있었다. 그만큼 얼굴이 하얀 사람은 없었다. 그는 웃통을 벗고 아이들과 함께 강물에 뛰어들어 물장난을 하고 있었고, 허허벌판 쓰러진 나무 등걸에 앉아 소년의 머리에 손을 얹고 기도하고 있었다. 모두 환한 표정이었다. 그와 만나기로 했다.

이 신부에게 연락을 취해서 약속을 잡고 대림동 살레시오 수도원을 찾았을 때 첫인상도 그다지 '호감형'은 아니었다. 누가 '부산 사나이' 아니랄까봐 대답도 무뚝뚝했다. 고생스러운 이야기도 남의 이야기하듯 덤덤하게 말했다. 그런데 이야기를 나눌수록 정이 갔다. 인터뷰 막바지에는 사진촬영을 위해 뜰에서 기타를 들고 연주하며 노래하는 포즈도 취해줬다. 노래는 요들송을 불렀다. 뜻밖이었다. '사제의 입에서 요들송이?' 그때 비로소 그의 얼굴에 미소가 번졌다. 하지만 그가 전한 메시지는 '셌다'. 비록 그곳에 가보지 않았지만 어떤 풍경일지 충분히 짐작할 수 있었다.

"수단에서는 아침에 눈 떠서 잘 때까지 무조건 퍼줘야 합니다. 진이 빠질 때가 한두 번이 아닙니다. 그렇지만 바로 이 사람들이 예수님이 말씀하신

'가장 보잘 것 없는 사람들'이란 생각에 또 하루를 시작합니다."

"지금 예수님이 오신다면 이곳(남수단 톤즈)으로 오시지 않을까 싶습니다."

"너무나 열악한 환경이기에 오히려 하느님이 뿌려놓으신 씨앗의 흔적을 느끼게 됩니다. 교육을 통해 그들이 용서와 예의를 배우는 모습을 보는 게 보람입니다."

점점 흥미가 생겨서 인터넷 카페에 그가 올린 글 내용을 하나하나 되물어봤다. 그렇게 듣게 된 톤즈의 현실은 문자 그대로 참담했다. 우선 접근부터가 힘들었다. 케냐 나이로비에서 북수단의 도시를 거쳐 다시 비정기 노선 비행기를 타고 톤즈로 가야 했다. 지금은 독립했지만 당시만 해도 '수단 남부'로 불린 이 지역은 20년 넘게 계속된 내전으로 하나도 온전한 것이 없었다. 아이들은 물론 어른들도 제대로 먹지 못했고, 당연히 배우지도 못했으며 간단한 상처로도 죽음에 이를 정도로 의료 혜택은 전무했다. 반경 100킬로미터 이내에 50만 명이 사는 지역이지만 의료시설과 교육시설은 단 한 곳도 없었다. 말라리아, 설사병, 에이즈와 한센 환자들이 흔하디흔했다.

그가 톤즈에 도착해 처음 맞은 환자는 자연유산 후 출혈이 멎지 않는 산모産母였다. 임신 5개월에 자연유산된 태아는 산모의 자궁 밖으로 나왔지만 태반은 나오지 않아 피가 멎질 않고 있었다. 너무도 창백해 거의 백인 얼굴이었다. 간호사에게 혈압기를 부탁하니 한 10분쯤 지나 먼지 수북이 쌓인 구식 혈압기를 가져와 먼지를 손으로 쓱 훔쳤다. 포도당

용액을 부탁하니 그것도 먼지와 거미줄 투성이. 그래도 그 환자는 다행히 혈압이 잡혀서 퇴원할 수 있었다. 결핵으로 배가 산처럼 불러오는 아이들은 고름이 철철 흘러나오는데 집이 너무 멀어서 진료소 앞 공터에서 지내고 있었다. 환자들은 30~40킬로미터씩 밤새워 걸어온 뒤 진료소 앞에서 아침에 꾸벅꾸벅 졸기 일쑤였다.

한센병 환자들은 인근에 700명쯤 됐다. 팔다리가 성하지 않거나 시력을 잃은 사람들은 곳곳에 넘쳐났다. 이태석 신부는 일일이 그들의 마을을 찾아다녔다. 오라고 할 수 없었기 때문. 그는 직접 찾아다니며 발가락이 떨어진 상태에서 맨발로 다니는 그들을 위해 직접 맞춤 슬리퍼를 만들어주기도 했다. 하루는 어머니가 "한센병에 걸렸다."며 딸을 데리고 왔다. 진찰 결과 "다행히 한센병이 아니다."는 진단을 받자 모녀가 함께 슬퍼했다. 환자들에게 주는 강냉이와 식용유를 받지 못하게 된 것에 낙담한 것. 환자의 90퍼센트는 자신의 나이를 몰랐다. 그리고 대부분은 "감사하다."라는 말을 할 줄 몰랐다. 혼자서 화도 냈지만 "가장 밑바닥까지 떨어질 대로 떨어진 그들의 처절한 상황에서 하루하루 생을 연명하기만 하면 됐지 '고맙다' '감사하다'는 말이 뭐 필요가 있었을까 생각하니 이해가 됐다."

그는 톤즈에서 첫날을 보낸 후 지인에게 보낸 이메일에 "환장하는 줄 알았다. 아니 환장했다."고 썼다. 그러나 그게 바로 이태석을 톤즈로 부른 하느님의 뜻이었다. 고향 부산의 인제대 의대를 졸업하고 군의관으로 군복무를 마친 후 사제의 길을 선택해 살레시오회에 입회해 로마 살레시오 교황청대학교에 유학하던 중 방학 때 케냐를 찾았다가 남수단에서 활동하는 선교사 신부로부터 현지 사정을 들은 이 신부가 자신의 자리로 이곳을 선택한 이유였다. 아무것도 없는 곳이기 때문이라는 이야기다.

이 신부는 여기서 무無에서 유有를 만들기 시작했다. 조명도 창문도 없기 때문에 들어서면 너무 캄캄해 30초 정도는 어둠에 적응해야 사물을 구별할 수 있었던 움막 진료소는 우선 급한 대로 흙벽돌과 시멘트로 고치고 지붕엔 투명 슬레이트를 얹어 조명 문제를 해결했다. 전기는 당연히 없었다. 이태석 신부는 소형 발전기와 태양열 발전기를 들여와 백신 보관용 냉장고를 돌렸다. 예방접종을 하자 에이즈, 한센병처럼 무섭게 아이들을 휩쓸어가던 홍역이 잡혔다. 외부와의 소통은 완전히 단절. 그는 위성전화로 어렵게 이메일을 주고받았다. 그래서 당시 그가 지인들에게 보내온 메일엔 '10KB 내외의 용량' 'A4용지 1장 이하로 줄일 것'을 요청하는 내용이 많다. 1주일에 하루, 그것도 2~3시간 정도 위성전화를 이용해 인터넷을 열어봤기 때문이다. 툭하면 1주일씩 통신이 두절되는 것도 감당해야 했다. 그렇게 어렵게 이곳 소식을 조금씩 알릴 수 있었다. 그 소식을 듣고 뜻있는 이들이 이 신부를 돕겠다고 나선 것이다.

한국의 지인들에게 리코더 20개, 멜로디언 5개, 하모니카 10개, 기타 줄 40세트 등을 부탁해 아이들에게 악기를 가르쳐봤다. 자신이 작사-작곡하고 피아노, 기타, 오보에, 클라리넷까지 능수능란하게 다루는 만능 연주자였기에 가능한 일이었다. 그는 "톤즈 아이들은 희한하게 음감音感이 뛰어나다."며 "하나를 가르치면 이내 따라한다."며 좋아했다. 그리고 환자 보는 틈틈이 아이들에게 수학도 가르치고 밴드 연습, 축구, 배구, 농구도 함께한다고 했다. 학교라고는 아예 없던 곳에 초등학교, 중학교, 고등학교까지 세웠다. 도대체 한국 같았으면 몇 명이 달라붙어야 할 수 있는 일인가!

그가 휴가 때마다 한국을 찾는 것도 후원을 받기 위해서였다. 2006년 당시에는 현지에 고등학교를 짓기 위해서 귀국했다. 그는 그냥 손 벌리지 않고 서울 동부이촌동 의사회관 강당에서 콘서트를 여는 형식으로 후원회 모임을 가졌다. 이렇게 후원이 모이면 웬만하면 한국에서 모든 것을 구입해 컨테이너로 부쳤다. 컨테이너를 실은 화물선은 몇 개월에 걸쳐 남지나해와 인도양을 거쳐 케냐의 몸바사에 도착한 후 육로陸路로 톤즈까지 옮겨진다.

인터넷 카페엔 2005년 한국에서 부친 짐이 넉 달이 되도록 도착하지 않아 애태웠던 사연도 올라 있었다. 몸바사까지는 잘 도착했다는 소식을 들은 터였다. 백방으로 알아보니 우간다-수단 국경 지역에서 화물차가 고장 나 여러 주 동안 퍼져 있었다. 컨테이너 세 대에는 책상과 걸상, 문구류, 의료장비와 약품 그리고 악기가 가득 실려 있었다. 고장이 난 곳은 자동차로도 열흘 이상 걸리는 거리에다 위험한 곳이었다. 컨테이너가 통째로 사라질 위험성도 충분했다. 그러나 그는 하느님을 믿었다. 그로부터 또 시간이 흘러 부활절날, 아이들과 망고나무 아래서 묵주기도를 올리던 그는 수도원 대문으로 트럭이 들어오는 광경을 목격했다. 한국에서 보낸 컨테이너들이었다. 그는 그 순간을 "'평화가 너희와 함께 있기를' 하시며 트럭 세 대를 직접 운전하며 수도원 대문을 들어오시는 부활하신 예수님을 느낄 수 있었다."고 적었다.

이태석 신부는 그렇게 고생의 순간마다 하느님을 느꼈다. 말라리아로 고열에 시달리다 한밤중에 병원을 찾는 환자를 보고 순간 짜증을 내다가도 '밤중에 찾아오는 예수님'을 맞듯 기쁘게 최선을 다해 치료를 했다. 결국 겉으로 드러난 것은 봉사였지만 그 바탕엔 예수님을 닮고자 했던 깊은 영성靈性이 자리하고 있었기에 가능한 일이었다.

이태석 신부의 이야기는 2006년 10월 26일자 「조선일보」에 '한 손엔 인술, 한 손엔 악기… 수단을 어루만지다'라는 제목으로 보도됐다. 이 신부와 내게 연락했던 후원자는 기사 덕분에 후원 모임이 잘 끝났다며 감사 인사를 전해왔다. 하지만 귓가엔 그와 나눈 이야기 한 부분이 계속 맴돌았다. 당시 기사에 쓰지는 않았지만 그가 들려준 의사로서의 태도 이야기였다.

"환자가 진료실에 들어오면 한 2~3분 정도 아무 말 없이 그냥 본다."는 것이었다. "그렇게 보고 있으면 어디가 아픈지를 알 수 있어요." 어차피 현지인들은 영어도 잘 통하지 않아 손짓발짓해가며 진료해야 한다. 그런데 그런 손짓발짓 없이도 어디가 아픈지를 알 수 있다고 했다. 환자의 눈만 자세히 들여다보면 말이다. 그건 관심이고 사랑이고 긍휼하는 마음이었다. 나는 그 이야기를 들으면서 우리 병원들을 떠올렸다. 어떤 때는 환자와는 눈도 마주치지 않고 차트만 내려다보면서 몇 마디 대충 묻다가 "나가서 처방 받으세요." 하는 의사들. 어떨 때는 불과 1분이나 앉아 있었나 싶었던 기억들이 떠올랐다. 속으로 '이거구나.' 싶었다.

이태석 신부도 그랬고, 서울 영등포의 요셉의원 선우경식 원장도 그랬다. 남에게는 그렇게도 신경을 쓰고, 관심을 쏟으면서 정작 자신에게는 지나치게 인색했다. 보통 사람들도 1~2년에 한 번씩은 받는 건강검진, 위내시경, 대장내시경을 자신들은 받지 않았다. 게을러서? 건강에 자신 있어서? 물론 이 신부는 건강을 자신했던 것 같기는 하다. 톤즈 생활 초기에 친구에게 보낸 이메일엔 "나는 하느님이 주신 철인鐵人 같은 건강 덕택에 잘 지내고 있다. 말라리아도 다른 선교사들보다는 훨씬 드물게 찾아오는구나."라고 적었다. 그러나 나는 그가 병을 키운 것은 건강에 대한 자신감 때문이 아닌 것 같다. 오히려 겁이 나서였을 것 같다. 그들 스스로 '이 정도 자각증상이 있다면….' 했을 것 같다. 저절로 긴 투병생활이 떠올랐을 터이고, 그 시간 동안 자신의 손길을 기다릴 환자들의 얼굴이 눈앞을 스쳤을 것이다. 그래서 '기왕 이렇게 된 것….' 하지는 않았을까? 그러다가 누구도 부인하지 못할 상황에서 괜히 치료받는 '시늉'을 한 것은 아닐까? 나는 지금까지도 이태석 신부와 선우경식 원장의 경우, 자신들의 건강에 대해 이렇듯 미필적 고의로 방치한 것이 아닌가하는 의구심을 떨칠 수가 없다.

그렇게 그를 보내고 다큐 〈울지 마, 톤즈〉가 개봉했다. 시사회가 열린 서울 종로 서울극장. 극장 안엔 신부, 수녀들이 가득했고, 그를 돕던 후원자들로 발 디딜 틈이 없었다. 화면 속에선 지독한 항암 치료 때문에 머리카락이 빠진 그가 가발을 쓴 채 기타를 치며 활짝 웃고 있었다.

"이 생명 다하도록/ 이 생명 다하도록/ 뜨거운 마음속/ 불꽃을 피우리라/ 태워도 태워도/ 재가 되지 않는/ 진주처럼 영롱한/ 사랑을 피우리라."

윤시내의 〈열애〉였다. 요양소에서 다른 암환자들의 기운을 돋워주기 위해 애쓰는 이태석이 필름 안에 있었다. 그 옛날 들었을 때는 별 감흥 없던 가사의 의미가 다르게 다가왔다. '이 생명 다하도록' '태워도 태워도 재가 되지 않는' '진주처럼 영롱한 사랑을 피우리라'. 대중가요의 가사가 이렇게 성聖스럽게 느껴진 적이 또 있을까. 극장 안은 상투적 표현이지만 '눈물바다'가 됐다.

그런 신드롬 덕에 나는 이태석 신부 선종 이후를 다시 취재하게 됐다. 경남 양산에서 사목활동을 하는 그의 친형 이태영 신부도 만났다. 그리고 여기저기 전화를 돌렸다. 생전의 이태석을 취재하면서 '혹시' 했던 것이 '역시'임을 알 수 있었다.

충청도 출신으로 부산으로 피란 온 부모님 사이의 10남매 중 아홉 번째로 태어난 이태석은 어릴 적부터 마음이 약했다. 그가 살았던 동네는 부산에서도 가난한 산동네였다. 그런데 이런 게 하느님의 섭리일까. 그 동네에는 훗날 막사이사이상을 받은 '부산의 성자聖子'로 불린 미국 출신인 소蘇알로이시오1930~1992 신부가 있었다.

그는 6·25 전쟁의 상흔이 남아 있던 1957년 한국에 와서 고아와 행려병자들을 위해 헌신한 '가난한 아이들의 아버지'였다. 아예 한국 이름을 '소재건'이라 지은 분이었다. '소년의 집'이 바로 동네에 있었으며 소신부가 주임을 맡았던 부산 송도성당에 이태석 신부가 다닌 것은 운명이었을 것이다. 이 신부의 어머니 신명남 씨는 "소 신부가 주선한 손수건 수놓는 부업으로 생활비를 보탰고, 이 신부의 큰형은 소 신부를 도와 복사服事(미사 등에서 사제를 돕는 사람) 활동도 열심히 했다."고 말했다.

소년 이태석은 친구들과 놀다가도 '소년의 집' 아이들이 불쌍해 그냥 집에 돌아오지 못했다. 자신도 어린 시절 아버지가 돌아가시고 어려운 형편이었지만 부모 없이 자라는 고아 아이들을 보고는 그냥 발걸음을 돌리지 못했던 것. 성당에선 누가 가르쳐주지 않았는데도 어깨 너머로 오르간을 그냥 배웠다. 그리고 기타, 트럼펫, 색소폰까지 전부 독학獨學으로 익혔다. 음악성과 가난한 이를 보면 그냥 지나치지 못하는 감수성은 그가 이미 초등학교 때 '주여 굶주리는 이들을 보소서/ 이 기쁜 성탄절에도 추워 떨고 있어요.'라는 성가聖歌 가사를 쓸 정도로 예민하게 발달했다. 그의 친형 이태영 신부는 "가난에 예민한 영적 감수성을 갖고 있었다."고 이태석 신부의 어린 시절을 회고했다.

어느 날 성당에서 본 다미안1840~1889 신부의 일대기 영화는 이 여린 영혼에 불을 댕겼다. 벨기에 출신의 다미안 신부는 하와이의 한 섬에서 한센병 환자를 돌보다 그 자신이 한센병에 걸려 선종했다. 이태영·태석 형제는 어린 시절 성당에서 다미안 신부의 일대기를 담은 영화를 보고 '가난한 이들을 위한 사제'가 되겠다고 결심했다.

'가난한 이들을 위한 사제'의 불꽃은 형인 이태영 신부의 가슴에 먼저 옮겨 붙었다. 이태영 신부는 고교를 마친 후 한센인 지원 활동을 활발히 펴는 꼰벤뚜알 프란치스코회에 들어가 신부가 됐고, 부산시 기장군 예수마리아성심 수도원에서 그들과 함께 살고 있었다.

형 때문에 이태석의 성소聖召는 잠시 지체됐다. 가난한 집안에서 형님이 이미 신부로 출가하면서 겪은 소동 때문이었다. 게다가 이태석은 누가 공부를 돌봐주지도 않았지만 학업성적도 뛰어났다. 홀어머니의 염

원대로 대학은 인제대 의대로 진학했다. 의사가 됐다. 그러나 가난한 이들을 위한 사제의 꿈은 사라지지 않았다. 결국 군의관 시절, 결심했다. 그의 판단 기준은 '예수님이 이 세상에 다시 온다면 어떤 삶을 살까.'였다. 고민에 고민을 거듭한 결론이었다. 특별히 청소년 교육에 목표를 둔 살레시오회를 선택한 그는 로마 유학 중 방학 때 아프리카를 여행했다. 그리고 다른 수사로부터 남수단의 끔찍한 상황에 대해 듣고는 또 한 번 결심했다. "그곳이 내가 있어야 할 곳"이라고.

"가장 아름다울 때 데려가신 것은 그의 삶 앞에서 우리 스스로를 돌아보라는 하느님의 메시지일 것입니다."

이태석 신부의 형 이태영 신부는 "누구나 살면서 입은 크고 작은 은혜를 잊지 않고 기억하면 감사의 마음이 생기고 사랑을 베풀 수 있다."며 "지금 동생에 대한 추모 열기가 '죽은 기억'이 아니라 살아 있는 기억이 됐으면 한다."고 말했다.

예수마리아성심 수도원에서 만난 이태영 신부는 "저도 '왜 지금?'이라는 질문을 스스로 많이 했다."며 "거룩한 사랑의 힘은 시공時空을 초월하는 것 아닐까요?"라고 말했다.

앞서 언급한 대로 소년 이태석은 소재건 신부가 성당에서 틀어준 다미안 신부 영화를 보며 성소聖召를 키웠다. 이태석은 남수단의 다미안이다. 사랑은 그렇게 릴레이되고 있었다.

'이태석'이라는 이름은 그의 선종 후 하나의 신드롬이 됐다. 그의 이

름을 딴 상이 생기고, 그의 이름을 딴 단체들이 생겼다. 우리나라는 제
2차 세계대전 후 독립한 나라 중 유일하게 원조를 받던 나라에서 원조
를 주는 나라로 변신한 경우. 당시 우리 국민에게 이태석 신부는 그런
변화를 상징하는 인물로 받아들여졌던 것 같다. 종교인이란 어떤 모습
이어야 하는지를 이태석 신부의 삶에 투영해보는 경향도 있었다. 하지
만 '과열' 양상도 일부 나타났다. 그래서인지 2012년 살레시오회 한국
관구는 이례적으로 성명서를 내고 무분별한 이태석 신부 기념사업에 대
해 자제를 촉구했다. 이태석 신부와 로마 살레시오대학교에서 함께 공
부한 양승국 살레시오회 한국관구장은 2015년 「가톨릭신문」 기고에서
"저희 동료 수도자들의 솔직한 심정은 이제 세상 사람들이 그를 좀 조
용히 놔뒀으면 하는 것"이라고 말했다. 가톨릭교회와 수도회 전통은 한
수도자가 세상을 떠나면 우선 기도와 침묵 가운데 고인의 삶을 추모하
고 조명한다는 것이다. 맞는 말이다. 하늘의 이태석 신부 역시 자신의
이름을 내세운 기념사업보다는 제2, 제3의 톤즈를 찾아 나서는 사람들
을 기다리고 있지 않을까. 그래서 제2, 제3의 이태석이 나오기를 더 바
랄 것 같다.

'우리마을'
못난이 촌장

대한성공회 김성수 주교

    사람이 50년을 한결같이 산다는 것은 불가능에 가깝다. 그런데 그는 그렇게 산다. 이젠 '대한성공회 주교'라는 명함보다는 '강화 우리마을 촌장村長'이란 모자가 훨씬 편하게 보이는 김성수 주교다.

    강화는 김 주교의 고향이다. 김 주교의 집안은 강화의 유지. 길상면 온수리 일대에서 제일 부자였다고 한다. 김 주교에게 집안 이야기를 듣고 있자면 절로 '경주 최 부잣집'이 떠오른다. 홍수 나면 다리 놓고, 일대에 굶는 사람 있는 꼴 못 보고…. 그의 집안은 그 옛날 자기 땅을 내놓아 동네 축구장을 만들어줬다. 그래서 온수리 축구 실력이 강화도 안에선 유명했다고 한다. 간단한 이치 아닌가? 잔디구장에서 뛴 녀석들이 맨땅에서 공 찬 아이들에 비해 잘하는 것처럼, 넓은 운동장에서 연습한 청년들이 비좁은 공터에서 연습다운 연습도 못한 이들보다 공을 잘 차는 것이….

그 공덕이 수십 년 후 돌아왔다. 김 주교는 2000년 은퇴 후 강화도로 낙향했다. 그것도 그냥 돌아온 것이 아니라 잔뜩 일거리를 들고서. 장애인들이 일하고 생활할 수 있는 공동체 '우리마을'을 짓겠다고 나선 것이다. 하지만 그때나 지금이나 장애인 시설은 어떤 대접을 받고 있나. '혐오시설' 네 글자를 딱 이마에 붙여버리지 않나. 그러나 '우리마을'은 달랐다. 길상면 이장들이 모여 회의를 열었다. '우리마을'을 들일 것인가 말 것인가를 놓고. 결과는 만장일치 찬성이었다. 온수리에서 베풀어온 김씨 집안의 공덕은 이렇게 오갈 데 없는 장애인들의 소중한 일터로 되돌아왔다.

김성수는 성공회 집안에서 성장했다. 강화도는 성공회의 못자리이다. 1890년 한국에 상륙한 성공회는 3년 후인 1893년 강화에 뿌리를 내렸다. 한옥 2층집에 범종梵鐘을 매달고 기둥에 주련柱聯까지 내건 문화재 성공회 성당이 있는 곳이 바로 강화도다.

어려서부터 성공회 성당을 제 집처럼 드나들었던 김성수는 초등학교부터 서울로 유학을 갔다. "우리 어머니 치맛바람"이라는 게 김 주교의 설명. 그런데 꼬마 김성수는 하란 공부는 안 하고 만날 운동만 했다. 고교 때까지 여름엔 농구, 겨울엔 아이스하키를 했단다. 아이스하키라니 역시 부잣집 아들다운 스포츠 종목이다. 완력으로는 누구에게도 지지 않았고, 별명은 '개벽다구'였단다. 지금 "'어쩌자고 저를 이 나이 되도록 이렇게 건강하게 놔두시나요.' 하고 하느님께 대들기도 한다."는 김 주교의 체력은 이 시기에 만들어졌나보다.

하지만 건강 자랑은 절대 금물. 청년 김성수는 배재고 3학년 시절 당시로는 사형선고나 다름없던 폐결핵 3기를 선고받는다. 아이러니하게도 폐결핵은 김성수에게 선물을 줬다. 6·25가 터져도 피란조차 못 갔던 그였지만 인민군도 그를 피해 갔다. '폐병 환자'란 당시에 그렇게 무서운 것이었나 보다. 정작 중요한 선물은 성소聖召, 즉 성직聖職에의 부르심이었다.

병상에서 꼼짝도 못 하고 어른거리는 죽음의 그림자를 목도한 김성수는 '이 자리에서 일어나면 남을 위해 살리라.' 결심했다. 10년 가까이 제대로 일도 하지 못하고 "빈둥"거렸다. 대학 졸업 후엔 부친이 운영하던 수원의 한 회사에 근무하면서 성공회가 운영하는 보육원 아이들과 어울려 놀았다. 그런데 그의 모습을 지켜보던 밥하는 아주머니들이 그에게 권했다.

"시몬(김 주교의 세례명)은 신부님이 되면 참 좋을 것 같아요."

그의 마음속에 잠들어 있던 성소를 깨우는 말이었다.

사제의 길을 택한 그는 신학생 시절부터 남달랐다. 탄광촌 봉사 혹은 체험을 자원했다. 신학생임을 숨긴, 훗날 표현으로 하면 '위장취업'한 그는 광부들에게 "아니, 이렇게 고생하면서 왜 월급도 좀 올려달라고 하고 그러지 않냐"고 했다. 광부들 왈 "학생, 여기서 그런 소리하면 쫓겨나." 그들은 이미 김성수가 '학생'인 걸 다 알고 있었다. 젊은 혈기에 나섰다가 괜히 자신들의 직장까지 위협하지 말라는 말이었다. 폐결핵에 걸려 생사를 오갔던 사람이 위장취업한 곳이 탄광촌이라…. 온전히 자신을 던졌다고밖에는 말할 수 없다. 영산강 간척사업에도 뛰어들었다.

김성수는 묻는다.

"지금인들 무엇이 얼마나 달라졌느냐?"

부잣집 아들 김성수의 삶은 점점 가난하고 소외된 이들로 향하고 있었다. 아니, 집안 어른들이 자신들의 문전옥답을 동네 사람들에게 축구장으로 내줄 때부터 그 씨앗은 그의 마음속에서 자라고 있었는지 모른다.

병상에서의 결심 혹은 약속처럼 그는 연세대 신학과를 거쳐 성공회 사제를 양성하는 성 미가엘신학교에서 석사학위를 받고 1964년 사제품을 받는다. 신학교를 마치고 영국으로 유학도 다녀왔다. 그리고 폐결핵 때문에 결혼은 생각도 않았지만 아리따운 영국 여성을 배필로 맞았다. 지난 2014년 12월 6일. 그의 금경축을 축하하기 위해 이정호 신부 등 후배들이 마련한 자리에서 그는 "영국에 유학을 갔는데 예쁜 이들이 많은데, 후리다는 더 예뻐 보이더라구~."했다. 신자석에 앉아 있던 김 후리다 여사의 입술이 삐쭉 나왔다. 고개도 절레절레 저었다. '어휴 또 저 놈의 이야기~.' 하는 표정이었다. 그렇다고 싫어하는 것만도 아닌, 그런 표정이었다.

영국 출신 후리다 여사는 원래 중학교 교사였는데 선교사를 자원해 1962년 일본에 파송돼 활동하던 중 김 주교를 만났다. "나이도 많고, 키도 크고, 잘생겨서" 결혼까지 이르렀다는 그는 김 주교를 따라 한국에 와서 생전 처음 연탄도 갈면서 힘든 새댁 시절을 보냈다. 그 와중에 장애인교육에 큰 관심을 기울여 교육학 박사까지 받았다. 1983년엔 발달장애아가 장난감을 갖고 놀며 치료받는 특수교육기관 레코텍 코리아를 국내에 처음 도입하며 장애인교육 분야를 개척하는 등 한영 양국 관계 증진을 위해 노력한 공로로 엘리자베스 영국 여왕으로부터 훈장을 받기도 했다. 작년엔 세계장난감도서관대회도 개최했다. 그 남편에 그 부인, 부창부수夫唱婦隨인 셈이다.

1990년대 서울 정동 성공회성당 주변을 다닌 이들이라면 김성수 주교와 후리다 여사의 모습을 기억할 것이다. 검소한 차림으로 늘 얼굴에 미소를 띤 부부는 당시로서는 흔하지 않은 한국인-외국인 커플로 TV 아침프로그램 등에도 자주 출연했다. 또 후리다 여사는 유창한 우리말로 더욱 관심을 끌었다.

이들 부부는 1남 1녀를 모두 일반 학교에 보냈다. 당시만 해도 일반 학교에선 혼혈 학생을 만나기 어려웠던 시절. 김 주교는 나중에 "아이들이 상처가 있었을 것 같다. 하지만 당시엔 돈도 없었고…."라고 말했다. 그의 검소한 생활은 지금도 후리다 여사가 결혼 전에 떠준 스웨터를 입는 것을 봐도 잘 드러난다. 지금도 그는 영국인 장인이 결혼 때 30년 입다가 선물로 준 양복을 입고 있다. 앞깃과 소매 등에 얇은 가죽을 댄 양복은 이제 나이가 70대인 것이다. 1993년까지는 여의도의 28평 아파트에 살다가 "대주교의 집이 너무 좁다."는 주변의 성화에 48평 아파트로 옮겼다가 지금은 '우리마을'에 사택을 지어 산다. 사택은 건축가인 사위가 설계해줬다.

1973년 귀국한 후 그가 처음 맡은 일은 성베드로학교 교장이다. 유학을 마치고 귀국할 즈음 당시 이천환 주교의 전화를 받는다. "한국엔 장애인을 위한 교육시설이 없는데 학교를 한 번 해보면 어떻겠느냐"는 권유였다. 성베드로학교는 현재의 성공회대학교 구내에 설립한 장애인학교. 김 주교가 설립해 초대 교장을 맡았다. 영국 유학까지 다녀와서 첫발을 장애인교육으로 디딘 것이다. 그의 이 첫걸음은 현재 '우리마을'까지 이어지고 있다. 10년간 베드로학교를 맡았던 김 주교는 1984년 성공회 서울교구장 주교가 된다. 이때부터 김 주교는 1995년 서울교구장과 한국관구장을 은퇴할 때까지 작은 교단 성공회가 낮은 곳으로 향하도록 이끌며 대한성공회의 정신적 지주로 우뚝 서게 된다.

사실 영국에 뿌리를 둔 성공회는 '신사의 종교'였다. 성공회 서울주교좌성당은 서울 정동 영국대사관 바로 옆에 있다. 서울 정동은 구한말 '외교 1번지'였다. 미국, 영국, 러시아 등 서구 열강의 대사관과 관저가 있었고, 배재학당과 이화학당도 여기 있었다. 당연히 서구 선교사들의 거처도 이곳이었다. 치외법권治外法權 같은 곳이었다. 오죽하면 미국 감리교 선교사였던 스크랜턴 모자母子가 애오개(아현동), 동대문, 남대문 등 사대문 밖에 교회를 개척하고 약藥을 나눠준 것이 예외적인 것으로 비쳤을 정도였다.

그런 정동 한가운데 자리 잡은 성공회대성당은 당시 서울 사람들에게 범접하기 어려운 곳이었을 것이다. 지금도 일요일 예배 때는 영국인들이 상당수 보인다. 때론 예복을 입은 영국 군인들의 모습도 볼 수 있다. 문자 그대로 '영국 신사' 같은 종교처럼 일반인의 눈에 비쳤다.

김 주교는 바로 이렇게 '높고 어려운' 성공회의 이미지를 서민들의 삶

속으로 퍼뜨렸다. 젊은 사제들을 '사람들 속으로' 보냈다. 상계동 판자촌, 남양주 한센인촌 등으로. 허리를 펴고 드나들 수 있는 화장실, 그것도 공동화장실조차 하나 없던 동네에 '나눔의 집'을 열도록 격려하고, 한센인들이 닭을 치던 변두리 마석 동네에 '샬롬의 집'을 만들도록 독려한 것도 김성수. '점잖은 영국신사' 같던 성공회의 이미지를 바꿔 놓은 것. 결정적인 전기는 1987년. 당시 전두환 정권은 이른바 '4·13 호헌護憲조치'를 발표했다. 당시 서울교구장이던 김 주교는 6월 10일 호헌철폐를 위한 미사를 집전했다. 6·10민주화운동의 시발점이었다. 그러나 그는 "나는 뭘 모르고 젊은 신부들이 하자는 대로 했어."라고 말한다.

세월이 한참 흐른 어느 날 마석에서만 25년을 산 이정호 신부를 만난 김성수는 좀 미안한 듯 말했다.

"내가 좀 그랬지? 갓 결혼하고 사제품 받자마자 마석 가서 살라고 해서. 그래도 그 꼬마가 이젠 많이 컸지?"

이정호 신부는 거기서 한센인 양계장이 가구단지로 바뀌고, 그 가구단지에 외국인 노동자들이 와서 일하게 되는 모든 과정을 볼 수 있었다. 그리고 당초 한센인 대상 목회에서 이젠 외국인 노동자 대상 목회로 대상이 바뀌었다. 이 신부는 한자리에 있었는데 주민이 바뀐 것.

이런 김성수 주교의 모습은 많은 젊은이들을 성공회 성직으로 불러모았다. '저렇게 살고 싶다.'는 마음. 그렇다고 김성수 주교가 좌파 쪽이냐 하면 그건 아니다. 내가 보기에 그는 어느 방향을 쳐다보고 있지 않다. 굳이 그의 방향을 꼽으라면 '폭을 넓히는' 쪽이다. 그는 폭을 넓히려 애쓴다. '함께 살자.'는 쪽이다. 말만 번드르르하지 않는다. 실제 삶으로 보여준다.

2000년부터 2008년까지 성공회대 총장을 두 차례 연임하던 시절에도 그랬다. 이재정 신부(현 경기도교육감)가 총장을 하던 시절, 이 대학은 소위 '빨갱이 집합소'가 됐다. 1980년대 운동권 브레인들이 총집합했다. 그들이 다 포진한 후에 김 주교는 은퇴 주교로서 성공회대 총장이 됐다. 당연히 이런저런 말들이 많았다. 그러나 그는 일축했다.

"에이, 그렇지 않아요. 직접 만나서 이야기 들어보세요. 그리고 그런 사람은 몇 분 되지도 않아요."

성공회대에서도 그는 이른바 '진보좌빨' 교수들을 다 끌어안았다. 아니, 그가 더 끌어안은 상대는 학생들이었다. 총장 시절 총장실로 은행에서 '카드 사용 중지 통보'가 날아온 것은 유명한 일화다. 그는 연 3000만 원에 이르는 총장 판공비를 한 푼도 건드리지 않았다. 대신 자기 돈 들여 손님 접대하고 밥을 샀다. 군 복무 중인 휴학생 면회 가고, 자취생을 초청해서 저녁 사주고, 학생·교직원 생일축하잔치 등 총장주재 행사에서도 주머니를 털었다. 그러다가 신용카드 대금 200만 원이 연체됐던 것. 통장 잔고를 확인하지 않고 매달 두 번씩 학생 40~60명과 어울려 가진 술자리와 연극 관람 비용을 신용카드로 낸 것이 화근이었다. 그는 당시 "자칫하면 신용불량 대학총장이 될 뻔했다."며 웃고 치웠다.

그뿐이 아니라 총장실 방문을 4년 내내 열어 놓고 지냈고, 학교 담장과 정문을 허물고 도서관과 주차장을 주민에게 개방했다. 늘 점심시간엔 학생식당을 다니면서 주머니에서 식권을 꺼내 학생들에게 건넸고, 장미꽃도 선물해 '총장 할아버지'와 함께 '식권 총장' '장미 총장'이란 별칭으로도 유명했다.

그는 욕도 잘한다. "짜식" "인마" 정도는 입에 달고 산다. 주교 시절엔 후배 사제들에게 "인마" "짜식" 그랬고, 총장 시절 학생회 간부들에게도 그랬다. 웬만한 대학 같았으면 당장 대자보 붙을 일이다. '총장이 학생회 간부에게 폭언했다.'며. 하지만 그가 가는 곳에선 그런 일이 일절 없다. 오히려 그런 소리 듣는 사람을 부러워한다. 그만큼 김 주교와 친하다는 증거이기 때문이다.

그의 '폭'은 가난한 사람만큼 부자에 대해서도 열려 있다. 그의 경력을 보자면 어느 정도 부자에 대해서는 분노나 혐오가 있을 법도 하다. 그는 그런 게 전혀 없다. 하지만 부자가 부자답지 못할 때는 가차없다. 가난한 이에게 인색하고, 종업원에게 못되게 굴고, 부당하게 못살게 굴고 이럴 때다. 마찬가지로 정치인에 대해서도 여야 구분이 없다. 정치인이 정치인답지 못하면 화를 낸다. 그가 1999년 반부패위원장을 맡았을 때 「조선일보」 인터뷰에 이런 대목이 있다.

> "왜 요즘 남의 돈을 받은 정치인들 정치자금이니 대가성 없는 돈이니 하지 않습니까. 그게 무슨 차이가 있다는 것인지. 지도자라는 사람들이 깨끗했으면 좋겠어요. 몇백만 원 받으면 감옥 가고 몇천만 원 받아도 대가성 없

다고 하면 괜찮고…. 재수 없게 걸렸다 하더라도 내 죄다 하고 가슴을 두드려야 합니다. 남도 죄 있는데 하지 말고, 탁한 물속에서 깨끗한 물 한 방울이 되도록 해야지요.”

다른 사람은 몰라도 그는 이런 말을 할 자격이 있다. 그는 돈도, 상賞도 좋아한다. 누가 준다면 웬만하면 받는다. 좋은 일에 쓸 수 있으니까. 김 주교가 만년에 정착한 ‘우리마을’에 가서 보면, 매우 외람된 표현이지만 그는 진짜 ‘바보’ 같다. 앞에 ‘촌장’이라고 수놓은 모자를 쓰고 느릿느릿 여기저기 소요逍遙하고 있다. 모자도 야구모자도 있고, 카우보이 모자도 있다. 연세가 든 이후엔 걸음도 느릿, 말투도 느릿이다. 장애인들을 대할 때는 더 느려진다. 표정도 그들을 닮아가는 것 같을 정도다. 그러니 그냥 보면 ‘저 이가 성공회 가장 높은 자리까지 지낸 분 맞아?’ 하는 생각이 들 법도 하다.

‘우리마을’에선 모두가 ‘친구’다. 평균 연령은 30대 중반이지만 정신 연령은 유년에서 초등학생 정도까지 제각각이다. 절반은 기숙사에서 또 몇몇은 인근 그룹홈에서 기거하고, 또 나머지는 출퇴근을 한다. 이곳에선 모두가 웃는다. 사진 찍을 때에는 김 주교만의 ‘비법’이 있다. 그는 누가 사진 찍자고 하면 갑자기 장애인들에게 “우리는~” 한다. 그러면 장애인들은 ‘숙달된 조교’처럼 일제히 엄지손가락을 치켜 올리며 “최고다~.” 한다. 자연히 그들의 입가엔 웃음이 번진다. 이 구호는 단순히 사진을 위한 웃음 유발이 아니다. 구호 한 번 외칠 때마다 늘 부모님에겐 마음의 짐이었던 장애인들이 다시 한 번 자신감을 갖게 되는 것이다. 그래서 '우리마을'을 찾을 때 기자들은 마음의 부담이 덜하다.

사회복지시설을 가보면 몇몇 이맛살을 찌푸리게 하는 곳이 있다. 몸이나 정신이 불편한 이들에게 '방문객 맞이 이벤트'를 시키는 느낌이 들 때다. 북한 어린이들처럼 매뉴얼에 맞춰 노래하고 율동하는 모습을 보면 솔직히 기분이 언짢을 때가 있다. 하지만 '우리마을'에선 전혀 그런 느낌을 받지 않는다. '촌장'부터 '나 바보요~.' 하고 있지 않나? "최고다." 했는데도 사진을 더 찍자고 하면 2탄이 준비돼 있다. 김 주교가 "여러분~" 하면 장애인들은 "네에~." 한다. 역시 만면에 웃음이다. 그리고 그 표정은 평소 그들이 즐겁게 일하고 생활하는 것을 증명해주고 있다.

내가 만난 김 주교는 단 한 번도 그 입에서 '노블레스 오블리주'를 꺼낸 적이 없다. 그냥 솔선할 뿐. 2014년 12월 금경축 때도 그랬다. 그는 후배들에게 "난 금경축 이런 거 없어."라고 잘라 말하고는 외려 10억 원을 내놓았다. 성공회대 학생들에게 장학금으로 쓰라고. 자신과 동생 등 집안 명의로 매년 1억 원씩 10년간 내겠다고 했다. 축하받는 대신 축하하겠다는 뜻일까. 행사 같은 것은 생각도 말라고 잘랐다. 성공회대 총장을 연임하고 퇴임할 때 퇴임식조차 못하게 했던 그로서는 너무도 당연한 일이었다.

하지만 후배들은 '거역'했다. 이정호 신부 등 이날 사제서품 25년을 맞는 후배들은 기어이 축하행사를 마련했다. 김 주교의 삶을 돌아보는 동영상이 상영됐고, 공로패도 드리고, 축하 떡도 잘랐다. 축사에 이어 답사를 하러 앞으로 나온 김 주교는 "참 나쁜 사람들~."이라고 축하행사를 준비한 이들을 향해 한마디 하더니 갑자기 허리를 90도로 꺾었다.

웃는 얼굴로 김 주교의 답사를 듣던 후배 사제들이 엉겁결에 일어나 맞절을 한 것은 당연한 일. 그는 그렇게 사람들에게 '절'을 시킨다. 먼저 허리를 숙이는데 배겨낼 재간 누가 있겠는가.

"요 뒤에 우리 아버지 묘가 있는데 묘지기 하면서 얘들이랑 살려구 왔다."는 강화도 '우리마을'. 그가 유산으로 받은 땅에 '우리마을'을 지은 것은 '장애인에겐 일이 복지'란 생각에서다.

> "1994년 서울교구장을 은퇴하고 장애인 학교인 성 베드로학교에 있을 때인데, 졸업식에서 졸업장을 주려고 해도 자리에서 아이들이 나오질 않아요. 내일부터는 갈 곳이 없다는 걸 아는 거지요."

앞서 언급한 것처럼 김 주교는 1970년대 국내에 장애인교육의 선구자 격으로 성 베드로학교를 설립해 10년 동안 부부가 정성을 기울여 키웠다. 그리고 교구 일을 맡아 혼신을 다해 어려운 이들을 돕고 다시 베드로학교로 돌아왔던 것. 그런데 이제 이미 장애인복지도 수요가 변하고 있었다. 교육조차 못 받던 시절엔 우선 교육이 중요했지만 이젠 그들에게도 일자리가 필요했다. 졸업식 후에는 당장 다음 날부터 집안에 다시 갇혀야 한다는 생각 때문에 서러워하는 것을 알게 된 것이다. 그는 이때부터 '우리마을'을 위해 하나하나 준비를 했다. 직접 성공회성당 구내에서 커피를 팔기도 했다. 마침 당시 손학규 보건복지부 장관이 예산 20억 원을 마련해줘 건물 문제를 해결할 수 있었다.

그런 준비 끝에 문을 연 '우리마을'에서 발달장애인들은 함께 생활하며 친환경 콩나물을 키운다. 하루 7000봉지를 생산해 '강화도 우리마을'이란 브랜드로 풀무원 등에 납품하고, 닭을 쳐서 계란도 생산한다. 꽃도 가꾸고, 간단한 전자제품 부품 조립도 한다. 공장에 가보면 장애인들이 꽤 능숙한 솜씨로 콩나물에 물을 주는 작업부터 포장까지 잘 해나가고 있다. 모두 돈으로 치면 몇 푼 안 되는 일이다. 하지만 장애인들이 늘 일할 곳이 있고, 스스로 적은 금액이나마 돈을 번다는 것은 일반인들의 돈벌이와는 전혀 다르다.

김 주교는 이제 일거리 차원을 넘어 '장애인 노인 복지'까지 꿈꾸고 있다. 학교 졸업하면 집안에 갇혀 있던 장애인에게 일감을 준 것에서 멈추지 않고 보통 사람들처럼 행복한 노후를 보낼 수 있는 방법까지 고민하고 있는 것이다. 이곳에서는 58세가 넘어 정년 은퇴한 장애인을 위한 양로원까지 계획하고 있다. 학교 교육부터 직장 그리고 노년까지 장애인들의 삶을 김 주교는 책임지려 하는 것이다.

김수환 추기경에게 '바보'란 별명을 먼저 뺏겨버린 것을 아쉬워하는 김 주교는 스스로 별명을 '못난이'라고 붙였다. 그게 그거이지만. 그는 생전의 김 추기경을 회고하면서 '눈높이' '경청傾聽' '비움'을 본받을 점으로 꼽았다. 2012년 「조선일보」 인터뷰에서 한 말이다.

"한번은 농성장에서 김 추기경이 '여러분은 이렇게 찬 바닥에 찬밥 먹으며 고생하는데 나는 따뜻한 방에서 따뜻한 밥을 먹고 있다. 정말 미안하다.'고 하시더라고요. 나도 미안하단 말을 해야겠다는 생각이 절로 들었죠. '나는 어제 호텔 뷔페에서 6만 원짜리 밥을 먹었습니다. 여러분 고생하시는 걸 보니 정말 미안합니다.' 했더니 김수환 추기경이 소리 내 껄껄 웃으셨죠.
　김 추기경님은 명동성당에 농성하는 사람들이 있으면 천막 안에 들어가
항상 농성자들이 앉는 자리 위에 사제복 차림 그대로 털썩 앉은 뒤 눈을 맞
추며 얘기하셨어요. 그리고 절대 목소리 키워 자기주장을 앞세우거나 남을
윽박지르는 일이 없었죠. 추기경님은 또 스스로를 바보라고 하셨어요. 철
저히 스스로를 비운 사람에게만 가능한 일이죠. 사실 '바보'라는 말은 내가
먼저 쓰려고 했는데, 추기경님께 선수(先手)를 뺏겼어요. 그래서 요즘은 '난
못난이다.' 그러고 다니지요."

　김 주교는 이렇게 말했지만 남이 보기에 그는 이미 그 세 가지를 다
실천하고 있다. 더 배울 게 없어 보인다.
　지금도 유산으로 10억 원 장학금을 턱 내놓을 수 있을 정도면, 그가 젊
어서 마음먹었다면 지금쯤 어느 재벌 부럽지 않은 부富를 이뤘을지 모
른다. 하지만 그는 지금도 뭐 생기면 그냥 내놓고 퍼준다. 아등바등 끌
어모으는 삶과 막 퍼주는 인생, 그는 조상들까지 칭송받게 만든 효자다.
　평생 비신자에게 교회 나오라는 소리를 안 하면서 "나오고 싶으면 나
오렴." 하고, 대한성공회를 대표하는 자리에 오를 때마다 "인물이 없는
거지, 뭘." 하면서 승용차 뒷자리보다는 버스·지하철 타고 사람들과 눈
맞추기를 더 좋아하는 김성수 주교. 금경축 축하행사에서 그는 말했다.

　　"때론 하느님께 '언제까지 이렇게 건강하게 내버려두실 거예요.'라고 막
대들기도 합니다. 하지만 하느님이 원치 않으셔서 아직도 십자가에서 내려

오지 않고 이렇게 오래 사는 것 같습니다. 앞으로도 안 내려오겠습니다."

그는 '주기도문'을 좋아한다. 주기도문엔 '우리'란 단어가 여섯 번 나온다는 것. 나 혼자가 아니라 '우리'가 됐을 때 더 좋은 일, 더 큰일을 할 수 있기 때문에 '우리'라는 단어를 좋아한다는 이야기다. 그러면서 예수님의 사랑을 실천하는 것이 중요하다고 말한다. 그래서 '우리마을'이고.

20대 후반 '쎄씨봉' 시절부터 그를 따라다녔던 가수 조영남은 "나는 신부님(김성수 주교)을 통해 꽃과 마찬가지로 사람한테서도 향기가 난다는 걸 믿게 됐다. 아주 먼 훗날 신부님이 먼저 세상을 떠나신다면 꼭 내가 조가弔歌를 불러드리고 싶다."고 말한다. 글쎄, 요즘 컨디션으로 본다면 김 주교와 조영남 씨, 누가 더 오래 살지 잘 모르겠다. 행복하기로 친다면 대한민국 80대 어르신 가운데 누구보다 더 행복한 '촌장' 김성수이기에 말이다. 또한 그는 그 누구보다 부자다. 존경받던 원로들이 노년에 자칫 실수로 생전의 업적에 스스로 누를 끼치는 경우가 많은 세상에서 김성수 주교의 존재는 참으로 소중하다.

아직도 태도는
더 바뀌어야 한다

천노엘 신부

"태도, 태도가 문제입니다."

완연한 봄햇살이 산등성이에 내리쬐고 있었다. 온갖 풀과 꽃이 만발하고 있었다. 만물이 생동하는 봄의 묘지는 방문객에게 왠지 아이러니한 느낌을 준다. 이렇게 모두가 생명의 노래를 부르고 있는데 누워 있는 이들을 생각하게 되니 말이다. 광주광역시 양산동 천주교 묘원. 야트막한 야산의 양지바른 한 면이 온통 묘지다. 백발의 벽안碧眼 천노엘(패트릭 노엘 오닐) 신부는 익숙한 걸음으로 제일 아래에서 2열째를 오르더니 왼쪽으로 쭉 가면서 "태도"를 연신 발음했다. 오래된 묘지라 구획 정리는 잘 돼 있지 않았다. 그래서 울퉁불퉁 길이 바르지 않았음에도 팔순 어르신의 걸음치곤 너무나 능숙했다. "평소에 운동 좀 하시냐?"고 묻자 "아침마다 공원을 산책 한다."고 했다. 그러면서 "우리(천주교 사제)는

'집사람'이 없으니 알아서 챙겨야 해요. 하하." 그의 '유머 행진'(?)은 끊이질 않았다. 그는 한마디 하고는 "하하하" 웃었다. 말 중간 중간엔 "어!" "아!" 하면서 자신이 강조하고 싶은 부분에 추임새를 넣었다. 눈부신 봄햇살, 이어지는 그의 파안대소, 팔순 어르신 같지 않은 "아!" "어!" 하는 '구령소리'(?)…. 그는 행복바이러스를 퍼뜨리고 있었다. 망자들이 가득한 묘지에서.

이윽고 닿은 곳은 옛날 중학생 까까머리처럼 단정히 벌초된 묘였다. 묘 앞엔 시멘트로 만든 작은 비석이 서 있었다. 아치형으로 된 윗부분엔 십자가가 음각陰刻됐고 그 아래로 오른쪽 줄엔 '김 마리아(여아)의 묘', 왼쪽 줄엔 '사회를 용서하시렵니까'라는 비문이 적혀 있었다. 다른 묘와 달리 생몰生沒 년도가 표시돼 있지 않았다. 비석 오른쪽 면엔 '묘주墓主 엠마우스'라 적혀 있었다. 무지개공동회 대표로 '엠마우스 그룹홈' '엠마우스 복지관' '엠마우스 산업' 등 유치원에서 어르신까지 발달장애인들과 함께 살며 그들의 권익을 대변하는 발달장애인의 대부로 전국적으로 이름난 천노엘 신부가 발달장애인과 첫 인연을 맺게 된 주인공의 묘다.

"1979년 제가 본당(성당) 주임신부로 있을 때였어요. 관내에 무등갱생원이 있어서 제가 신자들하고 더러 봉사하러 가곤 했어요. 목욕도 시켜드리고 재봉틀로 옷도 고쳐드리곤 했죠. 그러던 어느 날 갑자기 신자분이 전화가 왔어요. 김여아가 급성폐렴으로 곧 임종할 것 같다고. 신부님을 뵙고 싶어 한다고요. 그래서 병원에 달려갔지요. 열여덟, 열아홉 살 정도 됐는데 정확히 언제 태어났는지, 고향이 어딘지, 부모가 있는지 아무것도 모르는 연고가 없는 아이였어요. 손을 잡아주니까 '감사합니다.'하더니 곧 운명했어요. 그런데 병원에서 '장례를 잘 치러드릴 테니 시신을 기증해달라.'고 해요. 제가 그럴 수는 없다고 했지요. 18~19년 살아있는 동안 아무런 관심도 도움도 받지 못하고 쓸쓸히 살았는데 죽어서까지 그럴 수는 없었지요. 그래서 저희가 묘지를 구해서 모시고 비석을 세웠어요.

'사회를 용서하시렵니까?'란 구절은 '나를 용서하시렵니까? 사회를 용서하시렵니까? 긴긴 동안 당신을 외면하였습니다.'라는 마음을 담아 적은 것입니다. 그 후로 지금까지 추석 같은 명절 때면 같이 지냈던 친구하고 와서 벌초하고 과일도 갖다 놓고 기도하지요. 그때까지 저는 특수사목(성당을 맡아 신자들을 지도하는 사제들의 사목과 달리 장애인이나 노동자 등을 대상으로 하는 사목)은 생각도 하지 않았었는데 이 일을 계기로 제 인생이 바뀌게 됐어요."

비석 옆에는 묘지를 관리하는 곳에서 꽂아 놓은 팻말이 있었다. 묘지 관리를 위해 2만 원씩 납부해달라는 내용이었다. 그러나 천 신부는 "이거 벌초하는 비용이에요. 그러면 사람들이 2만 원만 내고 묘지엔 오지도 않아요. 우리는 매년 명절 때마다 와서 직접 벌초해요. 그래서 2만 원 안 내요."라고 했다. 그러면서 "우리 '여아'는 이 묘지에서 가장 축복 많이 받은 사람이에요. 우리가 매년 이렇게 자주 찾아와서 기도하니까요. 이 묘지엔 유명한 사람들도 많이 있어요. 그런데 우리가 와서 보면 그 가족들이 자주 안 와요. 한국의 미풍양속이 자꾸 사라지고 있어요."라고 말했다.

아일랜드 출신으로 1956년 사제서품을 받고 1957년 한국에 도착해 이듬해부터 광주에서 사목활동을 해온 천노엘 신부는 2015년 현재 한국생활만 58년째. 고국인 아일랜드에서 25년을 살았으니 벌써 그 두 배가 훌쩍 넘는 세월을 광주에서 보냈다. 그러나 청소년 시절 그의 인생계획표에 한국 그리고 광주는 없었다. 대신 아프리카가 있었다.

"저희 집안은 독실한 가톨릭 신자 집안이었어요. 가족 중에 신부도 여러 명 나왔고요. 제가 사제 특히 선교사제의 꿈을 가진 건 아마 초등학교 3~4학년 무렵이었던 것 같아요."

당시 아프리카에서 활동하던 한 사제가 고국으로 돌아와 그가 다니던 성당에서 후원설명회 같은 것을 했던 모양이다. 요즘 같은 첨단 시청각장비도 없던 시절, 성당에서 슬라이드로 보여주는 선교사의 활동상은 어린 천노엘에게 깊은 감명을 줬다. 그 선교사는 아프리카에서 한센병 환자를 돌보고 있었다. 손가락, 발가락, 코 등 신체가 뭉그러진 환자들을 돌보며 그저 주기만 하는 사랑.

"남을 위해 봉사하는 것이 삶에서 가장 의미 있고 가치 있는 일이구나 하는 것을 느꼈습니다."

그걸 본 이후 소년 천노엘의 가슴엔 몇 가지 단어가 새겨졌다.

봉사, 아프리카, 한센병 환자.

감수성 예민한 어린 시절 당겨진 불꽃 하나는 이렇게 큰 불길을 만들어내곤 하는 모양이다. 이태석 신부 역시 마찬가지였다. 어린 시절 부산 '소년의집'에서 고아들을 길러내는 소 알로이시오 신부의 모습을 보면서, 또 하와이에서 한센인들을 돌보며 지내다 스스로 한센병에 걸려 순교한 다미안 신부의 일대기를 영상으로 본 그 순간 성소聖召를 키웠다고 고백한 바 있다. 천노엘 신부도 마찬가지였던 것이다.

하지만 청소년기는 쉽게 감동하기도 하지만 쉽게 잊어버리는 시기이기도 하다. 그들이 결심을 굳게 유지하기에는 주변에 호기심을 끄는 일들이 너무도 널려 있기 때문이다. 천노엘 소년의 꿈도 바뀐다.

"고등학생 때였어요. 차로 한 두 시간 거리에 성골롬반 외방선교회가 있었는데, 저희 학교 학생 럭비팀과 수사님들 럭비팀이 정기적으로 시합을 했죠. 그런데 가면 그렇게 잘 해주셔요. 맛있는 것도 주고, 특히 담배를 주곤 했어요. 그러면서 자신들은 중국 쪽에서 선교활동을 하고 있다고 해요. 그래서 방향을 바꿨죠. 아시아로요, 하하하."

"한국에 오기 전 한국에 대해선 알고 있는 게 있었냐"고 물었다.

"아니요. 하나도 몰랐어요. 다만 그때 한국에 전쟁이 터져서 너무도 비참하다고 하니 엄마들이 말 안 듣는 아이들에게 이런 말은 했죠. '너 이렇게 말

안 들으면 한국에 보낸다.'고요."

어느 나라나 아기들 말 잘 듣게 하는 데 어른들이 이용하는 '공포'의 대상이 한국이었다는 얘기다.

그렇게 너무도 '쉽게'(?) 인생 방향을 바꾼 천노엘 소년이 신학교를 졸업하고 사제품을 받을 무렵 아시아의 상황은 급변하고 있었다. 중국 대륙은 공산화돼 선배 선교사들이 잇달아 추방되고 있었다. 한국에선 6·25 전쟁이 터졌고, 일본은 전쟁 특수特需바람이 불고 있었다. 자연히 새 선교사들의 선교지도 수정됐다. 천노엘 신부의 동기생들은 한국, 대만, 일본, 필리핀 등으로 선교지가 지정됐다. 그중 한국에 배정된 사람은 열두 명.

"그때 우리는 한국에 대해서는 잘 몰랐지만 한국으로 파견된다는 데 대해서는 자부심을 가졌어요. 왜냐하면 동기생들 중 가장 덩치도 크고 건강한 학생들이었거든요. 나중에 알고 보니 한국은 당시 전쟁 직후라 모든 것이 형편없으니 그래도 신체 건강한 학생들을 보내야 좀 견딜 것 같아서 그렇게 골랐다고 하더군요. 하지만 당시 저희들로선 기분이 좋았어요. 뭔가 선택받은 느낌이었으니까요."

한국으로 가는 길은 멀고 멀었다. 아일랜드에서 여객선을 타고 대서양을 건너 일단 뉴욕으로 향했다.

"영화 '타이타닉'처럼요. 양복 잘 차려입고 대서양을 항해했죠."

뉴욕에서 친척을 만나 식당에 갔던 그는 이상한 광경을 목격했다. 흑인이 한 명도 없었던 것. 시내를 다니는 버스도 그랬다. 이유를 물었더니 흑인들은 식당이나 버스를 백인과 함께 이용할 수 없다고 했다.

"지금 생각하면 얼마나 어처구니 없는 일입니까. 지금 오바마가 대통령이 됐지만 백인들이 다 죽었나요? 다 태도의 문제입니다."

일행은 샌프란시스코에선 화물선을 탔다. 선원 외에는 사람들이 없었다. 배는 20일간 태평양을 가로질러 대만에 먼저 들렀다. 카오슝에서 하룻밤을 머문 화물선은 1957년 12월 10일 인천항에 일행을 내려줬다. 무료한 항해 동안 선원들은 신참 선교사들에게 한국에 대한 이야기를 해줬다. 크게 두 가지였다. 무척 춥다 그리고 소매치기 조심하라.

"저희들은 화물선에서 내리기 전에 온갖 두꺼운 옷은 다 꺼내 입었죠. 외투란 외투도 전부 껴입고요. 그런데 배에서 내렸더니 12월인데도 웬일인지 봄 날씨 같은 거예요. 땀 엄청 흘렸죠, 하하. 그리고 저희가 부두에 내리니까 노동자들이 땅바닥에 앉아서 쉬면서 무얼 먹고 있다가 저희에게 권하는 거예요. 대접하려는 것이었죠. 그래서 느꼈죠. '다 편견이구나, 태도의 문제구나. 남의 말만 듣고 판단해서는 안 되겠구나.' 하고 말이죠. 그렇게 땀을 줄줄 흘리면서 비포장도로를 달려서 서울로 들어갔죠."

서울에서 6개월가량 머물던 그는 이듬해 드디어 임지인 광주로 향한다. 동료가 빌려온 트럭을 타고 13시간을 터덜거리면서 국도를 달렸다. 그렇게 도착한 광주는 황량했다. 성골롬반 외방선교회는 이미 1930년대에 광주 지역에 선교사를 파송했다. 그러나 일제와 6·25를 거치면서 선교사들은 공산군에게 '간첩'으로 몰려 순교했고, 선교 기반은 새로 쌓아야 했다. 20여 년을 열심히 본당 사목에 매진했다.

> "아무것도 없었어요. 일거리도 없었고, 젊은 사람들이 우리 성당 사무실에 그냥 앉아 있었어요. 일자리가 없어서. 1960년대 초였던 것 같아요. 광주공항을 건설할 때에는 베트남에서 공사하던 미국인이 필리핀 노동자들을 데리고 와서 공사를 했어요. 그래서 제가 그 사람을 찾아가서 '여기 한국 사람들도 일 잘하니 좀 써 달라.'고 부탁할 정도였어요. 그런데 그 사람이 한국인들과 일을 해보더니 정말 꼼꼼히 잘하고 기술도 좋다며 필리핀 사람들은 돌려보내고 한국 사람을 더 썼어요. 그럴 정도로 당시는 형편이 없었어요."

그가 발달장애인 혹은 장애인에 대해 관심을 갖게 된 것은 앞에도 적었듯이 무등갱생원과의 인연 덕분이었다. '갱생원'이란 이름에서 짐작할 수 있듯이 당시는 장애인과 부랑자, 노숙인, 알코올중독자 등의 구분도 제대로 없었다. 그저 '비정상'인 사람들을 사회와 격리시키는 수준이었다. 광주뿐 아니라 우리 사회 전체가 그랬다. 그래서 그들은 '갱생' 즉 정상적으로 다시 돌아와야 할 사람으로 취급됐다. 그러나 봉사를 다니면서 천 신부는 뭔가 다른 점을 느꼈다.

> "노인도 알코올중독자도, 신체가 불편한 분들도 다 기본적으로 자기 의
> 사는 표현할 수 있어요. 알코올중독자는 '소주 한 잔 달라.'고 할 수 있고,
> 팔다리 불편한 분들도 '담배 좀 달라.'고 해요. 그런데 발달장애인들은 그
> 의사표현조차 못하는 거예요. 자기 권리는 아예 생각할 수도 없었지요. 그
> 들은 대변인, 보호자의 도움이 더욱 절실한 분들이었죠. 그런 생각을 하던
> 중 '김여아'를 만난 것이죠."

천 신부는 '여아'의 죽음에 충격을 받았다. '용서하시렵니까'라는 비
문은 자책이자 새로운 사목인생의 다짐이기도 했다. 마침 1981년은 유
엔이 정한 세계 장애인의 해였다. 그는 '특수사목'에 뜻을 두고 안식년
을 받아 호주, 뉴질랜드, 영국, 미국, 캐나다, 아일랜드를 두루 둘러보
았다.

한국을 향해 출발하면서 아무 사전 지식이 없었듯, 특수사목을 작심
했지만 역시 사전 지식은 없었다. 다만 뜨거운 마음은 한국으로 올 때
나 특수사목을 결심했을 때나 같았다. 그는 "출발할 당시만 해도 산속
에 큰 건물 짓고 발달장애인을 살게 할 생각이었다."고 했다. 실제로 몇
몇 나라에서는 도시에서 멀리 떨어진 곳에 큰 건물을 짓고 1500명씩 수
용해 생활하는 곳도 볼 수 있었다. 그러나 트렌드는 바뀌고 있었다. 세
미나와 모임 등에 참여해보니 장애인도 '격리'가 아닌 '공동생활', '대규
모 수용시설'이 아니라 '소그룹'이 큰 흐름이었다. 장애인과 비장애인

이 어울려 살아가면서 일하고 봉급도 받는 캐나다의 '라르슈 공동체'를
둘러보곤 결심을 굳혔다.

"대규모 시설은 아니다. 소그룹이다."

귀국한 그는 당시 광주교구장 윤공희 대주교의 허락을 받아 본당 사
목을 그만두고 1981년 광주 월산동에 2층짜리 단독주택을 얻어 첫 그룹
홈을 시작했다. 국내 최초의 발달장애인 그룹홈이었다. 첫 '식구'는 천
신부 본인과 이명숙 씨. 시설에서 생활해온 명숙 씨는 고향도 나이도 이
름도 정확히 모르는 사람이었다. 다만 천 신부에게 "강원도에서 왔다."
고는 했다. 나이도 대략 20대 후반에서 30대 초반 정도로 보였다. 아기
도 낳은 적 있는 듯했다. 성탄절 때 그룹홈에 아기 예수가 누워 있는 구
유를 만들어 놓았더니 그 아기를 보면서 "우리 아기 보고 싶어요."라며
눈물짓는 것을 보았기 때문이다. 그러나 구체적인 것은 아무것도 없었
다. 봉사자들의 도움으로 명숙 씨와 '살림을 차린' 천 신부는 하나하나
무에서 유를 만들어갔다. 밥 짓고 설거지하고 청소하면서 모든 일을 함
께했다. 처음엔 모두들 "미쳤다."고 했다. 교구 사제도 부족한 판에 '정
신박약자'와 함께 산다니 그럴 만도 했다. "아직 우리 사회에서는 지적
장애자들이 나와서 살기엔 이르다."고도 했다. 그러나 천 신부는 그룹
홈 마당에 천막을 쳤다. 그리고 그 자리에 기계를 들여놓고 양초를 만들
기 시작했다. 최소한의 자립을 위해서였다.

명숙 씨는 글도 읽을 줄 모르고, 돈 개념도 하나도 없었다. 그렇지만

사회성은 좋았다. 사람들을 만나면 그렇게 좋아서 웃으며 어울렸다. 근처의 가게와 시장에 가면 물건 파는 이들에게 "고생 많으시네요." 하고 인사했다. 상인들은 "요즘 세상에 우리에게 고생한다는 사람은 명숙 씨가 유일하다."고 할 정도였다. 빈손으로 무모하게 시작했지만 조금씩 바뀌어갔다. 대학교수나 사회 지도층 인사들이 천 신부에게 살짝 찾아와 "우리 집에도 저런 아이가 있는데…." 하며 이것저것 물어보기도 했다.

"당시엔 의사들 가운데도 '자폐'라는 걸 잘 모르는 분들이 있을 정도였어요. 특히 사회지도층 가운데는 자식 가운데 자폐나 발달장애아가 있으면 부끄러워하고, 숨기고 결국 이민 가는 사람들까지 있었어요. 저는 1980년대부터 광주 전남 지역 대학에도 사회복지학과를 만들어야 한다, 언제까지 발달장애, 자폐 아이들이 서울로 치료받으러 공부하러 다녀야 하느냐고 했어요. 당시엔 잘 이해가 안 됐겠지요. 그런데 지금은 어떻습니까? 사회복지학과? 너무 많아졌잖아요?"

첫 그룹홈이 성공하면서 그의 활동영역은 넓어졌다. 주거, 직장, 여가 모두를 비장애인들과 지역사회 안에서 함께할 수 있도록 한 것이 확대된 것. 1985년엔 운암동에 지상 3층짜리 엠마우스 복지관을 설립했다. 천 신부의 일은 자연스럽게 늘어갔다. 이제는 광주 시내에 그룹홈 여섯 곳, 유치원, 복지관, 엠마우스 산업을 비롯한 일터 세 곳, 발달장애인 거주시설인 엠마우스의 집 등에 이른다. 유치원부터 어르신까지 발달장애인들의 전 생애를 아우르는 셈이다. 천 신부는 이들 시설을 프라이드 승용차를 직접 몰고 1주일에 한 번씩은 다 둘러본다. 그냥 둘러보는 것도 아니고 한 명씩 눈을 맞춰가며 일일이 안부를 묻고 신상을 모두 알고 있다.

2015년 6월 창립 30주년을 맞는 복지관은 연인원 26만 명이 이용하는 복지시설로 성장했다. 스포츠재활의학부터 성교육까지 1 대 1에서 1 대 3 정도의 맞춤형 교육을 하고 있다. 2014년 보건복지부와 국민연금공단이 장애인복지관과 사회복지관 154곳을 대상으로 실시한 장애인 활동지원서비스 정기평가에서 평균 99.5점을 받아 전국 1위를 차지했다. 또 보건복지부가 전국 장애인복지관 182곳을 대상으로 실시한 평가에서도 올A를 받았다. 복지관 최순자 사무국장은 "평균 A를 받는 것보다 전 영역에서 A를 받는 것은 드문 일"이라고 좋아했다.

천 신부의 '비장애인과 똑같이' 정신은 엠마우스 산업에서도 발휘됐다. 1990년대 초 하남산업단지 3차 분양 때 엠마우스 산업이 입주한 것. "우리 공장도 똑같이 공단에 들어가서 일하자."는 것이었다. 엠마우스 산업에서 만난 근로자들은 "2년째 인천공항에 화장지를 납품하고 있다." "양초도 1년에 10만 개를 만든다. 전국 어디든 다 가고, 중국에도 간다."고 자랑했다.

점심시간. 공장 앞마당에서 농약 없이 키운 상추와 새싹 채소로 만든 비빔밥이었다. 근로자들은 이내 뚝딱 한 그릇을 비우더니 공장 마당으로 나가 햇볕을 쬐거나 소파에 앉아 스마트폰과 컴퓨터에 열중했다. 그들 곁으로 쓱 다가간 천 신부가 자신의 스마트폰을 꺼냈다.

"자, 제주도 사진 보여줄까?"

이내 여성 근로자들이 모여들었다. 머리를 맞대고 지난주 제주도 여행 추억을 들추며 웃음꽃이 피었다.
천 신부는 자랑했다.

"자기들끼리 알아서 다 해요. 전 간섭 안 해요."

지난주 제주도 여행은 그룹홈 여섯 곳에서 지내는 발달장애인들과 봉사자 등 30여 명이 함께 다녀왔다고 했다. 월급을 모아서 여행비용도 마련했다고 했다.

"지난주에 그룹홈 사람들 30여 명이 제주도에 다녀왔어요. 완도에서 배 타려고 줄을 서 있는데 저와 함께 그룹홈에 사는 병철이가 계속 사람들과 아는 척하는 거예요. 물어봤더니 배드민턴 동호회 사람들을 배 타는 곳에서 만난 거예요. 나는 하나도 모르는 사람들인데 병철이는 다 알아요. 이거 얼마나 좋은 일이에요?"

그룹홈 사람들은 퇴근 후에는 일반인들과 어울려 다양한 여가활동을 하고 있다고 했다. 스물여덟 살 병철 씨는 축구, 볼링, 배드민턴 동호회 활동을 한다고 했다. 천 신부는 또 자랑했다.

"엠마우스 산업에는 41명이 일하고 있지만 여기 공단 내 일반 공장엔 130명이 일하고 있어요. 다 엠마우스 복지관과 그룹홈에서 훈련받은 사람들이에요. 엠마우스 산업에서 일하는 분들보다 상태가 더 나은 분들이죠. 우리 엠마우스 산업 사람들은 다음 달엔 태국에 놀러가요."

그가 시작한 그룹홈도 가봤다. 40평대 아파트의 2층, 방 네 개짜리 널찍한 집은 남자들만 산다고는 믿기지 않을 정도로 깨끗했다. 베란다엔 화초도 가득했다. 큰 방은 두 명, 작은 방은 한 명씩 20~60대 발달장애인 네 명이 봉사자 한 명과 함께 쓴다. 말하자면 5인 가족인 셈. 자연스럽게 '형님'과 '동생'이 생기고 가사도 분담된다.

주민들이 장애인과 함께 사는 것을 꺼려하지는 않는지 걱정됐다. 천 신부가 이렇게 말한다.

"아파트가 지어져 입주할 때 처음 입주했다. 우리 사람들이 착하다. 경비원에게도 먼저 인사하고, 재활용분리수거할 땐 다른 사람들을 도와주기도 한다. 요즘 그런 사람들이 어디 있나."

단독주택이 일반적이었을 때는 단독주택, 주거형태가 아파트로 옮겨가면서는 아파트, 천 신부의 그룹홈도 변해왔다. 보통 사람들과 똑같이 살기 위해서다. 그룹홈 최초의 '동거인' 명숙 씨도 그렇게 살다 갔다. 명숙 씨는 2012년 선종해 지금 '김여아' 곁에 누워 있다. 늘 "산속이 아닌 도심에서 비장애인들과 함께 사는 삶"을 강조해온 천 신부는 명숙 씨도 그냥 보내지 않았다. 명숙 씨의 장례식 때에는 파워포인트로 삶의 기록들을 영상물로 만들어 참석자들에게 보여줬다. 명숙 씨를 아는 모두가 그를 추억할 수 있도록 해준 것. 그 자리에 참석했던 한 인사가 "저도 나중에 죽으면 이렇게 장례식 해주면 좋겠다."고 말했다며 천 신부는 또 크게 "하하하" 웃었다. 비장애인들이 부러워할 장례식이었던 것이다.

58년 전 그와 함께 한국에 왔던 동창생들은 이제 모두 세상을 떠나거나 아일랜드로 돌아가 요양원에 있다고 했다. '현역'은 오직 그 하나뿐.

> "아일랜드에 있는 친척들이 여러 번 광주에 와봤어요. 그러고는 하는 말이 '왜 그렇게 아일랜드로 못 돌아오는지 알겠다. 어떻게 건강을 유지하는지도 알겠다.'고 해요. 하하."

지난 35년 사이 '정신박약자'로 불리던 이들은 '정신지체인' '정신장애인' 그리고 '발달장애인'으로, 천 신부가 돌보는 사람들을 가리키는 용어는 변해왔다. 용어가 변한 만큼 세상의 인식도 바뀌었을까. 천 신부는 "아직도 태도는 더 바뀌어야 해요. 태도가 문제예요."라고 말했다.

아일랜드를 떠나 한국으로 오면서 뉴욕에서 본 흑인 출입 금지 식당과 버스, 한국에 간다니 화물선 선원들이 해준 "소매치기 조심하라."는 말. 모두 겪어보지 않고 남들이 하는 말을 옮긴 편견이었다. 그는 평생을 장애인들에 대한 가정과 사회 그리고 교회의 태도 변화를 요청하며 살아왔다.

천 신부는 평생 자신의 이름으로 상賞을 받지 않았다. 1990년대엔 수상을 거부했다는 게 뉴스로 나오기도 했다. 포스코청암상도 '무지개공동체' 이름으로 공동으로 받았다. "상을 받으면, 상금이 있고 그러면 더 좋은 일을 많이 할 수 있지 않느냐"고 물었더니 답을 얼버무렸다. 그러나 옆에서 문성극 엠마우스 산업 대표가 대신 대답했다.

"신부님은 자신이 상을 받으면 그것 자체가 장애인과 자신을 차별하고 나누는 것이라고 생각하세요. 그래서 상을 따로 안 받으시는 거죠."

과거 인터뷰에선 이렇게 말한 적도 있다.

"자기 아내가 불치병에 걸려 누워 있으면 어떻게 해야겠어요. 당연히 간병을 해야죠. 그런데 간병을 열심히 했다고 상을 받으면 아내의 마음은 어떻겠어요. 아프겠죠."

그는 자신의 모든 활동에 '엠마우스'라는 이름을 붙였다. 엠마우스는 부활한 예수가 제자들과 함께 찾아가는 마을 이름이다. 그래서 나는 어렴풋이 '예수 부활 후의 어떤 것'을 의미하는 것인가 속으로 생각했다. 아니었다. 그는 엠마우스를 찾아가는 과정에서 의미를 포착했다.

"예수님이 부활하신 후 두 제자와 함께 엠마오로 가시잖아요? 그런데 두 제자는 예수님이 곁에 계시는데도 못 알아보지요. 그 이야기에서 이름을 지은 거예요. 우리는 늘 곁에 장애인이 있는데도 모르고 살잖아요? 곁에 계시는 예수님을 못 알아본 제자들처럼요."

천 신부는 "요즘 프란치스코 교황님이 가난한 사람들 이야기 많이 하시죠. 예수님이 '너희들 가운데 가장 보잘 것 없는 이에게 해준 것이 나에게 한 것이다.'라고 하신 것처럼 말이죠. 태도가 문제예요, 태도가."

사심 없는 직설가(直說家)
그리고 '착한 손길'의 주인

월주月珠 **스님**

　월주 스님을 처음 만난 날은 '물 먹은 다음 날'이었다. 2006년 7월 월주 스님은 "김구 선생은 김일성에게, 김대중 전 대통령은 김정일에게 속았다. 나도 속은 느낌이다."라고 '폭탄 발언'을 했다. 당시는 노무현 정부 시절. 김대중 정부 시절의 햇볕정책 여파가 아직 남아 있을 때였다. 그런데 10여 차례나 북한을 방문하고 대북지원사업에 앞장서온 종교계 원로가 '속았다'고 했으니 뉴스였다. 스님이 발언한 자리는 선진화국민회의 토론회. 딱히 종교담당 기자가 챙겨야 할 자리는 아니었지만 그래도 종교계 원로의 발언이 아닌가. 나는 월주 스님이 회주를 맡고 있는 서울 광진구 아차산 자락 영화사永華寺로 달려갔다. 가는 도중에도 '종교 담당을 맡은 지 3년이 다 돼가도록 월주 스님도 찾아뵙지 못했으니 물 먹는 게 당연하다.'고 자책했다.

　직접 대면한 월주 스님은 기억력 비상했고 논리 정연했다. 오래 전 일도 날짜, 숫자까지 대면서 설명했다. 간혹 내가 잘못 이해하는 것 같으면 반복해서 다시 설명했다. 그렇게 왜 '속았다'고 했는지 대중의 언어로 쉽게 설명했다.

> "소련은 이미 1945년 9월 스탈린 지시로 북한 지역에 공산정권을 세울 계획을 마쳤습니다. 김일성은 그렇게 정권 수립을 준비하면서 한쪽으로는 김구 선생과 남북 협상을 하고 통일정부를 세우자고 합의했습니다. '자주, 외세 배격'이란 이미지만 높인 것이죠. 김대중 전 대통령도 김정일 위원장과 6·15정상회담을 하면서 긴장이 완화될 줄 알았는데 그 후로 북한은 서해교전, 핵 보유 선언에 이어 미사일까지 발사하지 않았습니까? 그래서 속았다는 것입니다."

시곗바늘을 2006년 당시로 돌려보자. 2006년 7월 5일 북한은 장거리 미사일을 일곱 발이나 한꺼번에 발사했다. 당시 노무현 정부의 당국자들은 이 미사일의 발사 직전, '인공위성'일 것이라고 보는 듯한 발언을 했다. 그러나 북한은 발사 다음 날 '미사일'이라고 발표했다. 남한으로부터 대북지원은 그대로 챙기고 무력시위를 하는 두 얼굴을 보이면서 남남南南갈등을 유도했다. 이에 대해 월주 스님이 일갈한 것.

그는 이날 인터뷰에서 동포로서 가졌던 북한에 대한 자비심, 박애정신이 이용당한 '배신감'도 토로했다.

> "저 개인적으로도 늘 북한에 갈 때마다 항공료는 물론 체류비, 행사비

용까지 우리가 가져가며 박애정신으로 대했는데 북한이 미사일까지 쏘는 것을 보고 속았다는 생각이 듭니다. 대북정책의 일대 전환이 필요합니다."

실제로 남한으로부터 '지원'받는다는 표현을 극도로 싫어하는 북한은 지구촌공생회의 지원에 대해서도 극도로 뻣뻣하게 대했다고 한다. 그런데다가 북한 정권의 미사일 도발까지 벌어졌으니 사회원로로서 월주 스님은 결단을 내리지 않을 수 없었던 것이다. 그는 거침이 없었다.

"북한이 핵무기를 포기하고 6자회담을 비롯한 각종 회담, 이산가족 상봉에 응하는 등 상황을 완전 복원시키는 것이 먼저다. 지금처럼 할 말 못하면서 끌려다니면 안 된다."

"주변국들이 '미사일'이라고 하는데 우리만 '인공위성'이라며 옹호하는 듯한 모습을 보이는 것은 국민의 안보 불안감을 높인다. 정보가 부족하면 그렇게 표현하지 말았어야 한다."

"위협에는 강력하게 경고도 하고, 인도적 지원도 국제 공조의 틀 속에서 하면서 강·온 양면으로 북한의 변화를 이끌어내야 한다. 우리는 건국정신, 즉 자유민주주의와 시장경제 그리고 헌법정신이라는 분명한 토대 위에 일대 통합을 이뤄야 한다. 감상적인 '우리끼리'로는 곤란하다."

그러면서 자신이 이끌고 있는 봉사단체인 지구촌공생회의 지원활동도 당분간은 동남아 등에 주력할 예정이라며 "민간단체 역시 북한의 변화를 보아 가면서 지원 재개 문제를 고민해야 할 것"이라고 말했다.

그리고 그는 말대로 실천했다. 캄보디아, 라오스, 몽골 등에 우물을 파주고, 학교를 지어주었다. 2007년 2월 영화사에서 다시 만났을 때 그는 기분이 좋아 보였다. 캄보디아와 라오스를 방문하고 돌아온 길이었다. 그는 "앞으로 4년간 캄보디아에 우물 1000개를 파주겠다."고 했다.

"'천수천안(千手千眼)', '월인천강지곡(月印千江之曲)'처럼 불교에는 '천(千)'이란 숫자가 많이 쓰입니다. '모두, 전부, 많이'라는 뜻이지요. 캄보디아에 파주는 우물 1000개가 단순한 숫자를 넘어 우리의 사랑, 부처님의 자비가 그들 모두에게 가득 퍼지는 계기로 만들겠습니다."

지구촌공생회는 당시 2004년부터 캄보디아에 130여 개의 우물을 파준 상태였다. 왜 우물이었을까? 사실 월주 스님이 캄보디아를 처음 돕겠다고 나섰을 때의 목적은 유치원과 초등학교를 지어주기 위해서였다. 하지만 현지를 직접 가보니 더 급한 것이 깨끗한 식수食水였다. 현지에선 어른 아이 할 것 없이 웅덩이 물을 마시고 있었다. 현지를 가보면 알 수 있지만 웅덩이 물은 세균 덩어리. 그나마도 건기乾期엔 5킬로미터씩 걸어가서 물을 긷고 있었다. 그래서 당초 100개만 파주려던 계획을 열 배로 늘렸다. 우물 한 개에 우리 돈 50만 원 정도가 들고, 1000개가 완성되면 20만 명의 주민이 혜택을 받는다고도 했다.

그로부터 3년 후인 2010년 1월, 나는 월주 스님과 같은 비행기를 타고 있었다. 스님이 약속대로 캄보디아에 1000번째 우물을 완공한 기념식을 갖기 위해 현지로 가는 길이었다. 그 사이 1000개 약속을 다 지킨 것이다. 현지 고등학교 구내에 만들어진 우물 완공 기념식은 지역 잔치였다. 교사와 학생 2000여 명은 물론 캄보디아 농촌개발부 장관, 주지사도 참석했다. 주민들은 "안드옹 떡 징안(우물 물이 맛있어요)! 이젠 물 마셔도 안 아픈 거죠?"라고 입을 모았다. 학생들은 등굣길 필수품이었던 식수병을 이젠 챙기지 않아도 되겠다고 했다. 학부모들은 아이들의 배앓이를 걱정하지 않게 됐다며 고마워했다. 연신 손 모아 합장하며 고마움을 표시하는 현지인들을 보는 스님의 얼굴에 웃음이 떠나질 않았다.

월주 스님은 조계종 총무원장만 두 번 역임한 조계종단의 원로. 1935년 전북 정읍에서 태어난 스님은 6·25 전쟁 직후 출가했다. 이미 20대부터 일반 사회의 국회의원 격인 조계종 중앙종회 의원을 시작으로 1961년 조계종 제17교구 본사本寺인 금산사의 주지를 역임했으며 1980년과 1994년 두 차례 조계종 총무원장을 지냈다. 스님도 결혼할 수 있게 만든 일제강점기의 흔적이 남아 있던 1950~1960년대 청년이었던 스님은 요즘 기준으로 보자면 무척 빨리 '어른 스님'이 된 셈이다. 현재도 금산사와 영화사의 조실祖室이다. 두 사찰의 최고 어른이라는 이야기다. 가만히 있어도 후학들과 신자들의 존경을 받으며 편히 노년을 지낼 수 있는 그가 왜 지구촌 방방곡곡을 찾아다니며 이런 봉사활동에 나섰을까.

그는 그 뿌리를 1980년 미국·일본·동남아·인도를 여행했을 때라고 꼽는다. 1980년 신군부에 의해 강제로 총무원장직에서 물러나 외국을 떠돈 것. 그때 그의 눈에 들어온 것이 각국의 복지시설이었다.

"각국의 종교가 양로원이나 유치원 같은 복지시설을 갖추고 삶의 질을 높이려고 애쓰는데 우린 수행만 이야기하고 있었습니다. 그때 반성했습니다. 그 이후 삶의 질을 높일 일이라면 다 승낙하고 돕고 있습니다."

　그 후 실제로 그는 사회 문제에 눈을 돌려 다양한 활동을 했다. 경실련, 공명선거실천운동, 지역감정해소운동, 공해추방운동, 실업극복운동 등에 이름을 올렸다. 일일이 열거하기가 힘들 정도로, 그의 말마따나 "삶의 질을 높일 일이라면 다 승낙"한 셈이다.

　그러나 다른 직함이 이름을 빌려준 것이라면, 2003년 설립한 지구촌공생회는 그가 노년에 심혈을 기울이는 사업이다. 지구촌공생회 홈페이지에서는 설립 목적을 "너와 나 그리고 세상이 하나임을 깨달아 가난하고 소외된 이웃들과 함께 행복하게 살아가고자 설립된 국제개발협력 NGO"라고 밝히고 있다. 출발은 북한을 포함했다. 1996년 우리민족서로돕기운동본부 때부터 대북지원사업을 벌여온 그는 북한도 10여 차례 방문하며 결핵퇴치사업을 비롯한 다양한 활동을 벌여왔다. 그런데 김대중·노무현 정부를 거치면서 우리가 보낸 쌀과 밀가루가 핵과 미사일이 되어 돌아오는 사태가 벌어진 것. 즉 위에 언급한 북한 미사일 사태 등이 터지면서 당분간 '보류'하게 된 것이다.

　캄보디아 우물 행사에 동행했을 때 그는 말했다.

　"이 광경을 보세요. 우물 하나만 파줘도 이들은 이렇게 고마워해요. 장관, 도지사까지 나와서 저렇게 환영하잖아요. 그런데 대북사업은 그렇지가 않아요. 끝끝내 씨름을 하려고 하고…. 물론 남한으로부터 도움·지원 받는

다는 걸 인정하고 싶지 않아 하는 것도 알고, 그들이 자존심 상하지 않도록
배려했지만 결국 미사일이 돼 돌아오는 것은…."

그런 말에서 월주 스님이 대북사업을 보류한 진짜 이유를 짐작할 것
같았다. 진짜 헐벗고 굶주린 북한 주민들은 만나지도 못하는 상황, 얼마
나 어려운 상황이며 우리의 도움이 얼마나 실제 생활을 변화시키는지 도
무지 확인할 길이 없는 북한이라는 특수한 상황 말이다. 반대로 동남아
에선 우물 하나를 팠을 때 구체적으로 학생 한 명 한 명이 배앓이 걱정을
덜게 되는 모습을 눈앞에서 확인하면서 우선순위를 돌린 것이다.

그는 "출가 50년 동안 절반은 행정 일을 맡았고 총무원장 시절엔 하
루 50명씩도 만났다."고 했다. 또 "그걸 '졸업'한 후 제3세계의 어려운
이웃을 도우며 그들이 고마워하는 모습을 보는 것이 그렇게 좋을 수 없
다."고 말했다. "생명의 가치는 우리 민족이나 다른 국민이나 똑같다."
는 그는 "지구촌공생회의 노력이 얼마나 많은 굶주린 사람들을 구할 수
있을지는 몰라도 인연 닿는 대로 해나가겠다."고 말했다.

캄보디아에서 1000번째 우물 행사를 가지며 그는 말했다.

  "내년부터는 아프리카 사하라 이남(以南) 국가로도 '생명의 우물' 사업
  을 확대하겠다."

월주 스님은 이 약속 또한 지켰다. 마침 2010년 제1회 민세상, 2012
년 만해대상을 수상하게 된 그는 두 상의 상금을 모두 아프리카 케냐에

쏟아부었다. 민세상 상금은 저수지를 만들어 '민세지池'로 명명했고, 만해대상 상금은 '만해초등학교' 건립에 전액 기부했다. 각각 일제강점기 독립운동가이자 언론인, 역사가였던 민세 안재홍1891~1965 선생과 역시 독립운동가로 시인, 승려였던 만해 한용운1879~1944 선생을 기려 제정된 상의 상금을 식민지의 아픔을 겪고 지금도 경제적 어려움을 겪고 있는 케냐에 전달한 것.

그의 노동관은 이렇다. "출가자는 '마음 밭을 간다'고 하지만 실제 노동은 거의 하질 않습니다. 진짜 노동은 신성하고, 행복의 근원이며, 나아가 보살행菩薩行이란 생각을 합니다." 즉, 그가 봉사활동을 하는 것은 하루하루 묵묵히 살아가는 수많은 보살들의 정성을 모아 그들 대신 어려운 이웃을 돕는 것이 아닐까.

종교계 원로로서 월주 스님을 잘 보여주는 두 가지 축이 있다. 한 가지가 국내외를 넘나드는 봉사활동이라면 다른 축은 정권의 눈치를 보지 않는 '입바른 말'이다.

그는 정권에 관계없이 할 말을 한다. 눈치를 보지 않는다. 신군부에 고분고분하지 않아 조계종 총무원장직에서 강제로 쫓겨났듯 김대중·노무현 정부에 대해 "북한에 속았다."고 했던 그는 이명박 정부 때에도 "4대강 사업은 필요하지만 서두르면 안 된다."고 따끔하게 일침을 놓았다. 하지만 그는 언제라도 선線을 넘지는 않는다. 다시 말해 종교인들의 발언이 새로운 갈등의 한 축이 되는 일은 범하지 않는다는 뜻이다. 가령 2014년 세월호 사건 후 인터뷰에서 그는 이렇게 말했다.

세월호 참사의 사회적 근본 원인이 무엇이라 보나.

"우리 스스로 위대한 나라라는 환상에 취해 있다가 당한 것이다. 10대 교역국에 한류(韓流) 효과까지 있으니 경제뿐 아니라 문화적으로도 대단한 줄 알고, 제대로 된 준비 없이 요행수로 돌아갈 줄 착각했다. 우리는 2차대전 이후 독립한 나라 중 가장 성공적으로 압축성장하며 산업화, 민주화, 정보화를 이뤘다. 그러나 그사이 한편에선 책임은 지지 않고 권리만 주장하는 방종(放縱)이 싹텄다. 절차와 법질서를 무시하고 목적과 성취를 위해서는 수단, 방법을 가리지 않는 풍조도 생겼다. 민주화 이후에는 시민단체 사람들이 정부와 정치권에 들어가면서 감시기능과 긴장관계도 사라졌다. 그 허실이, 그런 문제가 총체적으로 모인 것이 이번 세월호 참사다. 세월호뿐이 아니다. 지하철 사고 나고, 날림공사로 체육관 무너지고, 하늘에선 북한 무인기에 뚫리지 않았나. 해상, 육상, 공중에서 지금 우리는 안전불감증에 안보불감증까지 겹쳐 있다. 압축성장 과정에서 생긴 구멍들이다. 그걸 잘 메워야 한다."

인터넷과 SNS에는 각종 괴담이 떠돌고 있다. 대통령 퇴진 요구도 나오고 있다.

"정권을 싫어하거나 비뚤어진 공명심을 가진 사람들이 괴담을 만들어내는 모양인데, 상황을 혼란하게 만들 뿐이다. 서해 페리호 사건 때도 선장이 살아있다는 이야기가 있었지만 결국 배와 함께 인양되지 않았나. 건전한 비판은 몰라도 괴담은 유가족들에게도 상처를 입힌다. 언론도 선정적인 보도를 자제해야 하고, 부정확한 정보를 옮겨 혼란을 더하면 안 된다. 대통령 퇴진은 지금 이야기할 때가 아니다. 더 큰 혼란만 온다. 먼저 수습해야 한다."

100만 명 이상 국민이 분향소를 찾았고, 자원봉사자들이 진도에 줄을 이었다.

"거기에 희망이 있다. 이권(利權)과 이해관계에 따라 왔다 갔다 하는 사람도 있지만 그렇게 의로운 사람들이 이번에도 얼마나 많았나. 학생들은 서로 구명조끼를 입혀줬고, 박지영 같은 승무원은 (학생들에게) '먼저 나가라.'고 하고 끝끝내 배를 지켰다. 참사 가운데도 그런 명암(明暗)이 있는 것이다. 지금 대한민국이 침몰할 것 같아도 그런 도덕성 가진 사람들이 위대한 대한민국을 만들어온 것이다. 언론도 이런 부분을 많이 보도해 전화위복을 이룰 수 있는 전기(轉機)를 만들어야 한다."

그의 발언에 항상 등장하는 키워드가 있다. '희망'이다. 그리고 그는 어느 쪽이 됐든 과도하게 치우치는 것을 지양한다.

박근혜 정부 들어서 문창극 총리 후보자가 교회 내에서의 신앙고백 발언이 뒤늦게 문제가 되자 "이해가 되지는 않지만 진의가 왜곡됐다니 들어보고 판단해도 늦지 않다."고 말했다. 당시는 일부 개신교 신자들 외에는 문 총리 후보자의 발언에 격앙하는 분위기였다. 불교계 원로로서도 발언하기 힘든 내용이었다. 그렇지만 그는 늘 눈치 보지 않고 소신껏 발언한다. "삶의 질을 높이는 일이라면 이름 쓰는 걸 허락했다."며 시민운동에 헌신한 것처럼, 정치사회적인 문제에 대해 그의 고견을 구하면 소신을 둘러대지 않고 바로 이야기한다.

그는 "정치는 아버지 같은 역할, 종교는 어머니 같은 역할"이라며 "종교는 통일이나 안보문제, 사회적 무질서 등을 바로잡기 위해 사회적 발언을 하되, 질서와 절차에 따라야 한다."고 말한다. 자유민주주의에 대한 소신도 뚜렷하다.

"대한민국의 정신, 건국이념, 자유민주주의, 시장경제 체제 내에서 주거니 받거니 정권도 교체돼야 한다. 개혁적 보수와 합리적 진보가 서로 인정하고 대화하는 것이 바람직하다."

월주 스님은 2015년 4월 말, 다시 케냐로 날아갔다. 지구촌공생회가 지어준 50번째 교육시설인 '만해학교'와 '태공학교' 준공식에 참석하기 위해서다. 만 80세의 고령에 오랜 시간 비행기 여행이 힘들지 않겠느냐는 걱정에 그의 대답은 이랬다.

"건강요? 아무렇지도 않아요. 오히려 더 좋아져요. 도와주러 간다는 기쁨 그리고 도움 받는 사람들이 즐겁고 기뻐할 것을 생각하면 행복감이 충만해집니다."

그는 2015년에만 1월엔 캄보디아 고등학교, 3월엔 미얀마 초등학교 준공식에 참석하기 위해 두 차례 해외여행을 다녀왔다. 학교뿐 아니라 우물은 캄보디아에 2169개, 케냐 17개, 몽골 13개 파줬고 미얀마엔 1000여 명이 사용할 수 있는 대형 물탱크 15개를 설치했다. 실제로 현지를 답사해보고 각국 사정에 맞게 학교가 필요하면 학교, 우물이 시급하면 우물, 우물보다 물탱크가 더 요긴하면 물탱크를 설치해주는 것이다.

2014년엔 해외구호를 위해 여덟 차례 해외를 다녀왔다. 팔순 어르신의 일정으로는 아무래도 과하다. 그래도 그는 "국내에 있으면 하도 시끄러운 일이 많아서 덩달아 나도 걱정이 많아진다."며 "남을 돕다 보면 걱정도 시름도 잊게 된다."고 말했다. 말이 쉬워 그렇지 그가 돕는 지역은 황열병黃熱病 예방주사 맞고 말라리아 약을 먹어야 갈 수 있는 곳들이다. 아무리 스태프가 챙겨도 모든 생활이 불편할 수밖에 없다. 그렇지만 그는 즐겁다고 했다.

월주 스님은 특히 케냐 방문을 뜻깊게 여겼다. 지난 2012년 수상한 만해대상 상금 5000만 원 전액을 기부한 '만해학교'와 자신의 법호法號를 딴 '태공학교'를 준공했기 때문. 그는 "상을 받으면 좋다. 또 누굴 도울 수 있으니까."라고 했다. 새 건물을 짓기 전엔 풀과 함석판으로 지붕을 얹은 움막 같은 곳에서 공부했던 아이들이 이젠 번듯한 교실을 갖게 됐다. 당초 만해학교는 초등학교로 계획했다. 그러나 현지 교육당국이 "중고등학교가 더 시급하다."고 부탁해 열 칸짜리 중고교로 작년 완공해 개교했다. 그러나 아프리카에 창궐한 에볼라 바이러스 때문에 준공식은 올해로 늦춰졌다. 현지 아이들은 스님이 가기 전부터 '올마피테트 만해 Olmapitet Manhae 중고교'라는 로고가 적힌 티셔츠를 입은 사진을 보내며 스님 일행을 기다리고 있었다.

월주 스님은 "지구촌공생회는 주로 동남아 지역을 도왔다. 대부분 불교 국가라는 인연도 있었다. 그러다 2010년대 들어 좀 더 멀리 손길을 뻗어보자는 생각으로 아프리카도 돕게 됐다. 현지인들이 '지금은 도움을 받지만, 우리도 교육을 통해 잘사는 나라가 돼 언젠가는 더 어려운 이웃을 돕겠다'고 다짐할 때 큰 보람을 느낀다."고 말했다.

항상 필요한 액수를 초과해 모금한 덕택에 학교 교사校舍만 지으려다 우물도 파줄 수 있었고, 각종 부대시설까지 갖춰 더 번듯하게 지원할 수 있었다.

월주 스님은 "지구촌공생회 건물 짓지 않고 어려운 이들을 돕는다는 걸 아니까 기꺼이 후원해주시는 것 같다."고 했다.

"우리 불교와 불자는 이제 부처님오신날 절에 등(燈) 달고 자신과 가족, 아들딸 소원성취를 비는 것에서 한 걸음 나아가 남을 위해, 또 밖으로 나가야 합니다."

북한은 에볼라 바이러스를 막겠다고 수개월 동안 국경을 폐쇄하다시피 했다. 그러나 팔순 고령의 월주 스님은 자기 발로 아프리카 대륙을 또 찾았다. 그렇지 않아도 지구상 가장 폐쇄적인 북한이 혹시 바이러스가 들어올까 전전긍긍하는 모습과 그런 모습의 북한을 질타하고 기꺼이 도움의 손길을 뻗으러 아프리카로 가는 월주 스님의 모습은 극명히 대조된다.

말씀을 바라는 곳엔 사심 없는 직설直說을 내어주고 손길을 바라는 곳엔 손을 뻗어주는 월주 스님. 그가 세운 지구촌공생회의 영어이름은 '굿핸즈Good Hands'다. 세계 구석구석을 향해 '착한 손길'을 내미는 기쁨과 즐거움 때문일까. 월주 스님의 얼굴은 시간이 흘러도 세월의 흐름을 느끼기 어려울 정도다. 또한 궁금증도 생긴다. 10년 가까이 '보류' 상태인 북한에 대한 지원이 재개될 날은 언제쯤일까.

마지막 심지까지
'탈 대로 다 타는' 촛불처럼

박청수 원불교 교무

"이거 한 장 쓰시지요."

　오전 11시 반쯤 만나서 함께 메밀국수에 생선가스로 점심하고 다시
헌산중학교로 돌아와 마주 앉은 지 1시간쯤 지났을까. 이야기를 마치고
사진도 찍은 후 주섬주섬 짐을 싸고 있을 때였다. 박청수 교무가 종이
한 장을 내밀었다. '청수나눔실천회' 후원 신청 용지였다. 월 '1만 원'부
터 '5만 원' '10만 원'으로 단위가 올라가는 액수란 중 '1만 원'에 동그라
미를 치면서 나도 모르게 '변명'이 튀어나왔다.

"우선 1만 원씩 할게요, 교무님."

원불교 박청수朴淸秀 교무(성직자). 1937년생. 2015년 현재 만 78세, 지

난 2007년 현역에선 은퇴했다. 하지만 그는 여전히 손수 모금활동을 벌이고 있었다. 문득 2006년 그와의 인터뷰가 떠올랐다. 정년퇴임을 앞둔 그는 당시 "1990년부터 2006년까지 105억 원을 개인적으로 모금했다."고 했다. 남들이 스스로 주머니를 열게 만드는 '비결'을 묻자 그는 "뻔뻔하게, 그러나 밉지는 않게."라고 답했었다. 속으로 '아, 바로 이게 10년 전 말씀하신 뻔뻔하게, 그러나 밉지는 않게 이구나.' 싶었다.

사실 그의 첫 인상은 '떡'이었다. 가끔 신문사 문화부에 보자기가 배달돼 왔다. 문화부 신입이었던 나는 '웬 보자기?' 하고 의아해할 때 선배들은 "떡 왔네. 박 교무님 다녀가셨나?" 하곤 했었다. 보자기엔 늘 '원불교 강남교당 박청수 교무'라는 쪽지가 붙어 있었다. 그렇지 않아도 '박청수'라는 이름 석 자는 신문 지면을 통해 낯이 익었다. 흰색 한복 저고리에 머리를 쪽진 사진과 함께 국내외 곳곳에서 어떤 활동을 한다는 짧은 내용들이었던 것 같다.

사진 속의 '박청수 교무'는 워낙 독특한⑦ 비주얼이라 뇌리에 강하게 남아 있었다. 초짜 문화부 기자 시절, 아직 취재원들과 본격적으로 만나기 전이던 때 그 떡은 내가 '신문에 실리는 유명한 분들과 상당히 가까운 위치에 있구나.'라고 느끼게 만들어주는 '물증'이었다. 원불교도 모르고, 교당도 모르던 그 시절 내게 원불교의 첫인상은 그렇게 '떡 나눠주는 종교'였고, 박청수 교무는 원불교 그 자체나 마찬가지였다.

그랬던 박 교무를 직접 대면하게 된 것은 2006년. 종교를 담당한 지 3년째 됐을 때였다. 출가 50년을 맞아 자서전 『하늘 사람』을 낸 것. 당시 이미 만 69세였던 박 교무는 내가 종교담당이 된 이후로는 활동 폭을 조금씩 줄이고 있었다. 그래서인지 만날 기회는 더더욱 없었고, 그의 이름표를 단 떡도 구경하기 힘들었다. 대신 자서전을 통해 사진만 보고 내용은 대충 흘려 읽었던 그의 활동상을 자세히 볼 수 있었다. 놀라웠다.

국내 중학교 두 곳, 탈북청소년을 위한 중고교, 인도 북부 라다크와 캄보디아 등 세계 55개국 각종 단체와 기관에 그의 손을 거쳐 지원금이 전달되고 있었다. 경기도 의왕의 천주교 한센인 시설 '성라자로마을'에도 30년 넘게 찾아가고, 지원금을 보내고 있었다. 그래서 히말라야 산지의 어린이, 캄보디아 빈민 환자들은 그를 '마더Mother'라고 불렀다. '마더 테레사'처럼 '마더 박'으로 불리고 있는 것.

책을 읽고 원불교 강남교당으로 찾아갔을 땐 곳곳에 짐 보따리가 쌓여 있었다. 2007년 초 정년퇴임을 앞두고 짐을 정리해둔 것. 1981년 박 교무가 스스로 개척해 26년 동안 살아온 '강남교당'은 그의 별칭과도 같은 곳. 그런 곳과 작별할 순간이 다가온 것이다. 그는 말했다.

"이젠 숲의 바람소리, 개울물 소리, 새들 노랫소리 들으며 자연과 합일하는 수도생활에 전력할까 합니다."

그러나 나는 그게 지켜지지 않을 말인 것 같았다. 종교를 맡은 지 오래되지는 않았지만 왠지 '감'이 그랬다. 내가 그때까지 만나본 성직자들은 각기 달란트talent가 달라 보였다. 수도생활이 어울리는 사람이 있고, 사회봉사활동이 더 잘 맞는 사람이 있었다. 내 느낌엔 박 교무는 후자였다. 정년퇴임은 한다지만 그의 에너지는 아직도 아주 많이 남아 있었다. 비록 그때 인터뷰에서 "삶과 생활을 '완전연소完全燃燒'하며 살았다."고 자부했지만. 내 눈엔 아직도 '더 연소할 연료'가 남은 듯 보였다.

아니나 다를까, 박 교무는 "새소리 들으며 수도생활 하겠다."고 한 지 10년이 되도록 아직도 '현역'이다. 물론 젊은 시절 세계의 오지란 오지는 다 찾아다닐 정도의 혈기는 아니다. 그렇지만 은퇴생활을 물으러 찾아간 기자에게 정기후원금을 모금할 정도로는 왕성한 현역이다.

10년 전 첫 인터뷰에서 뚜렷이 남은 한마디는 역시 '완전연소'였다. 청소년기 학교에서 배운 '탈 대로 다 타시오, 타다 말진 부디 마소~'라는 가사의 가곡 〈사랑〉에서 말하는 '다 타버리라'는 완전연소.

그는 '뻔뻔하게'라고 말했지만 사실 본인 입으로 말하기 뭐해서 그렇게 표현한 것 같다. 나는 그의 태도를 '당당하게'라고 바꿔 표현하고 싶다. 그 당당함은 어렸을 때부터 키웠던 것 같다. 그가 원불교 교무로서 성직자의 길에 들어서게 된 것은 어머니 덕분. 박 교무는 자신의 오늘이 있게 길러준 어머니에 대한 기억을 여러 책과 인터뷰에서 밝혔다. 그 글을 읽다 보면 박 교무의 어머니는 정말 보통 여인이 아니었다는 것을 알 수 있다.

박 교무는 전북 남원 산골에서 태어나 자랐다. 남원 읍내에서 산길로 20리를 걸어 들어가야 하는 죽산竹山 박씨 집성촌 마을이었다. 집안 형편은 그런대로 괜찮았다. 그러나 광복 후 농지개혁으로 땅이 줄면서 한 차례 집안이 기울었고, 박청수 교무 나이 아홉에 아버지가 돌아가시면서 많이 기울었다. 어머니는 시할머니와 시어머니를 모시고 박청수와 세 살 터울 딸(박덕수 교무)을 건사해야 하는 청상이 됐다. 그 어머니가 온갖 장사와 밭일 해가며 두 딸의 귀에 못이 박이도록 한 말이 있었다. 딸들은 어머니가 무슨 일을 했는지 모른다.

그런데 먼 훗날 어머니는 돌아가시기 직전에야 딸들에게 말한다.

"너희들 원불교 교무 만들려고 안 해본 장사가 없다."

그러면서 생선장수부터 소쿠리, 비단까지 다 팔아봤다고 했다. 그러나 딸들은 어머니가 장사를 한 기억이 전혀 없다. 물건을 팔았으면 팔다 남은 것이 있었을 테고, 그럼 집에 가지고 오셨을 텐데 그런 모습을 본 기억이 한 번도 없었던 것. 어머니는 집성촌에서 딸들이 또래들에게 놀림을 당하거나 자존심 상할까봐 어딘가에 팔다 남은 물건을 맡겨두고 태연하게 마실 나갔다 돌아오는 것처럼 귀가하곤 했던 것. 그러면서도 늘 딸들에겐 원불교 교무를 목표로 제시했다.

"시집, 그까짓 시집 무엇하러 갈 것이냐? 다른 길이 있는 줄을 모르면 몰라도, 더 좋은 길이 있는데 무엇하러 시집을 갈 것이냐? 커서 꼭 교무가 되어라. 기왕이면 한평생 많은 사람을 위해 살고 큰살림을 해라."

어린 박청수의 마음엔 이미 시집가서 하는 살림은 '작은 살림'이요, 교무가 되는 것은 '큰살림'이었던 것. 게다가 박청수 주변에서 잘난 여성들은 교무가 됐다. 자연히 교무가 되는 것은 '더 좋은 길'이었다. 죽산竹山 박씨 집성촌이었던 마을 분위기도 그랬다. 박씨 문중에서만 남성 여섯 명, 여성 서른 명이 원불교 교무가 되었다. 어린 박청수의 눈엔 여성이 시집가는 것은 뭔가 결격 사유가 있는 것과 마찬가지였다고 했다. 심지어 어머니는 박 교무의 동생 덕수 교무가 어려서 "교무가 되겠다."고 결심하지 않자 '차별(?)'까지 했다. 언니의 목욕물을 받게 하는 등 '교무가 돼 큰일 할 언니'를 시중들게 한 것. 결국 동생 덕수 교무도 원불교 교무가 돼 언니처럼 교당을 개척하고 평생을 교화에 나서게 됐다.

혼자 힘으로 어렵게 딸을 고교(전주여고) 공부까지 시킨 어머니는 익산 원불교 총부로 보낸 데 이어 총부 근처로 이사했다. 원광대 학생들 하숙을 치며 곁에서 뒷바라지했다. 이런 어머니의 헌신은 세상을 떠날 때까지 계속됐다. 조금이라도 돈이 생기면 교무가 된 두 딸의 활동에 보탰고, 91세까지 살면서 두 딸의 회갑 때는 각각 1000만 원씩을 줬다. "너희는 아들 며느리도 없고 딸도 사위도 없으니까 엄마가 그 대신 너희들 환갑 준비를 했다. 엄마 정성이다." 하시며…. 그 돈을 받아든 딸은 캄보디아에서 지뢰 제거 활동을 벌이는 영국의 재단에 10만 달러를 보내는 데 그 돈을 보탰다(후에 박 교무는 어머니 장례 때 들어온 조의금을 모아 캄보디아에 어머니 이름으로 교당을 지었다). 그 어머니에 그 딸인 것이다.

이런 어머니 밑에서 변변치 못한 딸이 나오기도 쉽지 않다. 원불교 교무가 된 후 원광대에 입학한 박청수가 2학년 되는 때부터 공부에도 불이 붙었다.

"원광대 졸업할 때는 전체 수석을 했어요. 제가. 호호호."

당시 원불교 여성 교무로서는 처음으로 대학원까지 마쳤다. 모두 어머니의 헌신적인 뒷바라지가 아니었다면 불가능한 일이었다.

그렇게 자랑스럽게 교무가 됐지만 원불교는 당시 객관적 종교지형으로 봤을 때 소수 종교였다. 전북, 그것도 익산(당시 지명은 이리)에서야 독보적이고 지배적인 종교였지만 전국으로 놓고 보면 신자도 교세도 미미했다. 하지만 박 교무는 자신감이 넘쳤다. 동국대 대학원을 마칠 무렵 자취를 하던 집의 주인은 개성교당에 출석하다가 월남한 할머니였다. 할머니가 익산으로 돌아가려는 박 교무의 손을 붙잡았다. 서울에 교당을 새로 내자는 것. 그렇게 사직교당 개척이 시작됐다.

30대의 박 교무는 거칠 게 없었다. 포교는 기본이고, 청년들을 모아 크리스마스 이브에 땅콩장사를 해 수익금 가운데 2만4천 원을 군용 헬리콥터 사는 비용, 즉 방위성금으로 냈다. 교당 살림도 빠듯하던 시절 방위성금을 낸 것은 박 교무의 '그릇 크기'를 보여준다. 그는 이때 방위성금이 자신의 사회활동의 첫걸음이었던 것으로 기억한다. 경기 의왕에 성라자로마을이 생기자 제 발로 찾아갔다. 돈이 생기면 돈을 들고 갔고, 돈 대신 떡, 엿, 수박, 참깨, 들깨, 무말랭이까지 가져갔다. 그리고 거기서 한센인들과 어울려 놀다가 돌아왔다. 기분 좋으면 춤도 췄고, 노래도 불러줬다. 1975년 성라자로마을 축성식 때부터 시작된 라자로마을 방문은 40년 동안 이어지고 있다.

출가 직후부터 적은 수첩엔 1960년대 말~1970년대 그가 몸담은 교당이 다른 종교나 단체에 기부한 내역이 빼곡히 적혀 있다.

'서울시립아동병원 방문하여 기아(棄兒)를 위해 기저귀, 비스킷, 스타킹 등 지원'(1972. 5. 5.)

'월남에서 귀국한 백마부대와 전방 7326부대 찾아 월동김장을 담가주고, 신호용 종과 방송용 스피커 전달'(1973. 11. 16.)

'맹인에게 흰 지팡이 보내기 캠페인, 「조선일보」사에 1만 원 기탁'(1974. 3. 16.)

'국립맹학교에 원불교 장학금전달'(1975. 3. 5.)

일지日誌를 읽다 보니 머릿속에 '전복顚覆적 사고'란 단어가 떠올랐다. 자신이 도움을 받아도 시원치 않은 판에 남을 돕는 일. 원불교라는 종교가 있는지도 잘 모르는 시절에 훨씬 덩치 큰 천주교 시설을 돕겠다고 나서는 용기, 이런 것 말이다. 박청수 교무는 자서전에서 그것은 용기가 아니라 조바심이었음을 토로했다.

"한평생, 짧지 않은 세월 동안 나는 쉼 없이 길쌈을 했던 여인 같습니다. 의미 있는 일, 꼭 필요한 일이라고 여겨지면 나는 아무 일이나 가리지 않고 팔을 걷어붙였습니다. 밤도 낮도 없었습니다. 일마다 매양 큰돈이 필요해서 앉으나 서나 자나 깨나 궁리궁리하느라 밤잠을 설친 적도 참 많았습니다. 일을 할 때마다 나는 오직 그 일을 이루어야겠다는 일념뿐이었고, 그 한마음은 어느덧 간절한 염원이 되어 사무쳤습니다.

지난 오십 년의 긴 세월 동안 많은 일을 했지만 어느 일도 쉬운 일은 없었고, 그 하나하나의 일은 늘 천신만고 끝에 이루어졌습니다. 내가 했던 일들 중 회의(會議)를 거친 것은 하나도 없습니다. 세계 55개국을 돕고 나라 안팎에 아홉 개의 학교와 두 개의 병원을 세웠지만, 오직 나의 염원이 종자(種子)가 되어 이루어진 일들입니다. 아마 회의를 거쳤더라면 두 나라도 돕기 어려웠을 것입니다."

그렇게 마음이 세워지면 그 다음은 '호소'다.

"어떤 일을 꼭 해야겠다는 마음이 들면 나는 주소일념(晝宵一念) 그 생각뿐이었습니다. 그래서 설법 시간이면 내가 보았던 그 딱한 사정을 알리고 함께 돕자고 호소했습니다. 때로 큰일을 하다가 그 일을 감내하기가 힘겨우면 몸이 쇠잔해지곤 했습니다."

"하나하나의 일들마다 애가 타고 애간장이 녹는 지경에 이르러서야 일이 이루어지곤 했습니다."

그가 지금까지 해온 일이 전부 그렇다. 돈을 쌓아 놓고 '어디부터 줄까?'가 아니라 그때그때 다급해 보이는 일이 생기면 교도들에게 알리고, 여유 있는 이들에게 손 벌리고, 사회에 호소해서 모금하고 물건을 모았다. 돕고 싶은 마음에 애간장이 타는 지경까지 스스로를 몰아붙여서 이뤄낸 성과들인 것이다. 그냥 남들에게 손 벌리기만 한 것도 아니다. 1970년대 말 우이동 수도원 교당을 맡았을 때는 테니스장을 운영해 스스로 벌이에 나섰고, 전남 담양 창평엿을 떼어다 파는 '엿장사'는 15년 동안이나 했다. 그렇게 1만 원도 좋고, 10만 원도 좋고 모이면 모이는 대로 필요한 곳에 나눠줬다. 자비의 동심원은 차츰 넓어져갔다.

1981년 박 교무가 개척한 강남교당은 더 큰 운동장이었다. 여기서부터 본격적으로 눈을 해외로 돌렸다. 해외 지원 역시 원리는 간단했다. 돈이 있으면 돈을 보내고, 우선 급한 대로 헌옷가지 모으고, 헌책도 모으고, 생필품도 이것저것 모아서 컨테이너를 채워 현지로 보냈다.

남이 잘 하고 있으면 그 활동을 돕고, 남들이 별 관심을 두지 않는 것은 자신이 직접 도왔다. 그의 안테나는 고성능이다. 한국을 찾아온 외국인이건, 외국 현지를 찾아갔을 때 만난 사람이건 그는 한 명의 이야기도 허투루 흘려듣지 않는다. 해발 3600미터 라다크 사람들을 도와 기숙학교와 병원을 짓게 된 것도, 캄보디아에 지뢰제거 비용을 지원하고 병원과 교당을 만든 것도 시작은 단 한 명씩의 인연이었다. 단체 대 단체의 지원 협약이 아니었다. 때로는 행사장에서 받아든 유인물 한 장 때문에, 혹은 수많은 대중을 상대로 한 호소 연설 한마디가 박 교무의 가슴을 울리면 그는 바로 행동에 옮겼다. 지금 여력이 있는지는 따지지 않았다. 꼭 필요한 일이냐가 판단 기준이었다. 그렇게 도운 캄보디아 젊은이는 나중에 장관이 됐고, 라다크에서는 달라이 라마를 초청하는 자리에 최고 귀빈으로 그를 초대했다. 남들과 똑같이 들은 '작은 호소'를 남들과 똑같이 듣지 않고 귀를 열고 그들의 고통에 공감한 것이 오늘의 '마더'를 만든 원동력이다.

그가 강남교당 교무였던 시절 강남교당 교도들은 참 힘들었을 것 같다. 여기 돕자고 해서 열심히 모으고 있으면, 다시 저기도 도와야겠다고 끊임없이 일거리를 들고 오니 말이다. 그것도 남아프리카 희망봉에서 히말라야 설산 라다크까지 종횡무진으로 누비면서.

그에게 주머니 '털린(?)' 이들은 강남교당 교도들만이 아니다. 김몽은 신부처럼 천주교 신부님에게도 매달렸고, 원불교 신자가 아닌 각종 동창회에도 부탁했다. 그는 말했다. "남에게 손을 내밀려면 내 삶부터 최소화해야 했다."고. 치마 하나를 30년씩 입고 버틴 덕에 '뻔뻔하게 그러나 밉지 않게' 손을 내밀 수 있었던 것. 그는 또한 원불교의 남녀평등, 그리고 믿고 맡기는 분위기를 자신이 맘껏 활동할 수 있었던 배경으로 꼽았다.

"원불교는 남녀 성 평등이 철저해 여성 교역자의 행동을 제한하지 않았어요. 강남 교당에 26년을 머물며 교도님들이 보내준 성금과 성원으로 히말라야 라다크 등 나라 안팎에 학교 아홉 개, 병원 두 개를 세웠죠. 매주 두 번씩 사업 내용을 알리고 어디에 얼마를 썼는지 투명하고 소상하게 밝혔더니 제가 하는 일이라면 다들 믿어주셨죠."

그러나 그는 "나는 우리나라가 고속 압축성장한 경제적 혜택을 남달리 누린 셈이다. 남을 돕고 나누는 데에, 설산 사람을 도운 것은 내 인생의 큰 호사다."라고 말한다.

그의 적극성, 진취성을 엿보게 하는 한 예가 '영어 공부'다. 차츰 활동범위가 외국으로 넓어지면서 '짧은 영어'가 걸렸다. 남들은 "당신 영어 정도면 다 알아듣는다. 괜찮다."고 했지만 그는 영어공부를 하기로 했다. 워낙 바쁜 생활이라 따로 영어학원 갈 시간을 빼기는 어려웠다.

그는 당시 유행하던 '민병철 영어 테이프'를 샀다. 그리고 달달 욀 때까지 시간 날 때마다 듣고 또 들었다. 그리고 지금은 웬만한 자리에선 그냥 영어로 연설을 한다. 지금도 헌산중학교 이사장실엔 여기저기 '민병철 영어 테이프'와 책이 굴러다닌다. 펼쳐보면 페이지마다 빨간 줄이 새카맣게 그어져 있다.

봉사를 통해 교유도 넓어졌다. 소설가 박완서 선생은 성라자로마을 봉사에서 만났다. 박완서가 먼저 "박청수 교무시죠?"라며 인사했다고 한다. 법정 스님과는 1991년 봄 송광사 불일암에서 처음 만났다. "매화 가지에 꽃망울이 조금씩 부풀어 오르고 댓잎이 부서지는 봄 햇살이 향기롭습니다. 꽃가지에 향기 번질 때쯤 다녀가십시오."라는 법정 스님의 편지를 받고 바로 달려갔던 것. 호접란 화분을 들고 불일암을 찾은 그는 녹차, 우롱차, 홍차를 얻어 마시고는 예의 '뻔뻔하게 그러나 밉지 않게' 또 부탁을 했던 모양이다. 당시 라다크를 돕는 어려움을 말이다.

박완서는 "강남교당 교도들이 무슨 화수분이냐?"며 호암상 상금 중 1000만 원을 떼어 기부했다. 법정 스님도 직접 강남교당까지 찾아와 "원고료요." 하며 100만 원을 내놓았다. 다른 종교에 도움을 나누고, 그들로부터 또 십시일반 도움을 받았던 것은 아마도 박청수 교무가 금메달감일 것 같다. 그만큼 인간적으로 교유했던 것이다. 그의 어머니가 돌아가셨을 때에도 마찬가지다. 원불교뿐 아니라 성라자로마을에서도, 명동성당 구내의 성샤르트르수녀원에서도 함께 어머니를 위한 기도를 올려줬다. 인간적인 감정의 소통 없이는 도저히 불가능한 일이 아닐 수 없다. 2015년 출간된 자서전 『박청수』의 제목글씨도 법정 스님이 그에게 보낸 편지에서 따낸 글자다.

2005년 5월, 부처님오신날을 앞둔 일요일 저녁 서울 성북동 길상사에서 음악회가 열렸다. 이 자리에 박 교무는 김수환 추기경, 법정 스님과 나란히 앉았다. 이미 두 분은 고인故人이 됐다. 이제 다시는 볼 수 없는 흐뭇한 광경이다. 단순히 유명 종교인이어서가 아니다. 종교 사이의 벽을 넘어 진실로 인간적으로 교유하며 마음을 나눈 사이도 요즘 세상엔 드물기 때문이다. 혹시라도 인터넷으로 당시 기사를 검색해보면 이 자리에 초대한 법정 스님의 고마워하는 표정과 김수환 추기경과 박청수 교무의 즐거워하는 얼굴을 확인할 수 있을 것이다.

2015년 3월 말, 경기도 용인시 처인구 헌산중학교를 찾았을 때 따뜻한 봄볕 속에 인부들이 건물 곳곳을 땜질하고 녹을 벗겨내고 칠도 새로 하고 있었다. 이 학교를 설립해 이사장을 맡고 있는 그의 거처는 이 학교 뒤편 '삶의 이야기가 있는 박물관'. 1층은 그가 그동안 완전연소해온 국내외 봉사활동을 보여주는 사진 패널과 관련 기사가 빼곡이 전시돼 있다. 앨범 90권, 1만 5천 장 중에서 고른 사진과 신문 스크랩, 그리고 각국에서 받은 기념품들이다. 2층은 법당, 3층이 그가 사는 살림집이다.

박 교무는 "마지막을 미리 준비하는 것"이라고 했다. 여전히 소녀처럼 생글생글한 미소와 변성기 갓 지난 소녀의 그것 같은 하이톤의 목소리로 '마지막'이라니?

"법정 스님은 만 79세, 박완서 선생도 만 80세에 돌아가셨어요. 좋아했던 분들이 가신 나이가 되고 보니 저 역시 그 분들처럼 정갈하고 깔끔하게 주변을 정리해 놓고 싶어요. 그래서 우선 사는 곳부터 정리하고 있는 거지요."

그러고 보니 이곳만 한 수도 장소도 없다는 생각이 든다. 산등성이 양지바른 언덕에 자리한 헌산중학교 뒤편의 3층짜리 작은 집. 원불교의 일원상을 닮은 듯 둥글게 원형으로 건축된 집에선 근처 마을과 논밭이 한눈에 내려다보인다. 또 산새 소리와 바람 소리가 계절과 자연의 변화를 살갗으로 느끼게 해준다. 그는 자서전 『박청수』에서 이곳 생활을 이렇게 묘사했다.

"수도자의 말년을 이렇게 한적한 곳에서 한가롭게 살 수 있다는 것이 무척이나 감사하고 은혜롭습니다. 함께 사는 사람이 없어 말할 상대도 없습니다. 침묵 속에서 날과 날들을 지낼 때가 많습니다. 하루 세끼의 식사도 스스로 만들어 먹습니다. 그런 일은 하루 운동량으로도 필요하다고 생각합니다. 지난날 절실하다고 여겨지는 큰일들을 하느라 분초를 다투며 치열하게 살던 때에 비하면 몸으로 하는 일은 어려운 일이 아닙니다."

"사람들은 퇴임 후에는 또 무슨 일을 할 거냐고 묻기도 합니다. 그럴 때면 '느낌이 좋은 사람이 되고 싶다.'고 선문답을 합니다. 하루하루를 침묵 속에 지내다 보면 마음은 절로 조용해집니다. 그 조용한 마음을 잘 유지하려고 힘쓰고 있습니다. 저는 텔레비전도 보지 않습니다. 아침엔 라디오 뉴스를 듣는 것도 삼갑니다. 저와는 상관없는 일로 아침부터 정신이 시끄러워지지 않게 하기 위해서입니다. 오직 저의 한마음이 온전한 상태로 지속될 수 있도록 힘씁니다. 한마음이 온전해지기만 하면 적적성성(寂寂惺惺)한

본래면목(本來面目)의 자성(自性)의 자리에 합일된다고 믿습니다."

　우리 사회가 선진국 문턱으로 진입하면서 곳곳에서 '시스템' 이야기가 많이 나온다. '시스템을 정비해야 한다.' '시스템, 구조가 문제다.' 등등. 그러나 나는 여전히 시스템보다는 사람이 중요하다고 믿는다. 박청수 교무가 활동하던 시기는 우리 사회의 모든 시스템이 제대로 갖춰지지 않은 때였다. 그래서 박 교무는 '회의 없이' 직관적으로 도움을 결정할 수 있었을지 모른다. 그러나 아무리 시스템이 잘 갖춰진다고 해서 다시 박청수 같은 이가 나올 수 있을까. 박청수 교무처럼 세상 끝 어느 곳의 외로운 고통을 자기 아픔처럼 가슴 떨려하고 간절하게 애간장을 녹이는 사람이 나올 수 있을까. 앞뒤 가리지 않고, 내 주머니에 얼마나 있는지 재지 않고 덮어놓고 '도와야겠다.'고 마음을 내기가 쉬울까. 결국 문제는 사람이고, 태도라는 생각을 다시 굳히게 된다.

　박청수 교무가 사는 '삶의 이야기가 있는 집' 3층엔 난초 화분이 수십 개, 양초가 수백 개였다. 특히 "초를 좋아한다."는 그는 세계 각국을 다닐 때마다 양초를 수집했다. 그의 취미를 아는 이들도 예쁜 초를 보면 보내온다고 했다. 어머니의 장례 후 49재, 백재를 지내면서도 독일, 캄보디아, 일본 등 세계 각국에서 온 초를 밝혀 어머니의 왕생을 빌었다. 그 양초들을 보면서 박청수는 세계 55개국에 자신이 밝혀온 자비의 등불과 완전연소하는 인생을 꿈꾸고 있는지 모른다. 마지막 심지까지 '탈 대로 다 타는' 촛불처럼.

고통은 하느님이 주신
은총이자 기회

김하종 신부

"안녕하세요, 반갑습니다, 감사합니다."

비음鼻音 섞인 세 마디가 거의 동시에 속사포처럼 쏟아져 나왔다. "안녕하세요." "반갑습니다."는 알겠는데, 도대체 출근하자마자 직원들에게 "감사합니다."는 뭔지 모르겠다. 경기도 성남 '안나의 집' 사무실을 들어서는 그의 입엔 "감사합니다."가 늘 그렇게 붙어 있는 듯했다.

"여기 보세요. 교황님도 이렇게 말씀하셨어요. 섬기러 오신 그리스도처럼 주교들도 종이 되길 당부하셨다고요."

그는 메고 온 배낭을 어깨에서 풀고, 마주 앉자마자 탁자 위에 놓여 있던 「가톨릭신문」 1면 제목을 손가락으로 가리키며 웃었다. 작고 마른

체구에 레게 퍼머를 한 듯 곱슬곱슬한 머리카락, 이탈리아 출신의 김하종 신부다. 김 신부가 가리킨 기사는 한국의 천주교 주교들이 2015년 3월 초 바티칸을 방문해 교황을 만난 자리에서 교황이 한국 주교들에게 당부한 이야기의 내용을 뽑은 제목.

김 신부는 마치 자신이 기사에 등장한 것처럼 좋아했다. 김 신부가 이 제목을 특별히 더 반긴 것은 자신의 한국 이름 '하종'이 '하느님의 종'이란 뜻의 줄임말이기 때문이다. 나는 김 신부만큼 '종(머슴)'이란 말을 이처럼 좋아하는 사람을 본 적이 없다. 가톨릭, 개신교 성직자들은 대개 '종'이란 단어를 좋아한다. 성직자들이 자신을 가리켜 '주님의 종'이라고 부르니 신자들은 성직자를 가리켜 '주님의 종님(?)'이라고 부르는 웃지 못할 표현까지 등장하고 있다. 그중에서도 김하종 신부는 진정 이 '종'이란 단어를 좋아한다.

김 신부는 한국어를 이탈리아어의 속도로 말한다. 무척 빠르다. 받아적기가 힘들 정도다. 행동도 빠르다. 이야기하다가 무슨 주제가 나오면 바로 달려가 그 사안에 대해 준비하고 있는 상황을 프린트해서 보여준다. 입과 손발이 머리의 회전 속도를 쫓아가기 버거운 것처럼 느낄 정도다. 그런데 그가 일하는 과정을 보고 있으면 저렇게 한국 사람들보다 더 '빨리 빨리' 하지 않을 수 없겠구나 싶다.

그의 일터는 경기도 성남시 성남동성당 구내. 성남에서도 구舊도심이다. 1970년대 서울 청계천변 무허가 건물을 철거한 뒤 철거민들이 정착하면서 만들어진 거리다. 여기서 자동차로 불과 한 5분 정도만 가면 가로세로 줄을 잰 듯 반듯한 분당 신도시가 나온다. 하지만 성남동성당 주변만 해도 언덕배기를 따라 집들이 들어찬 옛날 거리 모습이다. 분당이 2000년대 풍경이라면, 성남 구도심은 아직도 군데군데 1970년대 풍경을 간직하고 있다. 자동차로 5분 거리는 그런 20~30년의 시차時差를 보이고 있다. 그리고 그 간극에는 다양한 문제가 도사리고 있다. 김 신부가 하는 일은 그 간극을 메우고, 이어주는 일이다.

'안나의 집'은 노숙인에게 매주 월~금요일 저녁식사를 대접하는 급식소이자 샤워실이고, 이발소다. 그뿐이 아니다. 내과, 치과, 정신과 병원이자 수지침을 맞고 통증완화 치료를 받을 수 있는 곳이다. 동시에 사정이 급한 이들은 잠도 자고 밥도 먹을 수 있는 쉼터 역할도 한다.

'안나의 집' 밖에서도 활동은 많다. 청소년 쉼터가 네 곳이나 된다. 김 신부는 서울 수서에 있는 숙소를 아침 7시 반쯤 나서서 오전 중에 청소년 쉼터를 순례한다. 하루도 빠지지 않고 순례한다. 아이들을 직접 눈으로 보기 위해서다. 그래도 모든 아이를 만나기는 쉽지 않다. 아침 일찍 집에서 나가버리는 아이들이 있기 때문이다. 그래서 더더욱 매일 가본다. 그렇게 다 돌고 '안나의 집'에 출근하면 오전 10시쯤. 서류 작업을 좀 하다 보면 어느새 점심시간이다. 오후 1시부터는 저녁 배식 준비에 나선다. 저녁 배식을 마치고 퇴근할 때에도 다시 청소년 쉼터 순례. 오전에 못 본 아이들을 만날 수 있을까 해서다. 김 신부는 "이렇게 매일 아침저녁으로 쉼터를 찾다 보면 적어도 일주일에 한 번은 아이들 모두를 만날 수 있다."고 했다.

"다른 아이들을 통해 듣는 것하고 직접 만나는 것하곤 천지 차이예요. 직접 눈을 보고 있으면 이 아이들이 다시 흔들리고 있는지 아닌지 알 수 있거든요. 그래서 꼭 직접 얼굴을 보고, 한 마디라도 들어보려 애씁니다."

또 있다. 매주 화요일 새벽엔 가락시장에 들른다. 상인들이 팔고 남은 채소를 얻으러 다마스 승합차를 몰고 가는 것. 매주 금요일 새벽엔 파리바게트 공장에 가야 한다. 역시 빵을 기증받기 위해서다. 기본 일상이 이렇게 빡빡하게 짜여 있기 때문에 그는 말 한마디, 행동 하나도 금방 금방, 빨리 빨리 하지 않으면 안 되는 것이다.

내가 처음 김 신부를 만난 것은 2008년. '안나의 집'이 10주년을 맞아 새 건물을 짓기 위한 바자회를 준비할 때였다. 그때 '안나의 집'은 허름했다. 건물도 가건물이었고, 컨테이너도 있었다. 저녁 배식 시간 무렵이었는데, 가건물 주변으로 급식 받으러 온 노숙인들이 여기저기 보였고 분위기는 전체적으로 어두웠다. 어두운 분위기 속에서 앞치마 두른 김 신부는 유독 밝고 시끄러웠다. 여성 자원봉사자 다섯 명과 함께 음식을 배식하기 좋게 배열하면서 김 신부는 "고맙습니다." "감사합니다."를 연발하고 있었다. 계속 웃었다. 그의 미소는 자원봉사자뿐 아니라 노숙인에게도 똑같았다.

이윽고 배식 준비가 끝나자 그가 말했다.

"아이고, 벌써 준비 다 마치셨네. 힘들었죠?"

자원봉사자의 대답이 걸작이었다.

"힘들기는요, 거저먹기지. 더 좋은 걸 하느님께 가서 받아야지요."

'안나의 집'은 당시 10년간 연인원 60만 명에게 저녁 식사를 대접했으며 내과, 정신과 진료를 받은 사람도 1만 2천여 명, 이·미용 서비스를 받은 사람이 2만 명에 이른 상태였다. 연인원 3만 명에 이르는 자원봉사자와 1500여 후원자들이 이룬 성과였다. 그런데 당장 급한 대로 성남동성당 구내 공터 여기저기에 컨테이너를 갖다 놓고 시작한 급식소와 시설들은 그 상태 그대로는 더 이상 지속이 불가능해 보였다. 그래서 10년을 맞아 새 건물을 짓기로 했던 것. '새 집'은 지상 2층짜리 철근 콘크리트로 지을 계획이었다. 당시 기준으로 6억 원 정도가 필요하다고 했다. 그러나 김 신부가 속한 오블라띠수도회 본원에서는 "한국보다 더 어려운 나라를 먼저 지원해야 한다."며 우선 자체적으로 공사비 마련을 지시했다고 했다. 그래서 바자회를 열기로 했던 것.

당시 김 신부는 동영상으로 "봉사하는 것은 참 기쁜 선물입니다. 여기 봉사자 덕분에 10년 동안 이렇게 할 수 있었습니다. 감사하고 고맙고 전 앞으로 새로운 건물 지을 수 있으면 너무너무 고맙고 감사할 것입니다."라고 말했다. 다시 돌려본 동영상에서도 김 신부는 "고맙습니다" "감사합니다" "기쁜 선물"이란 단어를 연발하고 있었다. 그런 점에서 그의 한국어 실력(?)은 크게 늘지 않은 것 같다.

7년 만인 2015년 3월에 다시 찾은 '안나의 집'은 지하 1층, 지상 3층짜리 번듯한 '집'으로 새로 태어나 있었다. 구석구석 먼지 하나 없을 정도로 깨끗이 정돈돼 있었다. 식당도 쉼터도 샤워장도. 2층엔 사무실과 강의실, 진료실이 들어섰다. 매주 요일별로 월요일엔 법률상담, 화요일엔 진료, 수요일엔 학교교육, 목요일엔 실업상담, 금요일엔 수지침, 토요일엔 신앙상담을 한다. 3층엔 노숙인들이 머물 수 있는 숙소도 있다. 너무도 깨끗해져서 몰라볼 정도였다. 김 신부는 "기적"이라고 했다.

"저는 외국인이라서 동료 사제, 선후배 관계도 없잖아요. 그런데 이렇게 계속 봉사할 수 있다는 게 기적이지요."

김 신부의 한국 생활은 2015년으로 만 25년을 맞았다. 그는 "제 인생에서 성남에서 산 시간이 가장 길어요."라고 했다.

"열네 살 때 고향을 떠나 로마로 공부하러 갔고, 스물여덟 살 때 로마를 떠나 한국에 왔고, 그중 서강대에서 어학연수 하던 2년 빼고는 성남에 살았으니까요. 진짜 성남이 제2의 고향이에요."

김 신부의 이탈리아 이름은 빈첸시오 보르도. 이탈리아 로마에서 자동차로 한 시간 남짓 떨어진 피안사노라는 곳에서 태어났다. 그는 교황청립 우르바노대에서 학사, 로마 그레고리안대에서 동양철학으로 석사학위를 받았다. 그는 고교생 때 성소聖召, 즉 '하느님이 성직으로 부르심'을 느꼈다. 처음에는 교구 신학교에 들어갔지만 주말과 방학 봉사활동을 통해 가난한 이들에 대한 헌신을 결심했다. 고아원, 양로원, 교도소 등에서 봉사를 하면서 '새로운 가난한 사람들'을 만나게 됐고, 교구의 성당을 맡아 사목하는 사제보다는 가난한 이들을 돕는 사제를 꿈꾸게 됐다. 그래서 '어려운 사람들에게 복음을 선포하라'라는 정신을 가진 오블라띠 선교수도회에 입회했고, 1990년 선교사로 한국에 파견됐다. 대학원에서 동양철학을 공부한 그는 원래 중국 선교사로 가고 싶었지만 입국入國이 어려워 한국으로 방향을 바꿨다. "가난한 이를 위해 평생을 살겠다."고 다짐한 그는 서강대에서 어학연수 하는 2년 동안 주변을 '탐문'했다. "어려운 이웃이 많은 곳이 어디냐"고 주변에 계속 물어봤다. 그 결과, 성남을 선교지로 택했다. 우선 이름부터 지었다. 한국 최초의 사제이자 순교자인 김대건 신부의 성姓을 따서 '김', '하느님의 종'으로 충실히 살겠다는 뜻에서 '하종', '김하종'으로 지었다. 그리고 장기기증과 시신기증도 했다. 잠깐 왔다 가는 선교가 아니라 이 땅에서 가난한 이들과 함께 살다가 뼈를 묻겠다는 각오였다.

아무것도 가진 것 없는 이방인, 그는 맨몸으로 시작했다. 성남 신흥동 성당 보좌신부로 2년간 활동하면서 지역 사회복지 담당 수녀들을 따라 병원, 독거노인가정 등 지원이 필요한 곳을 파악하기 시작했다. 당시 성남은 분당신도시가 들어서기 전, 어려운 이웃들이 많은 곳이었다. 그는 무료급식소도 운영하고, 성남시 수정구 위탁을 받아 독거노인 급식을 위한 '평화의 집'도 운영했다. 분당 영구임대주택으로 이주한 주민들을 따라갔다가 "영어 과외를 시켜줄 돈이 없다."는 한 학부모의 호소에 "그럼 내가 가르치지." 하고 시작한 것이 학생이 늘면서 '목련마을 청소년 나눔 교실'을 비롯해 자선 식당, 무료 음식배달 등 도움활동으로 확대됐다. 점차 자선의 동심원은 넓어졌다.

'안나의 집'이 시작되고 김 신부의 성남 지역 내 활동이 본격화된 계기는 IMF 외환위기였다. 대기업들이 줄줄이 쓰러지고 은행이 문을 닫았다. 실업자가 길거리마다 넘쳤으며 가정이 붕괴되고 노숙인이 쏟아져 나왔다. 그때 그동안 김 신부와 함께 봉사활동을 하던 '오승철 사장'이 노숙인을 위한 무료급식소를 제안했다. 오 사장은 성남 모란역 근처에서 뷔페식당을 하고 있었다. 그는 이제 독거노인 돕는 것보다 저 넘쳐나는 노숙인과 실업자를 위한 무료급식을 해보시죠. 제가 식당도 빌려드리고 지원하겠습니다."라고 제안했다. 뷔페식당에서 음식을 조금 더 장만해 노숙인들을 대접하자고 한 것. 처음엔 급식을 일주일에 한 번씩만 했다. 그런데 수요가 넘쳐났다. 결국 가까운 성남동성당 구내의 가건물 창고를 빌리기로 했다. 성당 측에선 기꺼이 무상으로 빌려줬고, 그렇게 평일 오후 매일 저녁 식사를 대접하는 것으로 바꾸면서 이름도 붙였다. '안나의 집'. '안나'는 오씨의 돌아가신 어머니의 세례명이다.

"처음 '안나의 집'을 시작할 때부터 '불쌍하니까 밥 준다.'가 아니었어요. 우리와 똑같은 사람들이다. 다시 출발할 수 있도록 돕자는 것이었죠."

당장 급한 것은 한 끼의 식사이지만 노숙인들이 장차 스스로 일어설 수 있도록 근본적인 대책을 염두에 둔 것. 미래를 알기 위해선 과거를 돌아보는 것이 방법. 먼저 노숙인들의 인생을 거슬러 올라가봤다고 했다. 그 결과 대부분 어린 시절 알코올 중독이나 가출한 어머니 등의 가정 문제로 사랑을 받지 못한 공통된 경험이 있었다. 자존감, 자신감이 떨어지고 학력에 대한 열등감까지 겹치면서 내면이 불안했다. 그래서 '홈리스'라는 결과이자 현상은 '루트리스rootless'라는 뿌리가 도사리는 역설이 발생한다는 것이다.

자립을 원하는 노숙인 열다섯 명이 매주 월~금요일 오전 8시부터 오후 5시까지 종이가방(쇼핑백)을 만드는 노숙인 자활작업장을 운영하고 인문학교실, 건강교육을 제공하는 한편 숙소를 제공하는 것도 자존감 회복과 사회 복귀를 돕기 위해서다.

그는 매사에 "안 돼? 그럼 해보자!"고 한다. 그리고 성공시킨다. 그는 자신의 활동에 대해 늘 "계획하고 일을 벌인 것이 아니라 필요에 따라 하다 보니 여기까지 오게 됐다."며 "모든 게 기적이고 하느님이 하신 일"이라고 말한다. 청소년 쉼터도 그렇다. 그가 가출청소년 돕기에 애정을 쏟는 것은 청소년들이 장차 '루트리스'로 방치되는 것을 막기 위해서다. 미래의 '홈리스'를 막자는 것.

노숙인 아저씨들을 모셔와 식사를 드리다가 가출한 아이들도 데려와 저녁밥을 주기 시작했다. "안녕" 하고 헤어지는데 마음이 아팠다. 저 아이들의 잘못은 없다, 저녁엔 어디서 잘까, 이런 게 걱정이 돼 결국 집을 하나 장만하게 됐다. 그런데 모아 놓고 보니 가출 청소년 가운데도 공부를 계속하고 싶어 하는 아이들이 있었다. 분리가 필요했다. 다른 아이들과 함께 두면 공부도 안 될 것으로 보였다. 그래서 집을 한 채 더 마련했다. 이렇게 하나씩 늘어난 것이 네 개의 그룹홈이다. 머무는 아이들은 100여 명.

"매년 가출하는 아이들 숫자를 경찰은 2만 명, 여성가족부는 10만7천 명, 필드의 사람들은 20만 명이라고 해요. 여자가 남자보다 많아요. 학교 그만두는 아이들도 6만 명쯤 돼요. 한국은 노인 문제는 잘하고 있어요. 그렇지만 청소년 문제는 곧 큰 문제가 될 거예요."

그는 "집을 나오면, 남자아이들은 절도竊盜, 여자아이들은 성매매로 빠지기 쉽다."고 했다.

"가출한 아이들끼리 방을 얻어서 사는 경우가 많아요. 그러다 보면 아기를 갖는 경우도 있고, 그러면 남자아이가 버리고 떠나버리고, 여자아이는 성매매로 빠지고 이런 일들이 많이 생겨요."

'안나의 집'이 운영하는 청소년 시설은 모두 네 곳. '푸른청소년 쉼터' '중장기 청소년 쉼터' '공동생활가정' '청소년 자립관'이다. 단계별로 청소년들을 보살핀다. '푸른청소년 쉼터'는 3~9개월간 머물며 가정으로 돌아가도록, 학교로 돌아가도록 돕는다. 이게 어려운 경우들도 있다. 그러면 2~3년짜리 중장기 청소년 쉼터로 이어진다. 거기서 일반학교에 다니도록 한다. 학교 대신 일을 하겠다는 아이들은 '청소년 자립관'으로 옮긴다. 모두 다 목표는 하나다. 가정과 사회로의 복귀다.

노숙인 지원과 마찬가지로 청소년 도움 활동도 그들의 눈높이에 맞추려 애쓴다. 그는 승합차에 텐트 싣고 먹을 거 싣고서 가출 청소년을 찾아나서는 프로그램도 계획 중이다.

"가출한 아이들은 '쉼터가 있으니 오라'고 해도 잘 안 와요. 그래서 오라고 하지 않고 찾아가려는 거죠. 먹을 것이 있어야 해요. 아이들 있는 곳으로 밤에 찾아가서 텐트 치고 먹을 것 주면서 이야기를 들어주고, 쉼터로 오도록 설득하는 거죠. 얼마나 성공할지 몰라도 일단 해보려고요."

'안나의 집' 활동 중 눈에 띄는 것은 '난독증難讀症 치료 프로그램'. 여느 사회복지시설에선 보기 힘든 프로그램이다. 이는 김 신부가 난독증 환자였던 데서 비롯됐다. 난독증은 문자 그대로 말하고 듣는 데는 어려움이 없지만 글자로 써 놓으면 읽는 것이 힘든 증세다. 당연히 청소년기에 공부하는 데 엄청난 장해가 된다. 이 때문에 제때 치료받지 못하면 사회에서 소외되기 쉽다.

한글 신문까지 술술 읽는 김 신부에게서 난독증을 상상하긴 어렵다. 하지만 그는 학습장애와 열등감 때문에 힘겨운 청소년기를 보내야 했다. 그때의 고통이 어려운 사람들에게 한 걸음 더 다가서게 만들었다. "고통은 하느님이 주신 은총이자 기회"라는 것이다.

김 신부는 "난독증은 윈도우와 리눅스의 차이 같은 것"이라고 했다.

"컴퓨터의 기본 운영프로그램을 윈도우로 해놓고는 잘 쓰는 사람도 리눅스로 바꾸면 어렵잖아요? 난독증도 그런 겁니다. 그냥 소프트웨어예요. 따뜻한 마음을 가지고 고칠 수 있어요. 이탈리아는 그런 치료 프로그램이 잘 돼 있어요. 한국에서도 그런 어려움을 겪는 사람을 도우려는 것이죠."

2003년 '난독증 알리기 본부'를 창립한 그는 현재 관련 서적을 직접 번역하고 있다.

맨손으로 시작한 '안나의 집'이 17년을 이어오며 매일 550명, 연인원 130만 명에게 저녁을 대접하게 되기까지는 말 못할 어려움이 끊임 없이 이어졌다. 로마의 오블라띠수도회 본원은 "한국보다 더 어려운 나라를 도와야 한다."며 초창기부터 그에게 사실상 '자립自立'을 주문했다. 지난 2008년 새 건물을 지을 때도 그랬다. "모을 만큼 모아봐라. 모자라면 도와주겠다."고 했다. 어떤 때는 너무도 상황이 어려워 예수님에게 기도하며 '반말'로 "도와주지 않으면 문 닫고 이탈리아로 돌아갈거야." 라고 '협박(?)'하기도 했다. 어려운 이웃을 돕는 성직자들이 꼭 한 번쯤은 해보는 '앙탈'이자 '협박'이다. 그리고 그런 '앙탈'을 부리면서도 그 길을 포기하지 않으면 희한하게도 꼭 필요한 만큼의 문제가 해결된다. 절대자는 이렇게 인간의 의지를 한 번쯤은 시험하면서 더욱 단단하게 만드는 모양이다.

2008년 신축한 건물의 빚을 겨우 갚아가던 중, 2014년엔 호암상을 받게 됐다. 상금은 3억 원. 김 신부는 "원래 2층이던 '안나의 집'에 한 층 더 올리고 여기저기 필요한 데 거의 다 썼다."며 웃었다.

너무도 바빠서 혼자 따로 기도할 시간을 내기도 어려운 김 신부. 그럼에도 늘 가슴에 품은 한마디는 "예수님의 제자"이다.

"예수님 제자로서 사랑해야 돼요."

"이분(노숙인)들을 통해 매일 예수님을 만나고 대화하고 있어요."라며 그가 대화 중에 가장 많이 하는 말이다.

"처음 한국에 올 때 '이 나라가 내 나라다.' 생각했어요. 그래서 이름부터 바꿨어요. 그리고 또 하나, 나는 봉사하러 왔다. 그래서 죽을 때까지 봉사할 거예요. 장기기증? 그래서 했어요. 장기기증은 인간에게 가장 고통스러운 순간을 가장 아름다운 순간으로 바꾸는 거예요. 한 사람이 다섯 명, 여섯 명 살릴 수 있잖아요."

김하종 신부를 보고 있으면 왠지 자꾸 현 프란시스코 교황이 떠오른다. 외국인이면서 한국어를 능숙하게 구사하는 모습은 아르헨티나에서 자랐지만 이탈리아인 부모에게서 태어나 이탈리아어를 웬만큼은 구사하는 교황과 비슷해 보이기도 한다. 로마에 유학하면서 프란치스코 교황의 공식 강론과 연설을 동영상으로 페이스북에 올리면서 한글 번역 자막을 다는 진슬기 신부는 "이탈리아 사람들에게 물어봤더니 교황님의 이탈리아어는 초등학생이라도 알아들을 수 있는 수준"이라고 말했다. 그렇게 쉬운 단어로 지금 전 세계인들이 귀를 기울이는 메시지를 전하는 교황이다. 김하종 신부도 그렇다. 어눌한 듯 쉬운 단어들로 이야기하지만 그 메시지의 무게는 결코 가볍지 않다. 그리고 보니 그의 손목에 찬 시계도 '스와치'다. 교황도 스와치 시계를 찬다. 교황을 따라 하는 것일까? 설사 그러면 또 어떤가. 어차피 세계의 모든 종교는 창시자를 본받고 잘 따르기 위해 노력하고 있지 않은가. 그런 면에서 좋은 본보기를 잘 따라 하는 것은 미덕이다.

그에게 물었다. "가난한 사람들이 없어서 신부님이 급식할 대상도 없어지고, 가출하는 아이들도 없어지면 그게 가장 좋은 것 아니냐"고. 그랬더니 그의 표정이 약간 어두워졌다.

"부자와 가난한 사람은 언제나 어디에나 있을 거예요. 결코 없어지지 않을 거예요. 그건 한국도, 미국도, 이탈리아도 마찬가지예요. 잠깐만요."

그는 가난한 사람은 언제나 있을 것이라고 했다. 마태오복음이 전한 예수님의 말씀 "가난한 이들은 늘 너희 곁에 있을 것이다."나 신명기의 "그 땅에서 가난한 이가 없어지지는 않을 것이다. 그러므로 내가, 너희 땅에 있는 궁핍하고 가난한 동족에게 너희 손을 활짝 펴주라고 너희에게 명령하는 것이다."와 같은 말씀이었다.

그는 회의실 문을 열고 나가 금세 프란치스코 교황이 2015년 사순시기를 맞아 발표한 담화문을 들고 왔다. '마음을 굳게 가지십시오'라는 제목의 담화였다. 교황은 담화를 통해 이렇게 말했다.

"우리가 잘 지내고 편안할 때 곧잘 다른 사람들을 잊어버리고, 그들의 문제와 고통, 그들이 당하는 불의에 더 이상 관심을 두지 않습니다. 이렇게 되면 우리 마음은 무관심 속에 빠지게 됩니다. 내가 비교적 잘 지내고 편안하면, 잘 지내지 못하는 이들에 대하여 생각하지 않습니다. 무관심이라는 이러한 이기적인 태도가 전 세계적으로 확산되어 무관심의 세계화를 논할 수 있을 정도입니다. 이것은 우리가 그리스도인으로서 맞서 싸워야 할 난제입니다."

그러면서 교회, 본당과 공동체 그리고 모든 그리스도인이 해야 할 일을 권유한다. 한글로 번역해 A4 용지 앞뒤를 가득히 채운 교황의 담화문 중에서 김하종 신부의 손가락이 가리킨 부분은 이 문장이었다.

'사랑하는 형제자매 여러분, 교회가 있는 모든 곳이, 특히 우리 본당과 공동체가 무관심의 바다 한가운데에 있는 자비의 섬이 되기를 간절히 바랍니다.'

"무관심의 바다, 자비의 섬, 이거 중요합니다. 교황님도 이렇게 말씀하셨잖아요? 저는 모든 성당에 '안나의 집'이 있어야 한다고 생각합니다. 자비의 섬을 만들어야죠."

그리고 또 한마디 덧붙였다.

"예수님의 제자이니까, 사랑해야 돼요. '안 돼? 그래도 해보자.' 하지요."

© 김한수

평생 한센인,
외국인이랑 같이 먹고 놀려고요

이정호 신부

    그를 처음 만나 악수할 때 살짝 놀랐다. '어, 이건 뭐지?' 하는 생각이 들었던 것도 같다. 악수를 하는데 내 손이 너무도 무기력(?)하게 그의 손 안에 쏙 들어가버렸기 때문이다. 나는 소위 '한 덩치' 하는 편이다. 손은 두껍고 크고, 발은 볼도 넓고 등도 높다. 장갑 제일 큰 것도 손에 꽉 끼고, 신발은 중학생 때부터 이태원을 다니며 보세운동화를 사 신었다. 그러다 보니 악수를 해도 내가 '쥐는' 쪽이지, 내 손이 누구 손아귀에 들어가는 경우가 별로 없었다. 그래서 나보다 손이 큰 사람을 만나면 살짝 기분이 안 좋다. 그가 그랬다. 게다가 내 손은 크기만 한데, 그의 손은 두툼할 뿐 아니라 거칠거칠했다. 일을 해본 손이었다. 손의 내용, 살아온 삶의 내용이 달랐다. 남양주외국인복지센터 관장 대한성공회 이정호 신부.

    그를 처음 만난 것은 성공회 김성수 주교를 만난 자리에서다. 김 주교가 성공회대 총장 시절이었는지, 강화도에 세운 장애인 자활시설 '우리마을'로 들어가신 후인지는 분명치 않으나 김 주교가 이 신부를 가리키며 말한 한마디는 또렷이 기억난다. "그때는 나도 마음이 좀 그랬지. 딸내미가 세 살인가 그랬는데, 그 녀석까지 보내 놓고는 마음이 좀 그랬지. 그래도 지내고 나니 괜찮았지?" 하며 이 신부를 보며 싱긋 웃었다. 김 주교가 이 신부를 보낸 곳이 경기도 마석이다.

이 신부는 경기도 마석의 터줏대감이다. 지금은 입구에 '전국 최대 가구단지'라는 엄청나게 큰 푯말이 입구에 서 있는 곳. 경기 남양주 화도읍 녹촌리 외국인복지센터 '샬롬의 집' 주변엔 필리핀, 방글라데시, 네팔 사람들이 한국 사람보다 더 많아 보인다. 사무가구, 가정용가구, 주방가구 판매를 알리는 간판이 사람 키보다 더 크게 걸려 있다. 성공회 성당과 외국인복지센터가 자리 잡은 언덕을 넘어서면, 옴팍하고 아늑하게 보이는 분지가 나타난다. 가구공장들이다. 날씨가 흐린 날이면 가구공장에서 나온 연기인지 가루인지 모를 것들로 부옇게 하늘이 덮이는 곳. 불법체류자가 많기 때문에 정확히 몇 명이나 이곳에서 일하는지도 알기 힘든 곳. 가구를 싣고 배달 나가는 화물차들이 지그재그로 화급히 운전하며 지나는 곳, 수시로 화재가 일어나는 곳. 그런 게 마석가구공단의 풍경이고 현실이다.

25년 전 풍경은 달랐다. 이정호 신부가 1990년 6월 1일 자신의 생일날, 처음 이곳에 '발령'받아 왔을 땐 한센인들이 닭을 치며 살고 있었다. 1960년대 대한성공회의 영국인 신부들이 이곳에 '성생원'이란 이름으로 땅을 사서 서울과 수도권 곳곳에서 천대받으며 살던 한센인들이 양계장을 하면서 자활할 수 있도록 만든 곳이었다. 개척교회 같은 작은 성당이 있었고, 한센인 104세대가 살고 있었다. 당시 그는 세 살짜리 딸을 둔 신혼(성공회 신부는 결혼할 수 있다)의 햇병아리 사제였다.

"제대로 발을 디딜 수 없을 정도로 좁고 포장도 안 된 진창길이 나 있었죠. 아기를 목에 얹고 그 길로 올라왔죠. 닭똥 냄새는 가득하고…. 처음엔 당시 교구장 김성수 주교님의 비서이면서 성생원을 맡는 겸직이었습니다. 김 주교님은 '주중엔 비서일 하고 토요일, 일요일은 거기서 살아.' 하셨어요. 처음 부임했을 땐 한센인들이 주시는 계란도 먹기가 솔직히 선뜻 내키진 않았죠. 그래선지 한센인들은 제게 음식을 따로 담아 줬습니다. 그럴 때 제가 한 그릇에 냅다 음식을 섞은 뒤 게걸스럽게 먹어치웠어요. 술 마시는 자리에서는 같은 잔을 돌렸지요. 그렇게 살아보니 별 거 아니더라고요. 그러다가 1996년부터는 아예 비서는 떼어버리고 이곳 주임신부로 눌러앉았죠."

고교 때까지만 해도 그의 인생 계획표에 '성공회 사제'는 없었다. 그의 부친은 퇴역 군인이다. 집안은 어려웠다. 고교 졸업 후 대학에 진학했지만 늘 마음속엔 "나보다 좀 못난 사람들을 위해 살고 싶다."는 생각이 있었다. 고교 때부터 가족 중에 그 혼자만 다니던 성공회의 영향 때문일까. 그는 스스로도 잘 모르겠다고 했다. 하지만 해병대를 제대하고 야학 하고 빈민 프로그램도 운영하면서 복학을 준비하던 무렵, 당시 성공회 사제를 양성해온 성聖미가엘신학원이 4년제 성공회대로 바뀌면서 신학생을 모집한다는 소식을 듣게 됐다. 다니던 대학을 그만두고, 성공회대에 입학했다. "당시 집안 형편에서 학비를 내지 않아도 된다는 점도 큰 매력이었다."고 했다. 그렇다고 해도 한센인, 외국인노동자 사목을 염두에 두진 않았을 것이다. 그런데 성공회대와 대학원을 마치고 사제품을 받자 김성수 주교는 덜컥 '비서 겸 성생원 주임 사제'를 맡겨버린 것. 그의 마음속 씨앗을 알아봤기 때문일 게다. 그리고 25년이 흘렀다.

그는 처음 마석에 와서부터 사람을 찾아다녔다. 오라고 하지 않았다. 그건 한센인들이 주는 계란을 먹을 때부터 가졌던 생각일지도 모른다. 한센인들이 따로 그릇에 담아 그에게 내밀었던 계란은 일종의 시험이었는지 모른다. 자신들과 함께 어울려 살 마음의 준비가 된 사람인지 아닌지를 시험하는. 그러나 그는 이미 이 언덕길을 올라올 때 마음을 먹었다. 그들이 필요로 한다면 새벽이건, 한밤중이건 찾아가 문을 두드렸다. 사람 마음을 열게 하는 건 그런 열정이다. 본격적으로 정착한 그는 일을 벌이기 시작했다. 원래 오막살이 같았던 성당은 계곡 아래쪽에 허물어져갈 듯 서 있었다. 하루는 자동차가 내리막길에서 멈추지 못하고 성당을 들이받아 부서져버렸다. 그 참에 아예 철거하고 계곡 입구 언덕 위에 새로 성당을 지었다. 그러는 사이 이곳 풍경이 달라지고 있었다.

"언젠가부터 외국인들이 점점 늘어나는 거예요. 닭장은 사라지고…."

기업형 양계가 늘고 한센인들도 연로해지면서 이곳은 불법 체류 외국인들이 일하는 가구공단으로 변했다. 한센인들은 땅을 팔고 떠나거나 가구공장에 땅을 빌려주고 양계장을 접었다. 이곳 주민들의 외모가 바뀌고 국적國籍이 바뀌었지만 공통점이 있었다. 여전히 일반 사회에서 함께 섞이기 어려운 소외된 사람들이란 점이었다. 한센인들이 사회의 외면과 편견을 피했다면 외국인노동자들은 그 두 가지에 더해 법法에 쫓겼다. 또한 이젠 닭똥 냄새 대신 나무를 다룰 때 쓰는 각종 화학약품 냄새가 그 자리를 차지했다.

어느 날 필리핀 사람들에게 물었다.

"뭐 필요한 거 없냐?"

돌아온 답은 "예배 좀 드리면 좋겠다."였다. 그가 외국인노동자 복지에 뛰어든 첫걸음이었다. 그러자 그동안 같은 대한민국 국민이면서도 설움으로 평생을 지새온 한센인 원주민들이 낯선 외국인노동자를 위해 헌금을 냈다. 그렇게 교회 옆에 외국인노동자를 위한 쉼터 '샬롬의 집'을 지었다.

가구공장은 양계장과는 근본적으로 달랐다. 닭 치고 달걀을 받는 것은 지저분하고 냄새는 나도 위험요소는 그리 많지 않았다. 그러나 가구공장은 위험한 기계와 화학약품이 널려 있었다. "사고 났어."라는 SOS는 시도 때도 없이 날아들었다. 자다가도 벌떡 일어나 뛰어갔다. 불법체류 신분의 외국인노동자들에겐 언제 무슨 일이 생길지 알 수 없었다. 입원비가 없다면 보증 서주고, 우리말 서툰 이주노동자들 대신 밀린 월급 받아서 환전·송금해주고, 산재産災보상을 위해 싸우고, 말기 에이즈 환자를 고향으로 보내주고 외국인노동자들의 장례까지 성당 마당에서 치렀다. 말이 쉬워 그렇지, 심부름센터 직원이 따로 없었다. 못 받은 돈 받아주는 일이란 싸움질과 다름없었고, 거의 매일이 전쟁이었다. 지금도 그렇다.

2015년 초, 그는 자신의 페이스북에 한 필리핀 노동자의 이야기를 올렸다. 귀갓길에 자동차에 치어 두개골이 거의 박살날 지경으로 다쳤던 사람이다. 이런 긴급상황이 발생하면 그는 비상연락망을 풀가동한다. 의사, 사회복지사, 병원, 변호사…. 회생가능성이 거의 없어 보이던 환자는 기적적으로 수술에 성공하고 살아났다. 물론 말이나 표정은 사고 이전과 비교해서 형편없지만 그래도 살아난 게 어딘가. 보상도 잘 받아 고국 필리핀으로 돌아가게 됐다는 사연이었다. 함께 아침을 먹는 사진, 복지센터 앞에서 출국 기념으로 촬영한 사진도 함께 올렸다. 모두가 환히 웃는 그 표정 뒤엔 사방팔방으로 뛰며 손을 벌려야 했던 그의 땀과 눈물이 배어 있는 셈이다. 이정호 신부에게 마석에서의 25년은 매일이 그런 날이었다.

이렇게만 들으면 대부분은 '이 신부가 외국인근로자를 참 열심히 돕고 있구나.'라고 생각하기 쉽다. 그런데 이 신부는 그렇지 않다고 말한다. 지난 2007년 이 신부가 「조선일보」에 기고한 칼럼에 그 핵심이 담겨 있다. 그는 몽골인 부부 두 쌍과 마주 앉아 상담을 하다 발 냄새 때문에 골치가 지끈거렸다고 한다. 그런데 막상 "발 씻었냐?"고 물어볼 수는 없었다. 무시하는 것처럼 보일 수 있기 때문에. 그러다 보니 엉뚱하게도 "몽골에서도 휴대전화를 쓰느냐?"는 질문이 나왔다. 그러자 몽골인들은 "원래 이 땅이 누구 땅인지 아느냐?"고 물었다. 그때 이 신부는 문득 머리가 띵해졌다. 이들은 집집마다 칭기즈칸의 초상화를 벽에 붙여놓고 사는 사람들이다. 지금은 한국 땅에 돈 벌러 와있지만 그들의 혈관 속에는 유라시아 대륙을 호령했던 유목민족의 피가 흐르고 있다는 것, 또 그들은 여전히 의식 밑바닥에 그 자부심을 가지고 있다는 점을 간과했던 것이다.

이런 경험도 털어놓았다. 한국의 전통문화를 소개한다는 취지로 5000명이 모이는 장소에서 한국의 무용과 음악을 공연했다. 그런데 시간이 얼마 지나지도 않았는데 하나둘 자리를 떠버리는 것이 아닌가. 그때 그는 "무턱대고 다문화라는 미명 아래 그들을 들러리로 세우고 있지는 않은지, 이방인인 그들이 한국인을 모방하기를 원하고 있지는 않은지 하는 걱정이 앞섰다."고 적었다. 우리는 그들을 위한다는 이름으로 그들에게 '우리'를 강요하고 있는 것이 아닌지 자문하게 됐다는 것이다.

반대로 우리가 생각하는 것보다 더 한국을 제2의 고향으로 여기는 모습도 발견했다. 외국인보호소에서 오래 있다가 한국을 떠나게 된 외국인노동자를 만나서 "가장 먼저 먹고 싶은 음식이 뭐냐"고 물었더니 대뜸 "된장찌개"라는 대답이 돌아왔다는 것. 이제 한국을 쫓겨나게 된 외국인이 자국自國의 음식이 아닌 된장찌개가 먹고 싶다고 했던 그는 정말로 맛있게 된장찌개를 먹었다고 한다. 이렇게 우리는 우리의 예상 혹은 선입견과는 다른 다문화사회를 살고 있는 것이다. 이정호 신부는 그렇게 성생가구공단의 800여 명, 인근지역까지 2000여 이주노동자들의 '파더Father'가 됐다. 성당은 그들의 쉼터이자 상담소, 입원실, 영안실이 됐다.

지난 2005년 완공된 지상 4층, 지하 1층 연면적 530여 평짜리 남양주시외국인근로자센터는 '주駐남양주 동남아시아 대사관'이다. 체력단련실과 샤워실이 있는 지하 1층부터 식당과 진료실, 컴퓨터실, 도서실, 어린이집, 방과후교실 등이 빼곡하게 들어서 있다. 도서실에는 방글라데시어, 태국어, 필리핀어, 네팔어 등 아시아 각국 언어로 된 어린이책도 즐비하다. 집세를 못 내 쫓겨나거나 공장에 화재가 생긴 등의 사정으로 머물 곳 없는 이를 위한 쉼터도 있다. 부모가 불법체류자라 출생에 대한 아무런 법적 근거가 없는 아이들도 낮 시간엔 여기 와서 한글을 배우고, 그림을 그린다. 외모는 네팔이고, 방글라데시 사람인데 한국어를 똑부러지게 구사하는 아이들을 만나는 신기한 체험을 할 수 있는 곳이기도 하다. 아이들에 대해서는 이정호 신부도 걱정이 많다. 우리가 보기에 신기한 점이 그 아이들에게는 정체성 혼란이기 때문이다. 자라는 동안 한국 사람인 줄 알고 자랐는데 정작 고국에 돌아갔을 때는 혼란을 겪는 경우가 많다.

센터 계단참에는 이곳을 거쳐 간 외국인노동자들과 그 자녀들의 사진들이 걸려 있다. 그는 한 사람, 한 사람의 사연을 모두 왼다.

"이 녀석은 고국에 돌아가서 문제아가 됐다던데 요즘은 어떤지."
"이 친구들은 귀국해서 돈도 많이 벌고 잘 살아요."

센터 뒤편엔 정규 규격의 농구장도 있다. 이곳에선 매년 5~8월 필리

핀 노동자 10여 개 팀이 리그전을 펼친다. 이정호 신부가 마당을 펼쳐
준 것. 방글라데시 노동자들이 이슬람 관련 행사를 하겠다며 성당건물
을 사용하게 해달라고 요청해 식당건물을 빌려줄 만큼 친숙해졌다. 하
지만 이 신부는 "교회 나오라." "예수 믿으라."는 말은 일절 하지 않았다.

> "아무리 힘들어도 기도시간엔 가장 깨끗한 옷을 입고 메카를 향해 절하
> 고, 모스크를 만들겠다며 그 박봉에도 십시일반으로 1억 원씩 모으는 그들
> 에게 차마 개종(改宗)하라고 할 수가 없었다."

　외국인센터에서 가장 신경을 쓰는 건 한글교육과 각종 기술교육. 외
국인노동자들이 귀국한 후 고국에서 살아갈 '무기'들이다. 또한 그들의
자발적 귀국을 도울 무기이기도 하다. '잘사는 나라 한국'에 대한 환상
이 있는 국가들이기에 한국어를 잘하는 것은 큰 힘이 된다. 또 한국서
배운 기술로 현지에서 자생력을 갖게 된다는 것. 이 신부는 그 센터 4층
에 산다. 그의 페이스북엔 여기서 키우는 개가 노산老産으로 고생하다
겨우 소생한 이야기부터 이 센터를 드나드는 모든 생명에 대한 이야기
가 올라온다. 그의 신앙과 사목과 삶이 모두 여기에서 이뤄진다.
　'앵벌이 노하우'엔 도가 텄다. 그는 늘 '우리 복지관에 지금 이런 게
필요한데 어디 도움 받을 곳 없나' 두리번거린다. 그러다가 정부는 물론
기업의 사회 공헌 프로젝트가 발표되면 즉각 응모해 돈을 타낸다. 건물
벽과 실내의 벽 그리고 가구에 현대건설, SK, 다음 등 여러 기업의 로고
가 붙어 있다. 기업들 로고로만 보면 여기가 전경련이다. 남양주 지역

의 어려운 외국인, 장애인, 노인은 국적 가리지 않고 이것저것 돕다 보니 감투도 여러 개다. 2014년부터는 인근 양지리에 새로 외국인 상담소를 꾸미고 거기서 미사를 인도하고 있다. 외국인노동자들이 새로 많이 들어온 지역이다. 2013년 받은 아산상 상금 1억 원도 이런 데 쓰느라 거의 남지 않았다.

어려운 일을 해결하고 모금까지 척척 해내는 그의 능력은 남양주市 경계를 넘어 발휘되기도 한다. 대한성공회가 경기도 파주에 건립을 추진 중인 랜디스 기념병원. 이 병원은 말기 암 환자 호스피스와 치매 전문 의료기관을 목표로 한다. 1890년 조선에 와 환자를 돌보다 8년 만에 과로사한 성공회 의료 선교사인 엘리 바 랜디스1865~1898를 기념해 치매 500병상, 호스피스 약 100병상을 목표로 짓는 병원이다. 이 병원을 짓는 데 이 신부가 추진위원장을 맡은 것. 병원부지 3800여 평은 확보됐고, 이제 건립비용 마련이 이 신부에게 떨어진 몫이다. 2013년 그는「조선일보」인터뷰에서 이렇게 말했다.

"저도 아버지를 치매로 잃었습니다. 치매와 말기 암은 나와 내 가족이 겪을 일이며, 누구나 '품위 있는 죽음'을 누릴 권리가 있습니다. 더 많은 분이 참여하실 수 있도록 몸이 부서져라 뛰겠습니다."

성공회는 사제들의 임지를 5년마다 바꾸는 게 원칙. 그러나 그는 2013년 서울 정동 성공회 본부에서 1년 근무한 '외도'를 빼곤 내리 이곳을 지켰다.

"중간에 정철범 주교님이 '그대로 있을래? 딴 데 갈래?' 물으신 적 있어요. 그런데 아무리 생각해봐도 제가 잘할 수 있는 게 이것뿐인 것 같더라고요. 그래서 평생 한센인, 외국인이랑 같이 먹고 놀려고 그냥 있겠다고 했어요."

이정호 신부는 2014년 말 사제 서품 25년 은경축銀慶祝을 맞았지만 이력서에 적을 다른 경력이 없다. 한센인과 외국인밖에는. 아빠 목 위에 얹혀서 이 동네에 들어왔던 딸은 여기서 학교 다 마쳤고 이젠 직장에 다닌다. 훈련소 조교 같던 이 신부의 날카로운 눈매는 어느덧 부드럽게 날이 무뎌졌고, 머리숱도 성성해져서 겨울이면 모자가 어울리는 중년 끄트머리를 지나고 있다.

이 신부는 사제생활 중 기억에 남는 일로 두 가지를 꼽았다. 연로한 한센인 모시고 세 차례 각각 일본, 미국, 유럽으로 여행 다녀온 것과 2014년 2월 방글라데시를 찾았던 것이다. 그의 인생 이력에 적을 수 있는 딱 두 줄, 한센인과 외국인과의 추억인 셈이다.

특히 귀국한 노동자들을 만나기 위해 찾은 방글라데시에서 그는 새 '도전'을 발견했다. 이슬람 국가인 이 나라 공항부터 마을까지 길목마다 한국에서 온 성공회 신부를 환영하는 한글 플래카드가 걸렸다. 이 신부와 함께 지내다 귀국한 노동자들이 재주도 좋게 어떻게 만들어 걸어 놓은 것. 산전수전 하도 겪어 웬만해선 냉정을 잃지 않는 이 신부이지만 방글라데시 이야기를 하면서는 슬쩍 눈물이 고였다.

이슬람 행사하겠다고 성당 빌려달라던 사람들, 한국에서 태어나고 자라 속은 한국 사람이면서 겉모습은 방글라데시 사람이라 고생하던 아이들을 거기서 만났다. 모두들 함박웃음으로 그를 맞아주었다. 그동안 "예수 믿으라." 하지 않고, 그들의 고민을 모두 들어주고 대신 싸워준 순간들이 이 신부의 눈앞에 스치는 듯했다.

올 여름에도 의료진과 봉사단을 이끌고 다시 방글라데시를 찾을 생각이다. 지난번 방문 때 '일거리'를 많이 봐두고 왔기 때문이다.

> "이제 정년까지 한 6년쯤 남았는데, 조기 은퇴 하고 방글라데시 갈까 봐요. 거기서 쓰레기 분리수거하는 법도 알려주고, 농사도 가르치고, 일도 가르치면서 살고 싶어요."

언젠가 세계적 빈국貧國 방글라데시 중에서도 가난한 어느 동네 뒷골목에서 버려진 비닐봉지를 집어 드는 그의 손을 발견할지 모른다. "이런 건 따로 모아야 하는 거야. 이렇게~." 하는 그의 걸쭉한 목소리와 함께. 아마 그때쯤이면 그의 그 두툼한 손은 더욱더 두껍고 커져 있을 것 같다.

재난의 현장 어디든 간다,
한국기독교연합봉사단

조현삼 목사

　그는 '역시나 사나이'다. 혹시나 해서 전화를 해보면 역시나 그는 거기에 있다. 재난의 현장이다. 서울광염교회 조현삼 목사다.

　그를 처음 만난 것은 2003년 초가을이었다. 당시 「조선일보」 종교면에는 '명설교 명법문'이라는 코너가 있었다. 목사, 신부, 스님들의 좋은 말씀을 200자 원고지 5장 정도로 축약해 중계하는 코너였다. 그때나 지금이나 요령 없는 나는 설교 원고를 이메일로 받는 대신 얼굴도 익힐 겸 서울광염교회로 찾아갔다. 문제는 거의 모든 종교행사는 일요일에 열린다는 점. 할 수 없이 휴일을 반半은 반납하고 상계동으로 갔다. 깜짝 놀랐다. 상가 건물 계단과 복도까지 사람이 꽉 들어차 있었다. 설교 내용은 기억이 나지 않지만 지금도 그 인파는 잊히지가 않는다. 예배 후 목사님 방에서 잠깐 만났을 때 그는 "감자탕 식당 건물에선 이사했는데 교인이 늘어서 또 이사해야 할지 고민 중"이라고 했다. 그는 사실 처음 개척한 교회가 감자탕 식당이 있던 건물이어서 '감자탕 교회' 목사님으로 알려졌었다. 여하간 교회 건물은 짓지 않겠다고 했다. 그 대신 국내외에 재난이 발생하면 어디든 달려가는 활동은 계속하겠다고 했다. 풋내기 신참 종교기자 시절이라 무슨 뜻인지 잘 모르면서 고개만 주억거렸던 것 같다.

그를 두 번째 만난 것은 그해 초겨울이었다. 조 목사를 돕던 박현덕 강도사(지금은 목사가 되셨다)가 전화를 걸어왔다. "지난여름 태풍 매미 때문에 집을 잃은 분들에게 집을 지어 드렸는데 완공됐다. 남해안 거제도 쪽이다. 함께 가보겠느냐"는 내용이었다. 의미 있는 일이라 생각하고 응낙했다. 아, 그런데 의미 있는 출장취재였지만 개인적으로는 참 잊지 못할 고생길이었다. 일단 집합 시간이 오전 7시. 요즘에야 새벽잠이 없어져서 괜찮지만 당시만 해도 30대였다. 그렇지 않아도 이런저런 저녁 자리가 많았던 시절, 조간신문 기자에게 아침 7시는 고문이다. 하지만 어쩌랴. 집 근처 송파IC에서 만났다. 그것도 시간을 절약하기 위해서였다.

아침은 고속도로 휴게소에서 대충 때우고 고속도로 위에서 일출日出을 보면서 5시간 정도 승합차를 타고 남南으로 남으로 달려 당도한 곳은 거제도. 목적지는 거제도에서도 작은 배를 타고 들어가는 섬들이었다. 배를 타기 전 항구에서 우리 일행은 점심을 먹고 섬으로 들어가기로 했다. 일행은 횟집으로 향했다. 나는 지금도 회를 그다지 좋아하지 않는다. 어릴 때부터 지금까지 회는 그저 초고추장이나 간장 맛으로 먹는다. 아니면 소주 맛으로 먹는다. 그렇지만 일행들이 "거제까지 왔으니 회를 먹어야지." 하며 좋아하는데 객客이 딴 데 가자고 할 수도 없었다. 자리에 앉으니 바닷가답게 이런저런 밑반찬이 많이 나왔다. 그런데, '그걸' 안 시키는 것이다. 소주 말이다. 내 평생 소주 없이 회를 받아놓고 앉아 있는 상황이 처음 벌어졌다. 속이 미식거리기 시작했다. '아, 이걸 생각 못 했구나. 목사님들과 하루 세 끼를 전부 함께 먹어야 한다는 걸.' 후회해도 때는 이미 늦었다. 그런데 이때 조 목사가 말했다. "아차, 깜빡했네." 난 속으로 "그럼 그렇지, 이제 시키시려는 모양이군."했다. 그런데 웬걸. "여기요! 사이다 두 병 주세요." 하는 것 아닌가. 그러더니 자기들끼리 "역시 회는 사이다랑 같이 먹어야 해." 어쩌구 하면서 좋아한다.

끔찍한 점심 식사는 그렇게 지나갔다. 이어 배를 타고 섬에 들어갔다. 아직 페인트 냄새가 가시지 않는 새 집들이 있었다. 태풍에 지붕이 날아가고, 부서졌던 집들이라 했다. 연신 고맙다고 인사하는 주민들을 보니 점심식사 때의 끔찍한 기억이 차츰 희미하게 사라졌다. 점심의 기억이 워낙 강렬해서인지 그날 저녁을 어디서 뭘 먹었는지는 기억에 없다. 다만 또 그 승합차에 끼어 타고 한밤중에 집에 돌아온 기억밖에.

그 다음 인연은 아프리카로 이어졌다. 2005년 여름, 또 박현덕 강도사가 전화를 걸어왔다. "아프리카 니제르라는 나라가 있는데, 세계에서 첫 번째 아니면 두 번째로 가난한 나라다. 그런데 이 나라 추수철에 메뚜기 떼가 습격해 곡식을 모두 먹어치웠다고 한다. 그래서 쌀과 조를 도와주러 가려는데 함께 가겠느냐"는 요지였다. "나이지리아 아니냐?"고 물으니 나이지리아 북쪽에 있는 나라란다. 처음 들어보는 나라이지만 호기심이 발동해 가겠다고 했다. 이번엔 조 목사는 가지 않는다고 했다.

그런데 이게 또 만만치 않은 고생길이었다. 한 푼이라도 아껴서 굶고 있는 사람들 돕겠다면서 우리 일행은 싼 비행기 표를 끊었다. 에미리트 항공. 요즘은 에미리트항공을 이용하는 승객이 많은 편이지만 당시는 아직 신생 항공사로 여겨지던 때다.

이 비행기는 출발부터가 한밤중이었다. 그리고 두바이를 들러서 파리에서 하루 자고 니제르로 가는 코스였다. 그런데 원래는 열흘인가 전에 황열병 예방주사를 맞고 가야 했다. 하지만 게으른 버릇은 예나 지금이나 어디 가지 않아 출발하기 이틀 전엔가 주사를 맞았다. 문제는 파리에 도착했을 때 터졌다. 약하게 황열병이 발병한 것이다. 일행은 파리 구경에 신이 났는데 나는 사시나무 떨 듯 오한이 급습했다. 온갖 옷을 껴입고 부들부들 떨며 겨우 버티다가 니제르 행 비행기를 탔다.

지중해를 건너간 에어프랑스 비행기는 '완행'이었다. 니제르만 가는 게 아니라 부르키나파소 등 이웃나라들을 묶어서 가는 비행기였다. 어쨌거나 수도 니아메에 도착했다. 가관이었다. 시골 간이역 비슷하게 생긴 게 국제공항이었다. 구경거리는 많았다. 보통 비행기는 공항에 내리면 터미널을 향해 직진해 손님을 내려준다.

다리처럼 생긴 통로를 비행기 문에 붙여 내려주거나 계단을 붙여서 내려준다. 그런데 이 비행기는 공항에 착륙하더니 한 바퀴 빙 돌아서 꼬리를 터미널 쪽으로 향한 채로 세웠다. 알고 보니 이 공항에는 비행기를 밀어주는 자동차가 없었다. 알려진 대로 비행기는 후진을 하지 못한다. 그래서 뒤로 갈 때는 힘센 자동차가 밀어줘야 한다. 그런데 이 공항에는 그 자동차가 없어서 아예 비행기가 스스로 이륙할 수 있는 방향으로 머리를 돌려서 세우는 것이었다. 희한했다.

　희한한 일은 비행기에서 내려 들어간 공항 안에서도 수두룩하게 기다리고 있었다. 입국심사대. 승객들은 길게 줄 서 있는데, 직원들의 일 속도는 도무지 진도가 안 나갔다. 그런데 우리 일행 뒤에 서 있던 흑인들이 자꾸 새치기해서 심사대를 통과하고 있었다. 심사대 직원들하고 아는 사이인지 서로 무슨 인사들을 해가면서 빠져나갔다. 자기들끼리는 다 아는 사람들인 것 같았다. 시간이 좀 흐르자 백인들과 우리 일행만 남았다. 심사대를 빠져나오니 짐이 안 나온다. 고생고생 끝에 겨우 짐을 찾아 나왔더니 이번엔 온 동네 아이들이 달려든다. 돈을 달란다. "돈 없다." 우리말로 한마디하고는 담배를 한 대 물었다. 그랬더니 담배라도 달란다. 성질 못된 나는 "저리 가." 했는데 성격 착한 사진기자 허영한 씨는 그걸 못했다. 한 아이에게 딱 한 개비를 줬다. 그러고는 불과 몇 초 만에 한 갑이 다 털렸다. 첫인상이 만만치 않은 나라였다. 수도에 고층건물이라고는 재무부 청사와 에어프랑스 사옥밖에 없었다. 지하자원은 우라늄만 있다고 했다.

　첫인상은 왜 이 나라가 지구상에서 빈국貧國 1~2위를 다투는지 짐작케 했다. 수도나 지방 주요 도시엔 식량이 있었다. 그러나 지도층끼리는 모두 알고 지내는 이 나라의 행정을 비롯한 일처리 방식은 사막이 대부분인 나라 곳곳까지 제대로 파고들지 못하고 있었다.

　이 나라에서 1주일을 있으면서 쌀과 좁쌀을 사서 나눠줬다. 사막이 어떤 곳이란 걸 실감했다. 꼬박 이틀을 쉬지 않고 지평선을 가르며 달려 유목민들을 찾아다녔다. 며칠 전 선발대가 찾아왔을 때 있었던 곳엔 아무도 없었다. 유목민이 계속 옮겨 다닌 것을 그때 실감했다.

겨우 물어물어 찾아낸 유목민들의 생활은 신기했다. 유목민 족장은 메뚜기 떼 습격 상황을 전하며 식량도 없고 풀도 없어서 소와 양이 각각 몇 마리 죽었는지를 설명했다. 그러면서 자기 자식이 몇 명인지는 몰랐다(그는 부인이 네 명이었다). 물론 나중에 들은 사연으로 이해가 되긴 했다. 유목민들은 남자가 사망하면 그 부인과 자녀를 족장이 건사한다는 것이다. 그렇다보니 자신의 자녀가 정확히 몇인지 몰랐을 수 있다는 얘기였다.

그들에게 줄 쌀과 좁쌀을 사러 읍내 같은 곳에 다녀왔다. 길 안내를 위해 따라온 소년이 염소를 한 마리 샀다. 그 아이는 염소를 데리고 트럭 짐칸 내 옆에 앉았다. 짐칸이 비좁아 염소는 내 발밑에 놓았다. 네 발을 다 묶어놓은 염소는 불편한지 계속 버둥댔다. 그러면 아이는 염소를 쓰다듬으며 달랬다. 나도 가끔 달래줬다.

유목민 마을에 도착하니 고맙다면서 잔치를 준비하고 있었다. 족장은 조금 전의 염소를 끌고 작은 가시나무 밑으로 데려갔다. 그러더니 잠시 후 염소 목에서 피가 주르륵 흘러내렸다. "어?" 싶었다. 다른 유목민은 어떤지 몰라도 그들은 자신들이 키운 짐승은 먹지 않는 모양이었다. 그래서 잔치용으로 염소를 사온 것이었다. 내 생전, 내 눈앞에서 잡은 고기를 먹은 건 그때가 처음이었고, 마지막이다.

귀국하는 길이라고 편하지 않았다. 비행기를 갈아타러 파리 공항에 도착했더니 우리 일행을 따로 세운다. 비행기 시간은 다 돼 가는데 이유도 설명하지 않고 사무실에 반 감금시켰다. 불어로 이유를 따져 물어도 대꾸도 않는다. 겨우 비행기 탑승 시간 직전에 풀려났다. 다시 물으니 보안요원 왈 "1주일 사이에 두바이를 두 번이나 들르니 이상해서 조사했다."는 것이다. 말하자면 테러리스트 취급당한 것이다. 속으로 '그러게, 싼 표 사서 이 고생을 시키나.' 했다. 하지만 이내 생각을 고쳐먹었다. '나야 한 번이지만, 조 목사와 서울광염교회 사람들은 늘 이렇게 다니겠구나.' 싶었다.

그렇다고 조 목사와의 동행이 모두 '고생길'은 아니었다. 2007년 서울광염교회에서 또 연락이 왔다. 에티오피아를 방문해 6·25 참전용사 위로행사를 갖는다고 했다. "또 아프리카?" 싶었지만 간다고 했다. 니제르의 기억이 워낙 강렬해서인지 에티오피아는 선진국 같았다. 그리고 많은 것을 배우고 느낄 수 있었다. 에티오피아의 한국전 참전용사들은 기구한 운명이었다. 셀라시에 황제의 결정으로 근위병 6000여 명이 참전했다. 최정예 장병들이었던 것. 그러나 이들을 기다리는 것은 참혹한 전장이었다. 날씨마저 적敵이었다. 늘 초여름 같은 에티오피아와 달리 한국의 겨울 날씨는 매서웠다. 부상병, 사상자가 숱하게 발생했다.

셀라시에 황제는 전쟁이 끝나고 귀국한 참전용사들에게 아디스 아바바 북부에 정착촌을 만들어 살게 했다. 그런데 1974년 공산쿠데타가 일어나면서 참전용사들은 적, 즉 대한민국을 도왔다는 이유로 쫓겨다녀야 했다. 투옥되기도 했다. 1990년대 민주정부가 들어섰지만 참전용사들은 이미 고령에 들어섰다. 자녀 교육도 때를 놓쳐 극빈 상태로 사는 분도 많다 했다. 그러나 아디스 아바바의 한 호텔 연회장을 빌려 서울광염교회가 마련한 감사 및 위로잔치에 참석한 노병들은 당당했다. 아직도 한국어 인사말 "안녕하십니까."를 기억하며 거수경례를 하는 분들도 있었다. 그 옛날 군복도 비록 낡았을지언정 말끔하게 손질해 입고 왔다.

전투 중에 턱 관통상을 입어 지금도 아래쪽 치아가 없는 퇴역 군인은 "한국의 발전한 모습을 보니 기쁘다. 원망은 없다."고 했다. 한 70대 노인은 춘천 부근 전투에서 부상당한 에티오피아 병사를 업고 뛰다가 함께 쓰러진 한국군 병사의 모습을 잊지 못한다고 했다.

150명의 노병들은 이날 사물놀이와 부채춤 그리고 6·25 당시의 기록 사진들과 현재의 한국 모습을 담은 영상을 관람했고 정성껏 마련한 선물을 받아 갔다. 이튿날 이른 아침에 찾아본 한국참전용사촌도 감동적이었다. 동사무소 마당은 400여 명의 노병과 가족들로 꽉 차있었다. 봉사단 단원들은 이들에게 일일이 담요 한 장요 3리터들이 식용유, 현지인들의 주식主食인 '떼프' 25킬로그램씩을 선물했다. 봉사단원들과 참전용사들은 서로 손을 맞잡고 껴안으며 "감사합니다." "이그자베헤르 이웨드할(감사합니다)."이라고 인사했다. 한 노병은 "우리를 잊지 않고 찾아줘 고맙다."며 "이제 참전용사들은 살날이 얼마 남지 않았다. 어려운 이들이 기본적인 의식주를 해결할 수 있도록 도와줬으면 한다."고 말했다. 짧은 만남이었지만 에티오피아에서 참전용사를 만날 수 있는 날이 얼마나 될까 싶었다.

2004년 성탄절 직전 성탄선물로 '사랑의 집'을 선물 받은 가정을 취재한 것도 가슴 따뜻한 기억이다. 성탄절을 앞두고 기삿거리를 찾던 나는 왠지 서울광염교회에선 뭔가 있을 것 같은 예감이 들었다. 조 목사에게 전화를 드렸다. 아니나 다를까 "마침 '사랑의 집'을 선물한 가정이 있다."는 것 아닌가. 달려갔다. 초등학교 4학년과 6학년 두 딸을 둔 30대 후반의 어머니가 그 전날 밤 연립주택 2층의 '사랑의 집'으로 이사를 했다는 것이다.

이들 가정은 남편이 6년 전 집을 나간 후 지하나 반지하 월세방을 전전했다. 엄마는 창동역 앞에서 떡볶이와 어묵 노점상을 했다. 매일 오후 2시부터 밤 9시 반까지 꼬박 자리를 뜨지 않고 장사를 했지만 월세와 생활비로도 빠듯해 아이들 학원비는 엄두도 내지 못하고 있었다. 태어나서부터 지하방에서만 자란 아이들은 늘 호흡기 질환을 달고 살았다.

이런 사연을 알게 된 교회가 이들 가족에게 보증금 4000만 원짜리 볕이 잘 드는 연립주택 2층으로 옮겨준 것. 그 전까지 가족이 살았던 방은 보증금 1000만 원, 월세 30만 원짜리 지하방이었다. 엄마는 "초등학교 4학년 딸이 어젯밤 '엄마, 우리 드디어 지하에서 탈피하네.' 하면서 좋아했어요."라며 "탈피라는 말은 어디서 들었는지…."라고 혼잣말을 했다.

"그 아이는 태어난 후로 지상에서 살아본 기억이 없거든요. 방바닥은 또 얼마나 따뜻하던지…. 딸들과 손을 꼭 잡고 한참을 뒤척이다 새벽녘이 돼서야 깜빡 잠들었어요."

게다가 원래 이 집은 이들 모녀의 순서가 아니었다고 했다. 교회에서는 이란에서 18년간 활동하다 그 당시에 맨손으로 추방당한 한 선교사 부부에게 전셋집을 제공하려 했으나 선교사가 "우리는 대학 다니는 아들의 자취방이 있다. 더 급한 분에게 먼저 구해드리라."고 양보해 이들

모녀에게 '사랑의 집'이 돌아왔다는 사연이었다.

한마디 한마디가 가슴이 따뜻한 이야기였고, 기사를 쓰는 나도 보람을 느꼈다. 새집에 급히 깐 새 장판을 어루만지며 살아온 이야기를 하던 김씨는 "이젠 희망을 갖고 열심히 살면서 나보다 더 어려운 이웃을 돕겠다."며 웃다가 눈시울 붉히기를 반복했다.

이렇게 여러 차례 겪다 보니 문득 궁금해졌다. 도대체 왜 교회 목사가 이렇게 어려운 이웃돕기, 긴급재난 구호에 목숨을 거나 싶었다. 역시 드라마틱한 대답은 없었다. 그렇게 10년을 만나고 어느 날 조 목사 개인사를 살짝 여쭤봤다. 그랬다가 놀라운 이야기를 들었다. 나는 그가 그저 총신대 나와서 목사 되는 평탄한 길을 걸은 줄 알았다. 맞기도 하고, 아니기도 했다. 그는 고등학교를 검정고시로 패스했다고 했다. 등록금을 못내 설움도 많이 당했다고 했다. 더 이상의 개인사는 피했지만 총신대도 고학으로 다녔던 것 같다. 그래서 돈이 없어서 학교 못 다닌다는 말만 들으면 못 참는다고 했다. 거기서부터 남 돕기가 시작됐다. 그리고 그 동심원이 이제는 바다 건너 지구 반대쪽까지 퍼진 것이다.

조현삼 목사가 어려운 이웃돕기에 나선 것은 상계동에 처음 교회를 개척한 1992년부터였다.

"그해 7월 맥추감사절(보리 수확을 감사하는 절기) 헌금으로 쌀을 사서 교인들과 함께 달동네 분들에게 드린 게 시작이죠. 받는 분들이 너무도 고마워하셔서 교인들이 오히려 감격했지요."

청소년기에 혹독한 가난을 겪은 그는 "특히 잘 곳, 먹을 것, 학비 이야기를 들으면 가슴이 너무 아프다."고 했다. 이후 교회 예산의 3분의 1 이상은 반드시 구제·선교·장학사업에 쓴다, 교회 건물을 갖지 않는다, 100만 원 이상 교회 통장에 남기지 않는다 등 원칙을 정하고 구제사업에 나섰다.

봉사활동의 기폭제는 1995년 삼풍백화점 붕괴사고였다. 당장 교인들과 달려가 서울교대 강당 앞에 천막 치고 솥단지를 걸고 자원봉사자들에게 식사를 접대하던 조 목사는 당시 기독교윤리실천운동 유해신 사무처장과 함께 현장에서 '한국기독교연합봉사단'이란 단체를 결성했다. 개별 교회로 활동하는 것보다는 연합의 이름으로 봉사하고 구제하는 것이 한국 개신교 전체의 이미지 제고에도 도움이 된다는 생각이었다. 그렇지만 실질적인 활동은 서울광염교회가 거의 도맡아 한다.

이후 활약은 눈부시다. 2003년 이라크전이 끝나자 이라크로 날아가 전후戰後 구호활동을 벌인 것이 해외활동의 시작이었다. 이어 2003년 겨울 이란 대지진과 2004년 초 북한 용천역 폭발사고가 터지자 바로 달려갔다. 나는 현지에 특파된 동료 기자들이 귀환한 후 "조 목사님 만났다."는 이야기를 연달아 듣게 됐다. 재난과 사고가 이어지면서 교회는 119를 방불케 됐다. 국내용으로 기본적인 식량과 라면을 비롯한 생필품을 담은 긴급구호세트는 항상 비치됐다. 예고 없이 터지는 재난과 사고 때문에 담임목사가 툭하면 자리를 비우는 일이 반복됐다. 그런데도 교회는 성장했다. 불가사의한 일처럼 보인다. 남을 돕는 일은 이렇게 사람들을 행복하게 만드는 모양이다.

이후로도 아이티에 지진이 나면 아이티로, 태안에서 기름이 유출됐다면 태안으로, 조 목사 일행은 가장 먼저 도착해서 가장 늦게까지 남아 있는다. 구조활동을 하는 방식도 지극히 단순하다. 재난이 발생하면 일단 비상금 챙겨서 몸부터 달려간다. 그리고 현지에서 꼭 필요한 게 뭔지 챙겨본다. 어떤 나라든 적십자를 비롯해 구호단체들이 있기 때문이다. 그렇게 살펴보다가 비는 구석을 발견하면 그걸 돕는다. 식량이 필요하면 근처 나라에 가서 식량을 사오고, 의약품이 필요하면 국내에서 구입해 부쳐주기도 한다. 그런 조 목사를 오래 대하다 보니 나도 버릇이 하나 생겼다. 국내외에서 갑자기 천재지변이 발생하면 혼자 생각한다. '조 목사님 또 바쁘겠구먼.' 그러다가 전화를 걸어본다. 그러면 "지금 해외로밍 중인 전화로 연결합니다."라는 안내 목소리가 나온다. 혹은 "지금 공항인데요." 하신다.

앞에 불평(?)을 털어놓았지만 내가 겪은 구호현장은 애교였다. 덜 급박한 현장이었다. 미리 기획을 해서 함께 갈 수 있는 곳들이었다. 그러나 한국기독교연합봉사단이 긴급출동하는 곳은 기자들과 미리 연락해 갈 수 있는 곳이 아니었다. 그 목록만 봐도 인도네시아 지진2006년 5월, 필리핀 두리안 태풍2006년 12월, 방글라데시 사이클론2007년 11월, 태안 기름유출2007년 12월, 중국 쓰촨성 지진2008년 5월, 대만 태풍 모라꼿2009년 8월, 부탄 지진2009년 11월, 아이티 지진2010년 1월, 일본 동북부 강진 2011년 3월, 태국 수해2011년 11월, 필리핀 태풍 하이옌2013년 11월 등이다. 신문과 방송에서 다급하게 전했던 국제 재난뉴스의 현장엔 언제나 한국기독교연합봉사단의 땀방울이 함께했던 것이다. 그것도 본인들 비행기나 숙소는 최소한 비용만 들이면서 고생을 사서 하는 고생길이었을 게 분명하다.

지난 2014년 초 오랜만에 조현삼 목사를 다시 만났다. 서울 중계동 속칭 '백사마을'에서 화재로 집을 잃은 한 가정을 도왔다는 사연을 취재하기 위해서였다. 직접 찾아본 현장은 몇 개월이 지났는데도 여전히 시커멓게 그을린 화재의 흔적이 역력했다. 밤중에 일어난 화재로 가족들은 겨우 몸만 빠져나온 상태. 이 가정에도 서울광염교회는 번듯한 집을 마련해줬다. 이번엔 'SOS뱅크'로 접수돼 '소망의 집'으로 이어진 경우였다.

'SOS뱅크'는 노원구와 도봉구, 의정부 지역의 불우이웃을 위해 100만 원까지 '무이자, 무독촉'으로 지원해주는 긴급 부조 프로그램. '행복의 집'은 액수가 좀더 많다. 500만~1000만 원의 전세보증금을 지원한다. 이 가정의 다급한 사정을 전해 들은 구청 사회복지사가 한국기독교연합봉사단 'SOS뱅크'에 SOS를 쳤고, 그날 저녁 현장을 찾아 사정을 들은 조 목사는 '100만 원으로는 부족하다.'고 판단해 인근을 뒤져 찾아낸 빌라 반지하 집의 보증금 1000만 원 중 절반을 지원했다. 나머지 절반은 한 복지재단이 맡았다. 그날 밤 새집에 들어간 가장은 "'이제 살았구나.' 싶었다."고 했다.

서울광염교회는 지금도 '사랑의 집' '소망의 집' '사랑의 쌀은행' '나눔마켓' 등 많은 구제프로그램을 운영하고 있다. 'SOS뱅크'의 경우, 2005년 한 장애인이 생활고를 비관해 자살한 것을 계기로 재미교포가 보내준 5000만 원에 교회가 5000만 원을 보태 1억 원의 기금으로 탄생했다. 1만 원, 5만 원 등 십시일반 개인들의 '예금'도 큰 힘이다. 사회복지사의 추천을 받아 검증을 거쳐 꼭 필요한 가정에 집세·이사비·병원비 등을 지원한다. 지금까지 170여 건에 1억 6000여만 원이 지급됐다. 명칭은 '은행'이지만 사실상 무상지원이다 보니 잔고는 늘 바닥이 보일락 말락 한다. 그렇지만 조 목사는 태연하다. "비우면 하나님이 채워 주신다. 꼭 필요한 것은 언제나 이뤄주신다."는 믿음 때문이다. 실제로 그를 만난 날 실무자는 잔고가 300만 원이라고 했다. 그런데 다음 날 조 목사로부터 문자메시지가 왔다.

"오늘 SOS뱅크로 7000달러가 날아왔습니다."

2015년 4월 24일 네팔에서 강진強震이 일어나자 나는 습관처럼 "아, 한국기독교연합봉사단이 또 고생하겠구나." 생각했다. 그리고 서울광염교회 홈페이지에 들어갔다. 역시나였다. 이석진 목사를 비롯한 구호팀이 제일 발 빠르게 현지로 달려간 것을 확인할 수 있었다. 기자로서 대형 재난은 우선 뉴스다. 그렇지만 조 목사와의 만남이 계속되면서 버릇이 하나 생겼다.

"제발, 재난이 일어나지 않게 해주세요. 안 그래도 건강 안 좋으신 조 목사님 고생 좀 덜하시게."

가난은 어린이에게서
꿈을 빼앗아 간다

서정인 목사(한국 컴패션 대표)

오해받기 딱 좋다. 컴패션 말이다. 2015년으로 설립 12년이 된 한국 컴패션은 세계 각국의 후원자들이 다달이 정해진 액수를 내서 전 세계 가난한 어린이들을 1 대 1로 결연해 성인이 될 때까지 전인적全人的으로 돕는 국제어린이양육기구의 한국 지부다.

아마 독자들도 이 단체의 이름을 더러 들어봤을 가능성이 높다. 컴패션 홍보대사인 탤런트 차인표 · 신애라 부부가 에티오피아 등을 찾아 어려운 형편의 아이들을 만나서 그들의 사는 모습을 직접 살펴보고 결연을 맺고, 선물을 주고 돌아오는 다큐 등이 여러 차례 TV 등을 통해 방영된 적이 있기 때문.

문제는 이 단체 사무실에 가보면 너무도 '럭셔리'하다는 데에 있다. 사무실 자체가 깔끔하고 직원들도 '도대체 어떻게 저렇게 착하고, 행복한 표정으로 살 수 있을까.' 싶다. 그것도 자기 돈 들여서 하는 자원봉사라는데. 사무실 여기저기서 영어도 들린다. 국제단체이니 당연하지만 처음 사무실을 찾은 사람들은 뭔가 낯설다. 가만히 이유를 생각해보면 답이 없진 않다. 가난한 사람들을 돕는 단체인데 그 대상이 안 보이는 것이다. 땟국물이 줄줄 흐르는 누군가가 들락거리면, '아하, 여기가 구호단체이지.' 하는 생각이 들 텐데, 컴패션에는 그게 없는 것이다. 게다가 대표인 서정인 목사를 만나면 십중팔구는 '맞아, 이 단체 뭔가 있어….'라고 생각할 것이다. 그도 그럴 것이 깎은 듯이 반듯한 외모에 짧게 깎은 머리, 목까지 올라오는 스웨터…. 누군가 떠오르지 않는가? 맞다, 스티브 잡스다. 전체적으로 '빠다 냄새'가 가득하다.

자, 이런 상황에서 "저희는 후원금의 80퍼센트 이상은 반드시 후원받는 아동에게 전달되도록 하고 있습니다."라는 설명까지 들으면 "그럼, 나머지 20퍼센트는?" 하는 의문이 드는 게 당연하다. 하나 더, '후원자의 밤' 같은 행사도 강남 청담동의 빈 상가 건물 같은 데를 빌려서 떡볶이 같은 걸 갖다 놓고 한다. 후원자인 가수 션이 나와서 노래도 부른다. 그리고 각자 '비전 트립'이란 이름으로 다녀온 현지 여행 결과를 슬라이드나 비디오로 보고한다.

이쯤 되면 의구심 내지 궁금증은 '확신'으로 굳어지기 시작한다.

"그럼 그렇지. 서 대표는 미국 교포로 한국에 왔다 그랬잖아. 이건 유명 인사들끼리 모여서 '우리 참 착하지?' 하고 노는 모임 아니야?"

여기까지가 내가 가졌던 컴패션에 대한 의구심(?)이다. 평소 종교를 담당하면서 어려운 이웃을 돕는 단체나 종교인을 많이 만나는 편이다. 그런데 그들을 만날수록 한켠에선 의심도 늘었다. 특히 이른바 '수경사帥 사건'을 겪은 후로 그렇다. 수경사 사건이란 가짜 승려가 부모 없는 아이를 모아서 '장사'하듯 입양시키곤 했던 사건이다. TV 고발 프로그램에 나와서 여론의 뭇매를 맞았던 사건인데, 나는 그 1년 전쯤 미담 기사로 썼던 적이 있었다. 그때 여론의 쓰나미를 맞고 사과 기자수첩까지 쓴 후로는 무조건 믿던 버릇이, 일단 한 번쯤은 의심하고 보는 쪽으로 바뀌었다. 사실 세상에 그렇게 모두가 행복하고 착한 조직이 어디 있겠는가, 하는 게 당시 내 생각이었다. 기사를 여러 차례 쓰면서도 그런 의구심은 남아 있었다.

그런 의심의 나날을 지낸 결과, 내 나름대로 내린 결론은 '결국 시간이 증명해준다.'는 것이다. 착한 척하는 것은 한계가 있다. 언젠가는 본심이 들통 난다. 하지만 시간이 지나도 변함이 없는 쪽은 진짜 착하고 선한 것이다. 그런 의심의 눈초리로 컴패션도 계속 째려(?)봤다, 몇 년 동안. 결론은 이젠 오해를 풀 때가 됐다는 것이다.

'과연'이었다. 서정인 목사는 '유한有閑 계급의 칭찬받기 좋아하는' 그런 사람이 아니었다. 대놓고 물어봤다. 군대는 갔다 왔는지, 미국 시민권은 가지고 있는지, 컴패션엔 왜 참여하게 됐는지, 왜 목회자가 됐는지…. 역시, 짐작대로였다.

서 목사는 1962년 서울서 태어났다. 부친은 고교 교사였다. 그런데 지독한 원칙주의자였다고 한다. '치맛바람'과 '촌지'가 횡행하던 시절, 거부했다고 한다. 그것도 본인만 거부한 것이 아니라 남도 못 받게 했다고 한다. 미운털 콕콕 박힐 짓이었다. 한국 생활이 얼마나 힘들었을지 가히 짐작이 간다. 그래서 부친은 서 목사 4남매를 솔거해 1977년 미국으로 건너갔다. 결정적 '계기'는 국가가 제공했다. 서울 남산 자락 보광동 쪽 한남동 산비탈 단독주택에 살던 서 목사 가족은 그즈음, 압구정동으로 집을 지어 이사했다. 지금이야 압구정동은 서울 강남의 부촌富村이지만 당시엔 아파트는커녕 벌판에 쓰레기를 매립하던 시절이었다. 처음엔 단층으로 지으려 했다. 그런데 중간에 법이 바뀌어 2층으로 올려야만 했다. 2층을 올렸더니 '남산'에서 불렀다. '교사가 무슨 돈으로 거창한 집을 짓느냐'는 이유였다.

만약 이런 일을 당했다면 나였어도 나라를 떴을 것 같다. 서 목사 가족은 그렇게 미국으로 이민 갔다. 손에 쥔 게 없으니 이민생활은 고달플 수밖에 없었다. 취업 연령에 못 미쳤지만 서 목사도 학교 다니며 이것저것 일을 했다. 중학교 때부터 베이비시터, 주유소, 빌딩 청소 등을 했고, 고등학교 때에는 청소 일을 하던 프랜차이즈 음식점에서 최연소 지점장까지 할 정도로 사업에 수완이 있었다. 대학생 때는 형과 함께 프랜차이즈 지점을 세 곳이나 운영한 사업 경력도 있다. 서 목사는 자칫 돈 잘 버는 사업가가 될 뻔했다.

대학에서도 경영학을 전공했다. 어려서부터 교회는 다녔지만 목회자는 꿈도 꾸지 않았다. 게을러서나 믿음이 약해서가 아니다. 피는 못 속인다고 부친 기질을 물려받은 때문이다. '자기도 지키지 못할 삶을 교인들에게 말하는 것은 위선이다.' 이런 이유 때문이었다. 목회자가 말하는 예수의 삶은, 오직 예수밖에 살 수 없다고 생각했다. 그래서 목회자는 그의 희망직업 목록에서 아예 제외돼 있었다.

그러나 하나님의 부르심은 예기치 않게 찾아오는 법. 대학 졸업 후 사진 관련 사업을 벌여 그런대로 잘 되는 편이었다. 그런데 하나도 즐겁지 않았다. 사업은 커지는데 의욕은 제자리였다. 그러던 중 부르심을 받아 신학교에 들어갔다. 목사 안수를 받았고, 결혼을 했다. 그렇지만 이때에도 그의 희망은 교회 담임하는 목회자가 아니었다. 신학대 교수가 자신의 적성에 맞는다고 생각하고 있었다.

부인은 한국에 가족이 있는 유학생이었다. 한국을 떠난 후, 신혼여행 때 처음으로 다시 고국 땅을 밟았다. 여기저기 둘러보던 중 개신교 서적을 내는 출판사인 '생명의 말씀사'를 방문했다. '야~ 저 책을 낸 분들의 이야기를 제대로 전하고 싶다.'는 마음이 일었다. 대학원에 진학해 정말 열심히 공부해 박사가 됐다. 여기저기 대학에서 오라고 했다. 그런데 막상 뭔가 내키지 않았다. 바로 그때 컴패션에서 손짓이 왔다. 한국에 지부를 개설하려는데 맡지 않겠느냐고. 그런데 정작 서 목사는 컴패션이 뭔지를 몰랐다. 그래서 권유를 받고 한 반문이 "월드비전은 알아도 컴패션은 모르겠다."는 것이었다. 그런데 부인은 "하라."고 했다. 평소엔 옷하나도 선뜻 고르지 못하는 부인이었다. 조금 알아보니 딱 하나님이 자신을 위해 준비한 일이라는 확신이 들었다. 그렇게 한국으로 돌아왔다.

사실 '불쌍히 여김' '긍휼히 여기는 마음' '연민'을 뜻하는 '컴패션 compassion'은 한국이 '고향'이다. 6·25 전쟁 당시 한국 땅을 밟은 미국인 스완슨 목사가 너무도 비참한 한국의 전쟁고아들을 돕기 위해 만든 단체다. 거기엔 끔찍한 사연이 있다. 어느 날 새벽 스완슨 목사는 쓰레기를 치우는 미군 트럭 소리에 잠에서 깼다. 내다보니 쓰레기를 치우는 인부가 길가의 쓰레기를 툭툭 발로 찬 후에 쓰레기 뭉치를 트럭 짐칸에 던져 넣는데, 순간 어린아이의 손이 보였다. 스완슨 목사는 깜짝 놀라 뛰어나가 제지했다. 그러나 그것은 이미 지난밤 추위와 굶주림에 목숨을 잃은 아이의 시신이었다. 그는 미국으로 귀국해 이 끔찍한 한국에서의 참상을 알리고 지원을 호소했다. 얼마 후 그에게 1000달러짜리 수표가 도착했다. 이 수표 덕에 강원도 삼척에 전쟁고아들을 위한 고아원을 세울 수 있었다. 1952년의 일이다.

1954년 스완슨 목사는 또 다른 계획을 실천에 옮긴다. 1 대 1 결연이다. 단순히 고아원을 세우고 먹이고 입히는 것 가지고는 부족하다고 느낀 것. 부족한 것은 바로 직접 느낄 수 있는 사랑이었다. 한창 사랑을 받고 자라야 할 나이에 부모를 잃은 아이들에게 '가족'을 만들어 '양육'하자는 생각이었다. 이렇게 시작된 컴패션의 1 대 1 양육은 지원을 해주는 가족이 도움을 받는 어린이 한 명과 결연해 아이들이 학교를 다닐 수 있도록 학비를 지원하고 서로 편지를 주고받고, 선물도 보내고 직접 방문해 어린이들을 만난다. 어린이들은 비록 멀리 떨어져 있지만 자신을 보살펴주는 '가족'의 존재를 실감할 수 있는 방식이다. 컴패션이 확대되면서 비단 고아뿐 아니라 부모가 있더라도 어려운 형편의 어린이들이 이 같은 방식으로 도움을 받았다. 즉 특정 '시설'에 어린이들을 모아 놓고 지원하는 것이 아니라 가족과 함께 지내면서 양육되는 것이다. 컴패션이 한국을 떠난 1993년까지 모두 10만여 명이 이렇게 혜택을 받았다.

서 목사는 저서 『고맙다』에서 2002년 컴패션 창립 50주년 기념행사

중 타임캡슐 묻는 광경을 소개한다. 100주년 때 개봉할 예정으로 이날 땅에 묻은 타임캡슐엔 한국어 성경, 여자 어린이의 머리핀, 부채, 한국 교회의 주보, 고무신 등이 들어 있었다고 했다. 모두 컴패션의 고향이 한국임을 보여주는 물건들이었다.

한국을 못자리로 시작된 컴패션은 스완슨 목사가 1965년 세상을 떠난 후 준비를 시작해 1968년부터 한국 이외의 다른 나라 어린이를 양육하는 것으로 확대됐다.

지난 2007년 방한한 웨슬리 스태포드 국제컴패션 총재가 인터뷰에서 했던 말이 기억난다. 당시 컴패션 사진전 개막식에 참석하고 한국 컴패션 관계자들을 격려하기 위해 한국을 찾았던 그는 1993년부터 2013년까지 20년간 총재를 맡았다. 서 목사를 한국 컴패션 대표로 영입한 것도 그였다. 그는 "극도의 가난을 겪는 사람들의 눈에서는 빛, 스파크가 꺼져가지요. 저희는 어린이들의 눈에서 작은 빛마저 소멸되기 전에 그 불씨를 살려내려 한다."고 말했다. 그에게 가장 슬펐던 순간과 가장 기뻤던 순간을 물었다. 그는 금세 눈물이 그렁그렁해져서 말했다.

"에티오피아에 대기근이 났을 때 난민촌을 방문했습니다. 여성들은 뼈만 앙상한 아기들을 안고 손가락으로 미음을 찍어 먹이고 있었습니다. 그 중 한 아기를 받아 안고 '하나님, 이 아기를 꼭 살려주세요.'라고 기도하고 있는 중에 그 아기가 제 품에서 숨을 거뒀습니다."

가장 기뻤던 순간은 "2003년 한국에서 있었던 일"이라고 했다.

"2003년, 도움을 주는 나라로 바뀌어 컴패션 활동을 재개할 때 제가 한국을 방문했습니다. 한국 교회 지도자들에게 컴패션에 관해 한참 설명을 하고 있는데 한 참석자가 '그런 설명 필요 없다.'고 제지했습니다. 어리둥절해 하는데 '제가 바로 어려서 컴패션의 지원으로 성장하고 공부한 사람'이라고 하더군요. 잇따라 여기저기서 한 사람씩 일어나며 '나도' '나도'라고 했습니다. 한국은 컴패션 활동의 산 증거입니다."

그렇게 한국을 떠났던 컴패션은 정확히 10년 후 다시 한국에 돌아왔다. 이번엔 지원을 받는 수혜국이 아니라 정반대로 지원해주는 나라로. 이 같은 변신은 컴패션 역사상 한국이 유일하다. 그 실무를 서 목사가 맡게 된 것. 생각해보면 아주 자랑스러운 일이다. 도움을 받다가 도움을 주게 됐으니. 그런데 이게 쉽지 않았다고 한다. 주무부처인 보건사회부를 찾아가 단체 등록을 하려 했는데 뜻밖의 장애물을 만났던 것. 당시엔 비영리단체들이 많이 세워지면서 후원금을 원래 목적이 아닌 곳에 사용해 사회문제화되는 경우가 있어 등록이 까다로웠다. 게다가 1 대 1 양육이라는 생소한 지원 방식도 걸림돌이었다. 기관 등록을 위해서는 보증금도 필요했다. 미국 컴패션으로선 이해가 안 되는 일이었을 것이다.

미국과 한국을 오가고, 국제통화를 거듭하길 8개월. 드디어 등록 허가가 났다. 그런데 서 목사가 처음 한국 컴패션을 설립하려 할 때 고생한 이야기는 어찌 보면 당연한 일이다. 컴패션은 '설명이 많이 필요하기' 때문이다. '1 대 1 결연에 의한 양육'이란 지원방식은 당시로선 꽤 낯설었다. 나도 처음 지인으로부터 컴패션 활동을 소개받았을 때 그 지원방식을 이해하는 데 한참 시간이 걸렸던 기억이 생생하다. 그러니 서 목사는 다른 지원 단체와 달리 그 지원방식을 매번 사람들에게 처음부터 똑같이 설명해야 했을 것이다. 그 설명과 설득이 얼마나 반복됐을까.

'설명의 어려움'은 후원자 모집 과정에서도 그대로 반복됐다. 겨우 등록을 마쳤지만 후원자를 어떻게 모집해야 할지도 막막했다. 먼저 수혜자들에게 노크했지만 그들은 난색을 표했다. "가족들도 아직 모르는데…." "어머님이 살아계신 동안에는 좀…." 등 지극히 한국적인 이유에서였다. 그렇지만 그것이 한국적 현실임에랴 어떻게 할 수가 없었다. 서 목사는 결국 미국으로 이민을 떠나기 전 주일학교를 다녔던 왕십리의 교회를 찾아 목사님께 호소했다. 그렇게 29명의 후원을 받아 첫걸음을 뗄 수 있었다. 그러나 서 목사 본인과 직원 세 명으로 시작한 한국 컴패션은 좀처럼 후원자를 늘릴 수 없었다. 역시 '설명이 복잡'했기 때문이다. 전기가 마련된 것은 2005년 차인표·신애라 부부가 컴패션 홍보대사로 참가하면서부터.

사실 내가 처음 컴패션 기사를 쓰던 2005년, 차인표·신애라 부부는 한국 컴패션이 시작될 때부터 함께한 줄 알았다. 그런데 그게 아니었다. 광고계 스타인 문애란 전 웰콤 대표와 차인표·신애라 부부 모두 서 목사가 '삼고초려三顧草廬' 끝에 모셔온 후원자들임을 나중에 알게 됐다. 하긴 서 목사가 이민 1.5세대로 국내에 학맥, 인맥이 없는 것을 감안하면 특별한 일도 아니다. 한국 컴패션 초기 서 목사는 막막했다고 한다.

"2년 반을 매일 밤 악몽을 꾸다 땀에 흠뻑 젖어 깨곤 했어요. 강단에 섰는데 학생들이 우르르 몰려나가거나, 설교하려는데 교인들이 웃으며 떠나는 꿈이었어요."

일단 크리스천을 우선 '공략 대상'으로 삼았다. 컴패션이 스완슨 목사에 의해 시작됐다는 점을 생각하면 당연한 선택이다. 하지만 크리스천이라고 해서 누구나 얼른 후원자로 나선 것은 아니다. 문애란 대표에게는 무작정 전화를 걸었다가 퇴짜를 맞았고, 신애라 씨는 접촉할 방법이 없어 여성지에서 오린 사진을 그냥 책상 앞에 붙여두고 기도만 드렸다. 그러나 지성이면 감천이라 했던가, 정말 우연히도 연결이 됐다. 서목사는 정성껏 간절하게 설명을 했다. 그렇지만 생경한 지원방식은 '직접 확인'을 필요로 했다. 문애란 대표가 그랬고, 신애라 씨가 그랬다. 직접 확인한 다음에는 일사천리였다.

스완슨 목사는 "왜 미국에도 어려운 사람이 많은데 굳이 한국의 어린이를 돕느냐"는 반발에 이렇게 말했다고 한다.

"우리 주위 사람들을 돕는 것은 당연히 해야 할 일입니다. 여러분과 제가 천국에 갔을 때 하나님은 백인 혹은 미국 시민만 보는 것을 원치 않으십니다."

마찬가지로 한국인 후원자들도 이런 이야기를 하는 경우가 있다. 그럴 때 그는 아무런 말을 하지 않는다고 한다. 그저 현지를 함께 방문해 현장을 보면 안다는 것. 컴패션 센터 창문에 다닥다닥 붙어서 지원받는 어린이들을 부러운 눈으로 쳐다보고 있는 아이들, 그 아이들이 처해 있는 극심한 상황을 보면 말로 설명을 할 필요가 없다는 것이다.

이렇게 직접 확인한 후에는 모든 것이 달라졌다. 신애라 씨의 남편 차인표 씨는 동인도 비전트립에 참여한 후에 동행한 사람들과 함께 '컴패션 밴드'를 결성해 자발적으로 활동에 나섰다. 광고 전문가 문애란 대표와 다이애나 강 씨는 특기를 십분 활용해 '자선 파티'를 만들었다. 자연스럽게 '컴패션의 친구들FOC'이 만들어졌다. 션·정혜영 부부, 배우 유지태 등이 나섰고, 매스컴에도 소개되면서 관심이 촉발됐다.

이야기를 나누다 나는 처음 '80퍼센트' 이야기를 들었을 때의 '충격'을 털어놓았다. 그랬더니 답이 걸작이다.

"저희는 솔직히 다 이야기합니다. 저희가 말하는 80퍼센트는 후원금, 즉 돈만 가리키는 것이 아닙니다. 물품으로 지원받아도 그걸 금액으로 환산해서 전체의 80퍼센트 이상은 반드시 원래 목적, 즉 아이들에게 전해지도록 하고 있습니다."

내용을 정확히 다시 들어보니 지독한 사람이고, 지독한 조직이었다. 좋은 의미의 원리주의자, 원칙주의자들이었다.

그 말을 듣고 다시 설명을 들어보니 컴패션 사무실의 럭셔리해 보였던 인테리어와 각종 장비들은 거의 다 기부받은 것들이었다. 기업들은 비용을, 디자이너는 디자인을, 외국어를 잘하는 사람들은 편지를 번역해주는 일을 각각 자원봉사하면서 이 조직이 굴러간다는 것이었다. 또 도움을 받는 나라의 컴패션 센터는 현지 교회와 연계되어 가능한 한 따로 유지비용이 들지 않는 구조로 설계돼 있다고 했다.

또 '있는 사람들'의 선행善行이라는 선입견도 문자 그대로 선입견이었음을 알게 됐다. TV에서 탤런트 차인표가 '내 멘토'라고 소개했던 '구두닦이 목사' 김정하 목사가 대표적 사례다. 경기도 성남에서 개척교회 목회를 하는 김 목사는 강대상에 오르는 꽃값을 아껴 에콰도르의 두 아이를 후원하다가 다섯 명을 더 후원하기 위해 교회 앞에서 직접 구두닦이에 나섰던 인물. 루게릭병까지 있는 그가 힘든 몸놀림으로 구두를 닦는 모습은 많은 시청자의 심금을 울렸다. 컴패션 식구들은 그를 위해 특별 공연을 하고 헌금을 모았다. 1000만 원을 모아 김 목사에게 전달했다고 한다. 그런데 다음 날 김 목사는 바로 1000만 원을 다시 기부했다고 한다. 자녀들을 위해서라도 받아달라고 하니 돌아온 답은 "아이들이 그걸 원한다."였다고 한다. 한국 컴패션은 김 목사의 동영상을 들고 전 세계를 다니며 보여줬다고 했다. 동영상을 본 수혜자들의 반응은 나와 똑같았다.

"컴패션 후원자는 모두 부유한 줄 알았어요."

그 외에도 발달장애인, 태어날 때부터 두 다리가 없었던 장애인도 후원자라고 했다. 내가 좀 지나치게 까다롭게 선입견을 가졌던 점을 반성했다. 서 목사의 책 『고맙다』에는 후원자들과 함께 세계 각국을 다니며 만난 안타까운 사연이 가득하다. 문자 그대로 수렁에서 건져 올린 아이들의 모습이 눈에 밟히는 듯하다.

한국 컴패션은 이제 세계적으로 미국 다음으로 많은 지원을 하는 나라, 모범국이 됐지만 서 목사의 꿈은 이게 다가 아니다. 통일 이후를 준비하고 있다. 과거 북한 지역은 개신교의 안마당이었다. 신의주, 정주, 평양으로 이어지던 '바이블 루트'는 그대로 신문물 유입의 역사지도와 딱 겹쳐진다. 그랬던 지역이 지금은 암흑이다. 서 목사는 북한 사업 때문에 미국 시민권을 아직 가지고 있다 했다. 부인은 벌써 한국 국적을 회복했다. 여러 차례 북한을 다녀왔고, 고아원을 싹 훑었다. 내심 할 일들도 고민했다. 2015년부터는 서서히 움직일 것이라고 했다.

"한국 교회는 선교 초기의 열정으로 돌아가야 합니다. 남한에서는 이미 스스로 이런저런 문제를 일으키며 동력(動力)과 순수성을 많이 잃었습니다. 통일은 한국 교회에 기회입니다. 교인 수 늘리고 교회 건물 올리는 그런 기회가 아닙니다. 그 옛날 술, 담배, 노름하지 않고 건실하게 살면서 남을 위해 희생함으로써 사람들로부터 '예수 믿는 사람은 역시 다르다.'는 평가를 받았던 그 시절로 돌아갈 기회라는 말입니다. 이 기회 놓치면 언제 다시 한국 교회가 신뢰를 회복할 수 있을지 기약할 수 없습니다."

그는 저서 『고맙다』에 "가난은 어린이들에게서 꿈을 빼앗아간다."고 적었다. 또 필리핀을 방문했을 때, 가슴속에서 "더는 필리핀 아이들이라고 하지 말아주세요! 이 아이들은 하나님의 아이들이고, 우리의 아이들입니다."라고 외치는 소리를 들었다고 했다.

이 지독한 원리주의자가 열어갈 통일 이후 북한 사역의 청사진, 그건 기독교 전파 혹은 교세 확장이 아니다. "더는 북한 아이들이라고 하지 말아주세요! 이 아이들은 하나님의 아이들이고, 우리의 아이들입니다." 라는 외침이 그의 가슴속에 다시 울려 퍼지고 있는 것이 아닐까. 그것은 또한 북한 아이들의 눈빛에서 스파크가 꺼지기 전에 이뤄져야 한다고 믿기 때문일 것이다.

처음 개신교 선교사들이 한국에 와서 가졌던 그 뜨거운 초심, 예수의 사랑을 전하고 싶다는 그 마음이다. 벌써 기대된다. 그리고 믿음직하다.

우리곁의성자들 聖者

제2부
지금 여기를
똑바로 사세요

닳아서 죽을지언정
녹이 나 죽지는 않겠다

방지일 목사

"미안하지만 잠시만 기다려 주시지요. 요거 보던 거 마저 하고요."

지난 2007년, 목사안수 70주년을 맞은 방지일 목사를 만나러 서울 강서구 실버타운을 찾았다. 그는 직접 문을 열어준 다음, 방으로 들어갔다. 호기심에 따라 들어가 보니 컴퓨터 화면에 활자를 키워 놓고 이메일을 읽고 있었다. 누군가에게 답장을 쓰는 중이었다. 이윽고 답장을 마친 그가 거실로 나왔다.

"요즘은 이메일 하는 재미가 쏠쏠합니다. 세계 어디서든 편지를 보내오면 읽어보고 답장해주는 게 재밌어요."

그는 "전날 (경북) 봉화를 다녀왔다."고 했다. 현지 개신교계 행사에

축도祝禱를 부탁받았던 모양이었다. 요즘에야 2시간 반이면 닿지만 그 당시 서울에서 봉화까지는 자동차로 서너 시간이 걸렸다. 젊은이들도 당일치기가 버거운 곳을 다녀오고도 그는 꼿꼿했다. 그뿐이 아니었다.

> "봉화 가는 길에 창밖을 보니 하나님께서 산에 남색, 청색, 녹색 옷을 입히고 계시더군요. 땅을 파봐도 개나리 노란색, 나뭇잎 청색은 안 나옵니다. 누구에게나 베푸는 하나님의 역사라는 걸 새삼 느낍니다. 지난 70년간 목회하고 전도할 수 있었던 것도 하나님의 역사라고 확신합니다."

솔직히 방 목사를 만나고 상당히 놀랐다. 기력과 총기 때문이었다. 종교담당 기자는 다루는 분야의 특성 때문에 취재원의 연령이 평균 65세쯤은 된다. 그래서 취재원과의 관계에서 '을乙'이 되는 경우가 많다. 취재원이 '원하는 시간과 장소'에 맞춰야 하는 때가 대부분이다. 하지만 또 하나 신기한 것이, 고령의 종교인들은 주변 사람이 부축하거나 휠체어에 앉아 이동해야 하는 경우라도 앞에 사람이 있으면, 아니 많으면 많을수록 힘이 난다. 갑자기 없던 힘도 생겨서 비틀비틀 걸음을 걷던 분들이 꼿꼿이 선 채로 2시간 동안 법문, 설교 하는 경우도 많이 봤다.

하지만 70대를 지나, 80대로 들어가면 개개인에 따라 사정이 다 다르다. 거동은 그렇다 치더라도 본인의 의사표현이 원활치 않은 경우도 다소 있다. 대화가 옆길로 새는 경우도 비일비재하다. 과거 젊은 시절 큰 업적을 이룬 분들은 때로 도돌이표처럼 자신의 업적 이야기로만 일관하는 경우도 있다. 어떤 질문을 해도 동문서답東問西答하는 분도 만난 적이 있다. 하도 질문과 동떨어진 말씀을 하시기에 인터뷰 내내 이상하다 생각하며 고생 고생 끝에 인터뷰를 마치고 떠나려는데 책을 한 권 줬다. 과거 자신이 했던 인터뷰 모음이었다. 답은 거기에 있었다. 내가 한 질문과 관계없는 답이 나온 이유가. 그 분은 과거에 했던 인터뷰의 문답 순서대로 답을 한 것이다. 이미 자신이 쌓은 성 안에 갇힌 경우다. 동료 종교기자들과 이야기하다 보면 이런 분들이 수두룩하다. 하긴 내가 그 나이가 됐을 때 '왕년에 내가'를 거듭하며 했던 이야기를 하고 또 하고 하지 않을 자신도 없다. 이미 지금도 "그 이야기 100번쯤 들었다."는 소리를 아내에게 듣는 경우가 허다하니.

그런데 방 목사는 전혀 달랐다. 연세로 보면 내가 만난 최고령자다. 그럼에도 그와의 대화에는 전혀 어려움이 없었다. 젊은 시절 평양 이야기를 할 때에는 전도사, 선교사 시절의 열정으로 돌아간 듯했고, 한국 교회가 불신 받고 위기라는 이야기를 할 때에는 "무엇이 걱정이냐, 가난한 목사 아들이 가난을 물려받아 목회하겠다고 하면 누가 뭐라고 하느냐"고 목청을 높였다. 요컨대 그의 좌우명 "닳아서 죽을지언정 녹이 나 죽지는 않겠다." 그대로였다. 심지어 닳지도 않는 것 같았다.

봉화 다녀오는 길에 창밖의 풍경을 본 묵상도 그랬다. 개나리 노란색, 나뭇잎 파란색을 보면서 하나님을 생각하는 사람이 얼마나 될까. 그냥 '올해도 봄이 오는 모양이구나.' '참 곱다.' 정도가 아닐까. 그러나 그는 달랐다. 하나님이 주신 삶을 단 한 순간도 허투루 쓰지 않는 태도. 그렇게 순간순간을 감사하며 살았고, 소중하게 살았기에 100세 가까운 나이에도 하나님이 주신 몸을 건강하게 유지하고 있었던 것 아닐까.

그의 기억력은 놀라웠다. 물론 술, 담배를 하지 않는 목회자라고는 하지만 어떻게 60~70년 전의 사건들을 어제 일처럼 그렇게 또렷이 기억하고 있는지 믿기지 않을 정도였다. 게다가 이야기 속 등장인물들은 또 어떤가. 평양장로회신학교를 세운 전설의 선교사 마포삼열馬布三悅(사무엘 마펫, 1864~1939) 목사, 1907년 평양대부흥을 이끈 길선주1869~1935 목사, 일제의 신사참배를 거부하다 옥중에서 숨진 순교자 주기철1897~1944 목사, 전남 여수 애양원에서 한센인들의 피고름을 입으로 빨아주며 함께하다가 6·25 때 공산당 손에 숨진 손양원1902~1950 목사 등의 이름이 줄줄 나왔다. 모두 한국 근현대 개신교 역사에서 빼놓을 수 없는 전설적인 인물들이요, 한 명 한 명이 모두 박사학위 논문감인 분들이었다. 종교담당 기자로서 그런 인물을 직접 만난 이를 찾기 쉽지 않다. 그런데 그는 누구에게 전해들은 이야기가 아니라 자신이 그들과 직접 겪은 이야기를 하나씩 들려주고 있었다.

"길선주 목사님은 요한계시록을 1만 독(讀)하신 분입니다. 제가 길 목사님 모시고 평양 장대현교회에서 병아리 전도사로 사역할 때 그분은 늘 성경공부를 중심에 뒀어요. 꼭 사경(査經)을 함께 했지요. 그런데 중국에서 20년 만에 돌아와 보니 성경공부는 사라지고, '심령부흥회'가 됐더군요."

"주기철 목사님과 같이 기도하곤 했어요. 주 목사님은 결코 누구를 가르치려고 하지 않았어요. 골방에 들어가 받은 대로 전했지요. 성령이 모든 사람을 가르쳐야지 내가 가르친다고 되는 것이 아니라고 했어요. 그분은 신사참배를 반대하다 순교했지만 다른 사람들에게는 피하라고 했어요. 나는 중국에 있었지만, 주 목사님 말을 듣고 많이들 중국으로 피란 왔어요."

"손양원 목사는 키가 작았어요. 농담 삼아 '앉아서 다니지 말고 서서 다니라'고 할 정도로 작았지."

인터뷰를 하기 전 해인 2006년, 먼저 그를 만날 기회가 있었다. 서울 광진구 장로교신학대(장신대)에서 열린 마포삼열 선교사의 이장移葬 예배 때다. 마포삼열 선교사는 평양 지역에 장로교의 씨앗을 뿌린 선교사이지만 신사 참배에 반대하다가 1936년 일제에 의해 추방돼 고국인 미국에서 별세해 그곳에 모셔졌다. 그의 유언에 따라 자신이 세운 장신대 105주년에 맞춰 캠퍼스 내에 묘를 마련한 것. 개신교계 특히 장로교의 대표적 목회자들이 운집했지만 그 자리에서 마포삼열 선교사를 증언할 수 있는 이는 방지일 목사가 유일했다. 그는 "고생을 마다치 않고 한국에 오셔서 애쓰신 스승님의 사랑 덕분에 수많은 후학들이 이어질 수 있었다."며 "지금도 '믿으라'고 가르치시던 선생님의 음성이 생생하다."고 추모했다.

괜히 '한국 개신교의 산 역사'라는 별칭이 붙은 게 아니었다. 빈말이 아니라 실제로 살아있는, 움직이는 역사책이었다. 방 목사의 이력은 화려하다는 표현으로는 부족할 정도다. 1911년생인 그는 평양장로회신학교를 나와 목사 안수를 받은 1937년엔 중국에 선교사로 파견돼 공산 치하 9년을 포함해 20년 동안 활동했다. 귀국 후엔 서울 영등포교회 담임 목사1958~1979를 지냈고, 교계에서도 예장통합 총회장, 대한성서공회 이사장, 기독공보사 사장·이사장을 역임했다.

그와 단 둘이 만나 본격적인 인터뷰를 한 것은 2006년 단 한 번이다. 하지만 한국 교회의 중요한 자리에는 항상 그가 있었다. 당연히 늘 최고령 참석자였다. 평양대부흥 100주년이었던 그해 서울 상암월드컵경기장에서 열린 기념행사에서도, 2008년 제주에서 장로교 4개 교단이 모여 합동예배를 드릴 때에도 항상 그는 그곳에 있었다. 그리고 신앙의 선배들이 어떤 삶을 살았는지, 장로교가 분열되기 전엔 어떤 모습이었는지 역설에 역설을 거듭했다.

그래서 그는 2008년 제주 장로교 4개 교단 모임 때 "오늘 우리 모습을 보시면 주님께서 얼마나 기뻐하실까 하는 생각을 한다."며 감격해했다.

> "저는 장로교회가 하나 됐을 때인 1937년 목사안수를 받았습니다. 그런데 1959년 예장이 (통합과 합동으로) 분열될 것 같았어요. 그래서 우체국에 찾아가 사방으로 전화를 하며 아팠던 마음이 생생합니다."

당시 장로교는 세계교회협의회WCC 가입을 놓고 극심한 갈등을 겪었고, 결국 가입을 반대하는 예장합동과 가입에 찬성하는 예장통합으로 갈라섰다. 지금도 개신교계 최대 교단으로 꼽히는 예장합동과 예장통합이 분열되지 않았다면 개신교가 우리 사회에서 차지하는 존재감과 영향력이 어땠으리라는 것을 충분히 짐작할 수 있다. 방 목사는 그런 상황을 안타까워했던 것이다.

그렇게 그는 이 모든 스승과 선배들의 삶과 신앙을 체화體化한 후, 녹슬지 않고 닳을 때까지 후배들에게 전수하려 애썼다. 한마디로 한국 개신교의 살아있는 '화석化石'이자 '교과서'였다. 만년에도 그는 만수무강을 비는 후배들에게 "오래 사는 거이 머이 중요해, 하나님 말씀대로 사는 거이 중요하디."라 일갈했다. 그러면서 한국 교회가 숫자에 취해 있을 때 "그건 착각"이라고 따끔한 일침을 놓았다.

그의 말 속에는 지금 한국 교회가 비판받고 있는 모든 문제에 대한 해결책이 있었다.

> "복음의 본질은 '속죄구령(贖罪救靈)'입니다. 교회의 본분은 죄를 깨닫고 예수 믿게 하는 것이며 그 외의 것은 모두 부차적입니다."
>
> "교회가 자선사업, 구제사업을 하는 것을 큰일인 양 여기는 것은 한마디로 '착각'이에요. 그런 일은 안 믿는 사람도 누구나 할 수 있는 일이며, 믿는 사람이라면 누구나 당연히 해야 할 일이지요."
>
> "한국 교회의 예배가 예배다운 예배 같지 않아요. 꼭 샤머니즘 무당놀음과 같아요. (예배는) 주님과 나, 신랑과 신부의 밀담(密談)이에요."
>
> "설교를 할 때, 인간의 생각, 주장, 아이디어, 사상을 말하면 안 되고 오직 복음을 전해야 합니다. 만일 설교 가운데 복음이 빠진다면 그것은 강연이요, 강의가 됩니다."
>
> "알고 믿는 것은 지식이요, 믿고 아는 것이 신앙입니다."

흔히 한국 교회의 가장 큰 문제로 '신앙과 삶의 불일치'를 꼽는다. '월화수목금토'는 보통 사람들과 똑같이 살다가 일요일에 예배 참석할 때

만 크리스천이라는 얘기다. 또 설교와 삶의 불일치에 대한 지적도 많다. 목회자 스스로 자신도 지키지 못할 이야기를 신자들에게 설교한다는 것이다.

방 목사는 스스로 삶과 신앙을 일치시키기 위해 부단히 노력했다. 만년까지 그의 처소에서 이어진 월요 성경모임도 그랬다. 후배들과 함께 성경을 읽고 공부하는 이 모임 때면 방 목사는 늘 조끼까지 말끔히 차려입고 정좌했다. 선비가 따로 없었다. 모르는 내용에 대해선 솔직히 "모른다." 했다. 선교사 출신의 목회자였지만 누구에게 "믿으라."고 강권하지도 않았다. 그 스스로 솔선수범했을 뿐이다.

그가 100세가 넘도록 전국으로 해외로 설교 여행을 다닌 것 역시 솔선수범의 한 사례다. 그는 1979년 영등포교회 담임목사에서 은퇴했다. 그런데 시간이 흘러 후임 김승욱 목사도 2005년 정년이 돼 은퇴했다. 영등포교회는 동시에 두 원로 목사를 모시게 된 것. 매우 드문 일이다. 그러자 방 목사는 "교회가 두 목사 모시는 것은 어렵다."며 스스로 부르는 곳은 어디든 다니며 설교했고 사례비로 자신의 생활비를 감당하려 했다. 교회에 부담을 주지 않기 위해 스스로 모범을 보인 것. 그런 방 목사를 김승욱 원로목사는 전 세계 어디든 모시고 다녔다. 자신이 스스로 고른 후임 담임목사와 은퇴한 원로목사 간에 크고 작은 갈등이 벌어지곤 하는 우리 개신교계에서 참으로 드문 아름다운 모습이 아닐 수 없다.

삶과 신앙을 일치시키는 솔선수범, 성경과 기도를 앞장세우는 신앙의 태도는 가정교육에서 비롯됐다. 장손長孫인 그는 할아버지와 한 이불에서 자랐다. 그는 "할아버지는 한 번도 내게 잘 믿으라고 하신 적이 없다. 하지만 할아버지는 머리에서 발끝까지 믿는 자의 생활을 했으며 나는 그의 구속救贖의 신앙을 받았다.”고 말하곤 했다.

그의 '현미경 기도론'은 지금 되새겨도 옷깃을 여미게 된다.

> "기도는 '죄 찾는 현미경'입니다. 아프지 않은 사람에게 병원이 필요 없 듯이 죄 없는 사람은 안 믿어도 되는데, 깊이 생각해보면 자신 있게 '나는 죄 없다.'고 할 수 있는 사람이 있나요? 눈에 보이는 죄를 찾는 것은 쉽지 요. 열심히 기도하면서 하나님과 대화하다 보면 현미경의 렌즈가 맑아지면 서 평소엔 보이지 않던 작은 죄도 찾아 회개하게 됩니다. 어제는 500배 현 미경으로 보고, 내일은 5000배 현미경으로 보면 찾아져요. 그래서 '죄 많 은 곳에 은혜가 많다.'고 하는 것입니다. 나는 하나님 앞에 머리 숙이면 잘 못한 것만 생각나요."

이렇게 통절한 기도를 통해 죄를 찾으며 고백해야 한다. 잘못한 것을 잘못했다고 고백할 때 신앙의 힘이 생기고, 역사가 일어난다. 그런 점 에서 그는 한국 교회의 위기 운운하는 우려가 나올 때마다 단칼에 잘랐 다. "예수를 못 믿게 하는 것도 아닌데 무엇이 위기냐. 위기 아니다."는 것이었다. 이는 역설적인 표현이기도, 엄청나게 위대한 조건이 붙은 말 이기도 했다. 목회자부터 성도들까지 모두 기도라는 현미경을 들고 죄 를 찾고, 이를 자복한 후 성경으로 돌아가면 된다는 것이다. 즉 "우리 도 '나의 원대로 마시옵고 아버지의 원대로 하옵소서.'라고 하신 예수 님을 본받아야 한다."는 결론이다. 역시 '교과서'다운 해법이다. 하지만 인간적인 것, 세상적인 것을 내려놓고 '아버지의 원대로' 맡긴다면 문제 해결이 매우 간단한 것도 사실이다. 그래서 그는 이런 말도 했다.

"밥 굶는 목사의 대를 아들이 잇고, 영적으로 갈증 나서 갈팡질팡하는 양 (羊)들을 목자(牧者)들이 잘 먹인다면 아무 문제없을 것입니다."

만년의 그의 거실엔 '격산덕해格山德海'라는 휘호가 걸려 있었다. 88세 생일 때 어떤 사람이 '수산복해壽山福海'라는 글씨를 선물로 줬는데, 그는 "'오래 살면 뭐 할 건데? 복 받으면 뭐 할 건데? 인격이 산처럼 높고 덕이 바다처럼 넓어야 하지 않아?' 그래서 다시 써달라고 했다."고 한다. "덕이란 남에게 베푸는 것이에요."라면서.

매년 최고령 기록을 갱신하던 그는 2014년 10월 마침내 하나님의 부름을 받았다. 장례는 한국기독교회장으로 치러졌고, 전국의 유명 목회자들이 참여해 공동장례위원이 무려 464명이었다. 당연한 일이다. 그렇게 생전의 그에게 이런 말씀, 저런 말씀 부탁드렸던 한국 교회가 방 목사의 가시는 길을 이렇게 모시는 것은 너무도 당연하다. 그 자리에선 방 목사의 삶과 신앙, 겸손과 검소함를 배워야 한다는 목소리도 나왔다. 이 역시 당연하다. 그가 평생 외친 것이 그것이었다.

그의 부음을 듣고, 장례를 보면서 든 생각이 있었다. 우리 개신교계는 100세 노인을 모셔서 좋은 말씀을 들으면서 "주여" "주여"를 외쳤지만 결국 그 자리를 파하고는 다시 원래 살던 대로 살았던 것이 아닌가 하는 의구심이었다.

마치 '선데이 크리스찬'이 교회에서 열심히 기도한 후 일상으로 돌아가서는 '믿지 않는 사람'들과 똑같이 세속에 휩쓸려 살아온 것처럼. 그의 설교를 흘려듣지 않고 현미경으로 뒤지듯 죄를 찾고 자복하고 회개했다면 개신교에 대한 인식이 오래전에 벌써 '호감'으로 바뀌지 않았을까.

녹슬지도 닳지도 않은 채 꼿꼿이 1세기를 살다 간 방 목사가 남긴 숙제는 여전히 무겁다.

아름다운
마무리

법정法頂 **스님**

"노처녀가 왜 시집 안 가는 줄 알아?"

법정 스님의 생전 말씀이다. 법정 스님, 하면 먼저 떠오르는 생각은
찬바람 쌩쌩 부는 성격이다. 남의 절에 가서도 밤중에 풍경風磬 소리가
시끄럽다고 천으로 싸매 놓고 자고, 서울 성북동 길상사에도 주지실住
持室 대신 사전에도 없는 '행지실行持室'이라 써 붙인 분이다. 주저앉아
있는 것이 아니라 돌아다녀야 한다는 뜻이다.

그런 그가 한번은 얼굴이 안돼 보였던 모양이다. 주변의 신자가 기운
좀 차리시라고 밥 아래에 고기를 깔아뒀다고 한다. 혹시 불호령이 떨어
지지 않나 조마조마하던 차, 이윽고 스님의 숟가락질이 딱 멈췄다. 그리
곤 질문 아닌 질문을 던졌다.

"노처녀가 왜 시집 안 가는 줄 알아?"

뜬금없는 질문에 어리둥절해 하는 사람들과 달리 음식 차린 이의 얼굴이 새빨개질 때 스님은 스스로 답도 줬다.

"지금까지 시집 안 간 게 아까워서 그런 거야."

그의 까다로움은 남보다 자신에게 더욱 엄격한 것이었다.

내가 법정 스님을 처음 만난 것은 2003년 가을 광주광역시에서다. 그 전까지 법정 스님은 길상사에서 두 달에 한 번씩 정기법문을 했다. 거처는 '강원도 오두막'. 헨리 데이비드 소로우를 워낙 좋아하는 스님인지라 그의 팬들은 막연히 작은 호수라도 있는 곳이려니 했다. 주변에 물어봐도 아무도 몰랐고, 알 법한 분들은 가르쳐주지 않았다. "수행자는 좀 신비한 구석도 있어야 한다."며 절대 거처를 공개하지 않은 때문이다.

법문 때도 그 까다로움은 여전했다. 법회는 10시, 법문은 11시 시작이었다. 스님은 10시 반쯤 길상사에 도착했다. 주차장 앞에는 스님과 신자 몇몇이 도열해 있다. 그러면 작은 보따리 혹은 바랑 하나 든 스님이 내린다. 그러고는 행지실로 직행. 법문 후에는 길상사 식당에서 점심 공양을 한다. 스님이 만든 시민모임 '맑고 향기롭게' 임원진과 겸상을 할 때가 많았다. 오후에 서울에서 볼일 보고 휭하니 다시 강원도 행行. 스님이 백석 시인의 연인으로 잘 알려진 김영한 보살로부터 대원각 요정으로 쓰이던 건물 등을 시주받아 길상사로 탈바꿈시킨 후 단 한 번도 이 절에서 잠을 잔 적은 없다. 아니 단 하루, 입적 후 딱 하룻밤 이곳에 머물렀다. 그리고 이튿날 스님의 출가본사로 빈소가 차려진 송광사로 떠났다.

어쨌든 2003년 당시 그가 대중과 만나는 지점은 저서 그리고 길상사에서 두 달에 한 번씩 하는 정기법문뿐이었다. 그런데 그해 가을, 법정 스님은 격월 법문을 봄·가을 두 번으로 줄이겠다고 선언했다. 그뿐이 아니라 길상사와 스스로 만든 시민사회단체 '맑고 향기롭게'의 회주會主도 내려놓겠다고 했다. 그러고는 섭섭해 하는 신자와 팬들을 위해 전국 순회강연을 시작했다. 이제와 돌아보면 스님은 그때부터 '아름다운 마무리'를 시작했던 것이다. 스님은 그로부터 5년 후인 2008년 『아름다운 마무리』란 제목의 수필집을 냈다. 그 서문에 스님은 이렇게 썼다.

"여기 모은 글들은 산중에 홀로 살면서 세상과 소통하기 위해 '맑고 향기롭게' 소식지에 한 달에 한 편씩 그때의 생각과 삶의 부스러기를 담은 것들이다. 삶은 소유가 아니라 순간순간의 '있음'이다. 영원한 것은 없다. 모두가 한때일 뿐, 그 한때를 최선을 다해 최대한으로 살 수 있어야 한다. 삶은 놀라운 신비요, 아름다움이다. 그 순간순간이 아름다운 마무리이자 새로운 시작이어야 한다."

사실 스님은 건강이 악화되기 전부터 '삶은 순간순간의 있음'이란 점을 몸소 실천하고 있었던 것이다. 여하간 맑고 향기롭게 전국 지부들의 초청 형식으로 이뤄진 순회강연의 첫걸음은 광주였다.

종교를 맡은 지 몇 달 되지 않았던 나는 흥분되고 설렜다. 법정 스님이 누구인가. 당대 최고 문장가가 아닌가. 나는 어릴 때 아버님이 당시 창간된 지 얼마 안 된 월간지 「샘터」를 더러 사서 읽으시는 것을 보고 내 용돈을 모아 처음으로 산 생신선물로 「샘터」를 고른 적이 있다. 그리고 그 이후에도 책을 생신선물로 드릴 땐 법정 스님의 『산방한담』 등을 골랐던 기억이 있다. 당시 「조선일보」와 「샘터」의 인기 필자였던 법정 스님은 주로 두 매체에 실린 글을 모아 단행본으로 펴내곤 했다. 「조선일보」 애독자였던 아버님의 영향으로 나는 어릴 때부터 「조선일보」에 실린 '법정 칼럼'도 탐독했던 터였다. 그런 법정 스님을 실제로 만날 수 있다니, '역시 기자란 좋은 직업이다.' 이런 생각을 하면서 신문사가 휴무인 토요일임에도 즐겁고 설레는 마음으로 광주로 향했다.

　종교는 국적이 없어도 종교인에겐 국적이 있다는 말이 있다. 내가 보기엔 종교인에겐 국적뿐 아니라 지역과 고향도 있다. 그 냉정하다는 법정 스님이 고향 사람들 앞에 서니 표정부터 확 풀렸다. 강연에선 송광사 불일암을 떠나 강원도 산골로 떠난 후 느끼는 소회도 털어놨다. 기본적으론 좋다고 했다. 불일암만 해도 10여 년 사는 동안 유명해져서 불쑥불쑥 찾아오는 사람이 많았던 것. 강원도 산골은 전기도 안 들어오고 물도 직접 길어야 하는 불편이 있지만 "수행자는 적당히 고독해야 한다."고 했다. 그러나 고향 사람들 앞에서까지 속마음은 감추지 못했다.

　　"남도 바람은 산자락 돌아 몸에 휘감기지만 강원도 바람은 내리꽂히는 바람이라, 가끔 아궁이 불붙이다가 깜짝 놀라 아궁이에 대고 욕도 퍼붓지요."

한 말씀, 한마디가 모두 감동이었다. 강연 후 마련된 간단한 다과를 하면서도 참석자 한 명 한 명에게 사인을 해주며 다정하게 대했다. 그 모든 과정이 초짜 종교기자에게는 훌륭한 기삿거리로 보였다. 그래서 데스크에 우기다시피 해서 상당히 크게 썼다.

드디어 첫봄 정기법문이 있는 2004년 4월 셋째 일요일 아침. 나는 법회 시작 시간인 오전 10시보다 먼저 사찰에 도착했다. 워낙 초짜여서 길상사에는 들어왔지만 법정 스님이 어디 계신지, 주지실은 어디인지 알 수가 없었다. 기본적인 사찰 구조를 모르니 짐작도 할 수 없었다. 할 수 없이 봉사하는 보살님께 어설프게 합장하고 여쭸다.

"저, 혹시 주지실이 어딘가요?"

그런데 보살님 반응이 영 마뜩찮은 표정이었다.

"예, 행지실은 저 위로 올라가면 있고요. 그 전에 먼저 물로 양치질부터 하시는 게 낫겠네요."

길상사 일주문에 들어서기 전 담배를 한 대 피운 것이 냄새가 난다는 얘기였다. 무안한 마음에 얼굴이 새빨개져서 제일 꼭대기에 있는 행지실에 올라갔더니 그 입구엔 수행자의 처소이니 아무나 들어오지 말라는 글귀가 적혀 있었다. 초행길인 사람을 참 주눅들게 만드는구나 싶었다. 쭈뼛대며 올라가 보니 법정 스님은 도착 전이었다. 행지실 앞에서 좀

기다리다 보니 10시 30분쯤 스님이 도착했고, 스님들과 신자들의 인사를 받고 미리 준비한 원고를 챙겨 극락전으로 내려가시는 것이었다. 그 바쁜 와중에 잠시 '지난 가을 광주에서 인사드렸던 「조선일보」 김 아무개'라고 인사를 드렸더니 스님은 기억난다는 듯이 반갑게 맞아주었다. 그리고 어여삐 여겼는지 이후로 곁을 조금씩 주기 시작했다. 하지만 그 '곁'이란 것이 봄가을 정기법문 때 길상사 주차장 앞에서 행지실까지 동행하고, 방에 앉아서 신자들 만나는 모습 지켜보고, 법문하러 극락전으로 내려오는 스님을 동행하는 것이 다였다. 이것만해도 '특권'이기는 했다. 워낙 뵙기 힘든 때문인지 행지실 툇마루 앞엔 인연 있는 불자들이 장사진을 이뤄 방 안에 오래 앉아 있기 민망할 때도 많았다. 신자들은 호흡기 계통이 약한 스님을 생각해 기관지에 좋다는 약재 등을 선물하곤 했다. 스님은 한 사람 한 사람 모두에게 눈을 맞추고 한마디씩 꼭 덕담을 건넸다.

그래서 내 나름대로 스님 법회에 대처하는 방식을 개발했으니, 이름 하여 '내 바위'다. 길상사는 알려진 대로 과거 요정 '대원각'을 김영한(법명·길상화) 보살이 법정 스님께 기증해서 사찰로 바뀐 경우다. 사실 그런 사연이 아니었다면 서울 성북동 한복판 7000여 평 노른자위 땅이 갑자기 절로 바뀔 수 없었으리라. 그래서인지 일반적인 사찰과는 구조가 많이 달랐다. 원래 있던 건물들을 그대로 활용해서 사찰로 만들었기 때문이다. 가장 세속적인 공간이었던 곳의 속기를 빼내고 부처님을 위한 수행도량으로 만든 것도 법정 스님이 아니었으면 어려운 일이었을 것이다. 큰법당 격인 극락전도 큰 사찰들에 비하면 좁았고, 200~300명이

들어서면 꽉 찼다. 극락전 앞마당에도 의자를 깔고, 극락전 오른편 설법전에도 TV를 설치해 스님의 법문을 생중계했다. 막상 법문이 시작되면 신자들 말고도 그저 스님의 말씀을 듣기 위한 다른 종교 신자들까지 몰려 사찰 전체가 스님의 말씀에 귀를 기울이는 형국이었다.

사정이 이렇다 보니 스님이 법문하는 극락전 안에 들어가봐야 계속 사람들이 밀려들어 오기 때문에 집중해서 법문을 제대로 듣기가 어렵다. 그래서 난 극락전 왼편에서 행지실로 오르는 길목, 가로등 전봇대에 스피커가 걸린 바로 아래 작은 바위를 내 '지정석' 삼았다. 스님과 함께 행지실을 나서서 스님이 극락전으로 드시면 나는 바로 이 바위로 돌아와 앉았다. 법문이 진행되면 뒤늦게 온 신자들이 거기까지 들어차지만, 법문 시작 때에는 한산한 곳이라 늘 자리 잡기에 어려움이 없다는 장점도 있었다.

'내 바위' 위에 앉아 속기速記로 스님의 말씀을 받아 적었다. 스님의 법문을 직접 듣기 전까지 나는 워낙 법문이 자연스럽고 쉬운 단어와 표현으로 구성돼 혹시 즉흥 연설이 아닐까 생각한 적도 있었다. 그러나 전혀 아니었다. 스님은 손수 손으로 쓴 원고를 미리 준비해 가지고 왔다. 그리고 품 안에서 그걸 꺼내고 돋보기를 쓰고 차분히 읽었다. 즉흥 법문처럼 들릴 정도로 본인의 원고를 읽고 또 읽고 숙지한 것뿐이었다.

워낙 집필과 대중강연에 익숙한 스님인지라 중요한 대목은 천천히 꼭 두 번씩 반복해 받아 적을 만했다. 스님의 법문은 사실 그냥 듣고 있으면 물 흐르듯 흘러가지만, 정신 차리고 들으면 쉽지만은 않다. 일단, 스님은 법문을 반드시 두 가지 이상의 주제로 진행했다. 이를테면 '변

양균-신정아 사건'과 관련된 조계종 종단 현실을 개탄하다가 '계절과 자연의 아름다움'으로 옮겨가는 식이다. 대개 하나는 사회적 문제를, 다른 주제는 신앙적인 내용을 다루는 경우가 많았다.

현장의 속성이 그렇듯 직접 말씀을 듣고 있노라면 어느 쪽을 더 강조하는 것인지 헷갈릴 때가 있다. 물론 신자들이야 그냥 물 흐르듯 진행되는 법문을 듣기만 하면 되지만 현장을 보지 못한 독자에게 옮겨야 하는 기자 입장에서는 한정된 지면에 스님이 정말 강조하고 싶었던 것을 전해야 할 의무가 있었다. 그런데 이렇게 '내 바위' 위에 앉아서 여러 차례 법문을 듣다 보니 어느 쪽이 '추임새'고 어느 쪽이 본론인지도 알 수 있었다.

그렇게 매년 4월과 10월 셋째 일요일엔 길상사로 '출근'했다. "지금 여기를 똑바로 살라." "행복은 기다리는 것이 아니다. 지금 알아차리면 된다." "모자란 듯 먹어야 맛을 음미할 수 있다. 마찬가지로 삶에도 여백이 있어야 한다." "더울 땐 나 자신이 더위가 돼라. 추울 땐 추위가 돼라." 등등 지금도 내 마음에 새겨진 말씀들이 모두 그 바위 위에서 채록돼 독자들에게 전해졌다.

'지장전'을 지을 때에는 제자 스님들에게 특별 부탁을 받으셨는지 법문 말미에 지장전 이야기를 넣기도 했다. 그러면서도 까다로운 성품은 여전해서 "시주 많이 하고 복 받으라."는 식의 말은 결국 한마디도 나오지 않았다. 대신 "지장보살은 지옥이 텅 빌 때까지 성불을 미룬 존재"라는 정도의 '불교 상식 설명' 식으로 넘어간 기억이 난다.

한 번은 백발을 단발로 자른 중년 여성분이 '내 바위'로 찾아와 "「조선일보」김한수 기자님이시죠?"라고 물어 화들짝 놀란 적도 있었다. 자신을 가톨릭 신자라고 소개한 그분도 법정 스님의 팬이라 법회 때마다 찾아오는 모양이었다. 그리고 늘 법회 때면 행지실에서 스님과 동행해서 내려오다가 극락전으로는 들어가지 않고 바위 위에 앉아 손가락 부러져라 받아쓰는 모습을 보면서 혼자 짐작하신 모양이었다. 그렇게 매년 봄가을 두 번씩은 길상사 법회에 '개근'했다.

법정 스님을 따로 뵙고 인터뷰를 한 것은 2008년 초겨울이었다. 앞서 언급한 산문집 『아름다운 마무리』를 펴낸 후였다. 당시는 미국 월스트리트 발發 금융위기가 한국까지 덮쳐올 때였다. 스님은 "어려울 때일수록 말 한마디라도 따뜻이 나눠야 한다."며 "인생에서 잔고殘高로 남는 것은 자신이 베푼 덕德뿐"이라고 강조했다. 그러면서 "행복할 때는 매달리지 말고, 불행할 때는 받아들이라. 그래야 행복과 불행에 좌우되지 않는다." "세상일은 될 대로 되는 법이다, 즉 '준비 된 대로' 된다. 자신의 씨앗을 잘 가꾸라."는 말씀을 줬다.

그 인터뷰에서 나는 기사로 쓰지 않은 '소득'을 올렸다. 인터뷰를 마치고 차를 나누면서 평소 두 분이 서로 존중하며 지내온 김수환 추기경의 건강 문제가 화제로 올랐다. 당시 김 추기경은 입원과 퇴원을 반복하며 병세가 점점 위중해지는 상태였다.

"스님과 특별한 인연이 있는 김 추기경께서 많이 편찮으신데, 혹시라도 선종(善終)하시게 되면 스님께서 추모의 글을 좀 써주셨으면 합니다. 종교가 다른 두 분께서 평소 보여주신 소중한 인연을 사회적으로 보여주시면 좋을 것 같습니다."

　스님은 흔쾌히 허락했다. 그러면서 "문병이라도 가야 하는데 괜히 번거롭게 해드릴까 싶어 어렵다."고 했다. 그런데 그 '약속'이 뜻밖에 불과 수개월 만에 현실이 됐다. 김수환 추기경이 이듬해 2월 선종한 것. 당시 나는 다른 신문사 종교담당 기자들과 함께 인도 출장 중이었다. 부처님의 8대 성지를 순례하는 일정이었다. 8개 성지 중 정확히 절반, 4개 성지 순례를 마쳤을 때 서울로부터 급보가 날아왔다. 김수환 추기경이 선종했다는 소식이었다.

　급거 귀국하면서도 제일 먼저 떠오른 것은 법정 스님의 추모 글이었다. 속으로 '신문기자란 직업이란…' 싶었다. 한국 종교계뿐 아니라 현대사의 거목이 쓰러졌는데도 머릿속에는 법정 스님 추모 글 받는 걱정이 앞서니 말이다. 아니나 다를까 서울에서는 모든 일간지와 방송사들이 법정 스님을 '수배'한 상태였다. 나 역시 스님께 바로 연락드릴 방도는 없었다. 그런데 귀국한 그날 밤, 기적적으로 스님의 연락을 맡은 분과 전화가 연결됐다. 스님은 역시 잊지 않고 있었다. 스님은 정서한 원고를 타이핑한 위에 다시 연필로 퇴고한 흔적이 남은 원고를 전해왔다.

　"겨울을 나기 위해 잠시 남쪽 섬에 머물다가 강원도 오두막이 그리워 다시 산으로 돌아왔다. 그러고는 며칠 세상과 단절되어 지내다가, 어제서야 슬픈 소식을 듣고 갑자기 가슴이 먹먹하고 망연자실해졌다."

이렇게 시작되는 '사랑은 끝나지 않았다'라는 제목의 특별 추모 글이었다. 법정 스님은 이 글에서 "깨어지고 부서진 영혼을 다시 온전한 하나로 회복시키는 것, 그것이 종교의 역할"이라며 김 추기경을 '이 땅에 계시다가 떠난 성인聖人'으로 지칭했다. 그리고 이렇게 글을 맺었다.

> "위대한 존재는 결코 사라지지 않는다. 우리가 그분의 평안을 빌기 전에, 그분이 이 무상한 육신을 벗은 후에도 우리의 영적 평안을 기원하고 있을 것이다. 그분은 지금 이 순간도 봄이 오는 이 대지의 숨결을 빌어 우리에게 귓속말로 말하고 있다. '살아 있는 것은 다 행복하라. 사랑하고, 또 사랑하라. 그리고 용서하라.'"

「조선일보」1면에 실린 이 글은 많은 이의 마음을 울렸다. 모두가 하고 싶었던 말, 그러나 머릿속에서 맴돌기만 하던 단어와 단어를 찾아내 연결하고 문장으로 엮어내는 이, 그게 바로 법정 스님이었다.

그런데 이 모자란 속인은 그때 스님 편지의 첫 구절을 무심히 지나쳤다. '겨울을 나기 위해 잠시 남쪽 섬…' 하는 부분 말이다. 그때는 스님 역시 육신의 병이 깊어가고 있었다. 미국의 유명하다는 병원까지 갔지만 완치되지 못했다. 그러자 스님은 더 이상의 치료는 거부하고 마무리를 준비했다. 그래서 그는 강원도 찬 겨울을 견디기가 이미 힘에 부쳐 겨울엔 제주도 등에서 요양하고 있었던 것이다. 말씀 중에도 더러 밭은 기침을 하는 법정 스님을 보면서도 '평소 기관지가 좋지 않다고 하시더니…'라고만 생각했을 뿐이다.

이윽고 스님의 찬란하던 생명의 불꽃은 2010년 3월 11일 사위었다. 그 마지막 모습은 스님의 '노처녀 론論'과 닮았다.

"세상에 풀어놓은 말빚, 다음 세상에 가져가지 않겠다."

즉 저서의 절판絶版 선언이 유언이었다.

스님은 행지실에서 하루, 송광사에서 하루 등 단 이틀만 자신이 머물렀던 곳에 들렀을 뿐이다. 그리고 '없는 게 많은' 다비식을 치르고 이 세상을 떠났다. 평생을 글과 말로 대중을 교화하고 소통했건만 열반송涅槃頌 한 줄 남기지 않았다. '큰스님' 소리 질색해 제자들이 '어른 스님'이란 조어造語를 만들어내게 한 그는 관棺도 없이 강원도 오두막에서 쓰던 것과 같은 평상에 누워 가사 한 장만 덮은 채 '비구 법정' 네 글자만 붙이고 불길 속으로 들어갔다. 만장도 없었고, 그 흔한 각계 인사 추모사도 없었다. 그의 법구가 송광사에서 나갈 땐 범종梵鐘이 108번 울렸고, 조계종 종단에서는 '대종사大宗師'라는 최고의 법계를 추서했지만 이미 스님에게는 의미 없는 껍데기일 뿐이었다.

스님이 떠나고 난 후에야 송광사에서 그의 처소였던 불일암을 처음 가보았다. 송광사 큰절에서 대숲으로 이어진 오솔길을 따라 계단을 오르다 만나게 되는 불일암은 단출함 그 자체였다. 뒷면에 구입한 날짜를 적은 세숫대야 등 모든 기물이 그랬지만 역시 뇌리에 남은 것은 스님이 직접 만든 '빠삐용 의자'였다. 억울한 누명을 쓰고 절해고도에서 수감생활을 한 빠삐용이 꿈속에서 '인생을 낭비한 죄'로 벌을 받고 있다는 이야기를 들은 것을 잊지 않은 것이다. 스님은 평소 "인생을 낭비하고 있지 않은지 이 의자에 앉으면서 생각한다."고 말했다는 것. 항상 순간 순간을 놓치지 않고 '지금, 여기'를 살았던 스님이 혹시라도 '낭비'하는 인생을 염려하며 만들었다는 빠삐용 의자. 나같이 엄벙덤벙 살아가는 인생들에겐 너무도 뼈아픈 죽비소리였다.

스님을 뵌 것은 그야말로 본인이 '아름다운 마무리'를 준비하던 2003년부터 2010년까지 딱 7년도 채 되지 않는 기간이다. 스님과 개인적인 대화를 나눠본 기억은 거의 없다. 그래서 많이 아쉽다. 스님과 오랜 시간을 보낸 분들이 솔직히 부럽다. 생전에 불일암에서도 뵙고, 강원도 오두막에서도 뵙고 했다면 훨씬 더 생생하고 풍부한 일화도 간직할 수 있었을 텐데 하는 아쉬움이 많다. 친필 역시 신간에 서명해주신 것밖에 없다. 하지만 섭섭하지는 않다. 성철 스님처럼 생전에 뵙지 못한 분도 있는데 스님의 마지막 황혼 녘 7년을 그래도 먼발치에서나마 직접 볼 수 있었다는 게 어딘가 싶었다. 또 그 까탈스런 어른이 그래도 곁을 주면서 툭툭 건넨 한마디 한마디는 지금도 화력 좋은 주머니난로처럼 내 마음속에서 열기를 뿜고 있다.

스님이 떠난 후 한참이 지나서야 이런 생각이 들었다.

'아, 20세기가 가고 있구나.'

스님의 글을 읽고, 법문을 들으면서 또 공감하면서 매번 그 요체가 뭘까 궁금했다. 머릿속에서, 입 안에서 맴맴 돌기만 하면서 단어로 떠오르지 않던 스님의 삶과 수행. 지금 와 생각하니 그것은 '농경사회의 마지막 장'을 스님이 보여준 것이 아닐까 싶다.

"시줏돈 보기를 날아오는 화살 보듯이 하라."며 절약과 검소를 솔선하던 모습에선 구멍 난 양말에 전구를 끼우고 꿰매던 어머니들의 모습이, "수행자는 적당히 고독해야 한다."며 깔끔하게 주변을 관리하던 모습에선 "남에게 폐 끼치지 말아야 한다."던 할아버지, 할머니들의 모습이 절로 겹쳐 떠오른다. '큰스님' 따위 허례를 벌레 보듯 했으며, 팔만대장경을 보고 "아, 그 빨래판 같은 거요?"라는 촌로村老의 한마디에 선뜻 한문투성이 불경을 우리말로 옮기는 장정長征에 나선 그 결기…. 이렇게 다양한 퍼즐 조각들은 모두 모여 어마어마한 벽화 같은 '법정'이라는 그림을 그린 것이다. 그리고 그것은 나라를 빼앗기고, 동족끼리 총부리 겨누고, 겨우겨우 보릿고개를 넘기고는 '잘 살아 보세' 구호 아래 남부여대男負女戴 논과 밭을 떠나 도시로, 도시로 몰려왔던 뿌리 뽑힌 국민들에게 위로와 격려를 줬던 것이다.

이른바 '힐링'이라는 말조차 없던 그 시절, 이농離農과 근대화 물결 속에 때론 지쳐 주저앉았던 국민들은 그의 글 한 줄, 말 한마디에 오늘 다시 무릎에 힘줘 일어서고, 내일을 위해 신발끈 조여 맬 힘을 얻었다.

스님은 생전에 "자기를 믿으라는 중은 절대 믿으면 안 된다. 부처님 법을 따라야 한다."고 말했었다. 그럼에도 한 번 더 뵙고 싶고, 손이라도 한 번 더 잡아보고, 단 한 마디라도 그 목소리를 더 들어보고 싶은 마음을 접지 못하는 건 아무리 빨아도 결코 빠지지 않을 속세 땟물 때문일 게다.

2015년 3월. 스님의 5주기 다음 날 서울 성북동 길상사를 찾았다. 스님 사후 5년간 찾지 않았던 길상사였다. 스님이 마지막에 책의 절판과 상좌 하나하나에 대해 특별한 유언을 남길 만큼 마음을 많이 썼던 사연을 알기에 왠지 발걸음이 내키지 않았었다. 하지만 이날은 발걸음이 길상사로 향했다. 오전 7시 30분쯤, 아침 해가 떠오르고 있었다. 스님의 흔적은 곳곳에 그대로 남아 있었다. 행지실은 스님의 초상화와 생전에 출간한 책과 친필을 전시하는 일종의 작은 박물관처럼 꾸며져 있었다. 스님의 영전에 인사드리고 경내를 둘러봤다. 극락전 왼편 '내 바위' 주변은 깔끔히 정리돼 옛날의 투박한 바위덩어리 느낌은 덜했다. 경내엔 전날 추모법회의 흔적인 양 조화 몇 개가 남아 있었다.

경내를 둘러보다 돌아서려는데 넝쿨에 피어난 노란 꽃 몇 송이가 눈에 띄었다. 식물에 무식한 나로서는 '개나리인가' 싶어 마당을 비질하고 있는 처사께 물었다. 처사님은 "영춘화입니다. 봄을 맞는 꽃"이라 했다. 그 봄 서울에서 처음 보는 꽃이었다. 문득 늘 봄 법회 때면 "자, 이제 내 이야기는 이것으로 끝이고, 나머지는 저 찬란하게 피어나는 꽃들에게 들으시라."고 했던 법정 스님의 음성이 들리는 듯했다.

"나도 처자식만 없었다면…"

옥한흠 목사

"나도 처자식만 없다면 그분들처럼 그렇게 살고 싶어요."

2010년 4월 1일. 서울 서초동 국제제자훈련원 내 옥한흠 목사의 사무실. 부활절을 앞두고 만난 자리였다. 화제가 1년 전 선종善終한 김수환 추기경과 20여 일 전인 3월 11일 입적入寂한 법정 스님의 죽음으로 이어졌다. 특히 그들의 삶이 남긴 유산과 청빈한 삶이 화제가 되자 옥 목사는 느닷없이 이렇게 말했다. 알려진 대로 김수환 추기경은 빛을 남기고 떠났고, 법정 스님은 자신이 저술한 책의 절판을 유언하고 평소 입던 가사 한 장만 덮은 채 한 줌 재로 이 세상과 이별했다.

"그분들은 독신이니까 자신이 원하는 대로, 소신대로 살 수 있었지만 우리(목사)는 결혼을 하니까 처자식도 먹여 살려야 하고, 또 성도(聖徒)들 눈치도 봐야 하고, 소신껏 살기가 쉽지 않아요."

듣고 있던 나는 깜짝 놀랐다. 그리고 속으로 생각했다.

'역시, 옥 목사님은 수도자적인 삶을 꿈꾸셨구나.'

옥한흠 목사를 처음 만난 것은 2003년 가을 종교를 맡은 지 얼마 지나지 않아서였다. 그때 개신교계 언론은 물론, 종합일간지와 방송까지 옥 목사는 단연 '톱스타'였다. 당시는 교회 성장이 최고조에 달했던 때. 동시에 개신교 대형교회 목회자들이 아들에게 담임목사직을 물려주면서 이른바 '교회세습'이 사회적 지탄의 대상으로 떠오르던 무렵이었다. 그런 상황에서 교단(예장합동)이 보장한 '70세 정년'을 마다하고 5년 앞당겨 담임목사직을 퇴임한 옥 목사의 '모범사례'는 교계를 넘어 사회적인 칭송을 받기에 충분했다. 하지만 옥 목사는 늘 입가에 엷은 미소만 지을 뿐이었다.

주변에서 "그러다가 괜히 나중에 후회한다."고 걱정해도 그는 "교회가 성장하는 것은 성도聖徒 수가 느는 것이 아니다. 적당할 때 리더십이 바뀌는 것이 진짜 성장"이라며 일언지하에 말을 잘랐다. 말하자면, 자신은 창업자로서 필요한 리더십은 가졌을지 모르지만, 세상이 바뀌었으니 이에 걸맞은 새 사람, 새 리더십에 맡기고 넘기는 것이 자신의 몫이라는 이야기였다. 그의 존재감은 더욱 커가고 있었다.

개신교계를 아는 사람들에겐 비밀 아닌 비밀이 있다. 개신교계에서 연합행사가 어려운 이유다. 너무도 당연한 이야기이지만 모든 행사에는 돈이 든다. 연합행사라 해서 모든 참여 교회가 비용을 똑같이 나눠

십시일반+匙一飯하는 경우는 거의 없다. 또 설령 십시일반 뜻을 모았다 해도 행사가 제대로 진행되기 어렵다. 참가 교회가 모두 똑같은 크기의 발언권을 갖기 때문이다. 배가 산으로 갈 수밖에 없다. 이 때문에 대개 교계의 연합집회는 대형교회 하나가 '총대를 메고', 다른 중소형교회들이 나머지를 메우는 식으로 비용을 충당한다.

이렇게 비용 문제를 해결하고 나면, 총대를 멘 대형교회 목회자는 대개 설교를 맡게 된다. 그리고 교인들은 대거 참석해 자리를 채워주고 주차봉사 등 온갖 일을 도맡는다. 이런 부분이 감당이 안 되면 연합집회가 어려운 것이다. 대형교회들이 이런저런 문제로 조금씩 상처를 입은 상황이라면 연합집회는 난망하다. 2000년대 초반 우리 개신교계가 이런 상황이었다.

이때 등장한 것이 '사랑의교회'였고 옥한흠 목사 그리고 후임 오정현 목사였다. 사회적으로 모범을 보인 개신교계의 자랑인데다 경제적 능력까지 갖추었으니 금상첨화였다. 옥 목사는 여러 행사에서 설교를 맡게 됐다. 그러나 그의 설교 주제는 늘 '회개'였다. 대표적인 설교가 2007년 서울 상암동 월드컵경기장에서 열린 집회. 한국 개신교 역사에서 뚜렷한 이정표를 세운 1907년 '평양대부흥'의 100주년을 기념하는 자리였다. 당시 두들겨 맞을 만큼 맞고 있었고, 이 때문에 다소 움츠러들 조짐이 보이던 개신교 교세를 100년 전 역사를 되새기며 다시 한 번 부흥해보자는 '어게인Again 1907'이었던 셈이다. 이 자리에서 옥 목사의 설교는 한마디로 '잔칫상에 재 뿌리는' 형국이었다. 목소리조차 울부짖었다.

그는 "솔직히 저는 이 말씀을 전하고 싶지 않았습니다. 우선 제가 너무 부담스러운 말씀이고, 듣기에 거북한 말씀이고, 기분이 좋지 않은 말씀이기 때문"이라며 설교에서 요한계시록에 나오는 사데교회를 예로 들었다. 사데교회는 "내가 네 행위를 아노니 네가 살았다 하는 이름을 가졌으나 죽었느니라."는 책망을 들은 교회였다.

옥 목사는 이날 이름을 가졌으나 죽은 사데교회는 한국교회를 들여다볼 거울과 같다며 피를 토하듯 회개를 강조했다. 일부를 옮겨본다.

"저는 사데교회를 보면서 오늘날의 한국교회를 보는 것 같다는 불안을 감출 수 없습니다. 우리는 지난 70년 동안 기적 같은 부흥을 경험한 화려한 과거를 가지고 있습니다. 지금도 우리는 그것을 자랑합니다. 겉으로 보면 한국교회는 절대로 죽은 교회가 아닙니다.

그렇지만 저의 이러한 확신을 흔들어 놓는 심각한 사실이 있습니다. 그것은 이 사회가 한국교회를 너무 불신하고 있다는 것입니다. 목사의 신뢰도는 오래전부터 하위권입니다. 교회에 들어왔다가 실망하고 등을 돌리는 젊은이들이 적지 않습니다. 전도를 해도 잘 받아들이지 않습니다. 무종교자들에게는 기독교가 제일 인기가 없습니다. 일반적으로 사람들은 우리를 이중인격자로 보는 것 같습니다. 말하고 행동하고 다르다는 것입니다. 사랑, 사랑 하면서 교회에서 왜 그렇게 잘 싸우느냐고 비아냥거립니다. 예수를 믿는 우리들이 자기들보다 더 정직한 데가 어디 있느냐고 따져 묻습니다. 돈을 사랑하는 데는 자기들하고 똑같다고 봅니다.

사회의 각종 스캔들에 교회 다니는 사람들이 끼어도 이제는 놀라지도 않

습니다. 한마디로 자기들과 다를 바가 별로 없다는 것입니다. 기가 막히게
도 우리는 이러한 비난을 받으면서 한마디 변명도 제대로 못하고 있는 실
정입니다. 솔직히 말해서 예수 믿는 우리들의 도덕성, 가치관, 처세관을 놓
고 보면 세상 돌아가는 쪽으로 더 많이 기울고 있다는 것을 숨길 수가 없습
니다. 우리도 모르게 우리는 세속주의의 늪에 빠져 허우적거리고 있는 모
습을 세상에 보여주고 있는 것입니다."

놀라운 지적이 아닐 수 없었다. 그의 회개는 이어졌다.

"이처럼 교회가 짠 맛을 잃으면, 우리보다 더 악한 세상 사람들의 발에 짓
밟히도록 내던지는 것이 주님의 징계요 심판입니다. 우리가 지금 그러한 끔
찍한 상황에 놓여 있지 않은지 두려운 마음을 금할 수 없습니다.

지금 주님께서 한국교회를 보시고 뭐라고 하실까요? 이름은 살았으나
행위가 죽었다고 책망하지 않으실까요? 누가 '아니요.'라고 변명할 목사가
있습니까? 아니라고 변명할 장로가 있습니까? 평양 백주년의 진정한 기념
은 이런 우리의 영적인 비참함을 직시하고 가슴을 치는 데서 출발해야 한
다고 저는 믿습니다."

**그리고 회개는 '귀에 듣기 좋은 말씀과 복음, 희망'을 전한 목회자들
에 대한 자성으로 이어졌다.**

"청중은 원래 귀에 듣기 좋은 말씀을 선호하는 경향이 있습니다. 믿기만

하면 구원받는다고 하면 모두가 '아멘' 합니다. 믿음만 있으면 하늘의 복과 땅의 복을 받는다고 하면 '할렐루야' 하고 열광합니다. 그러나 행함이 따르지 않는 믿음은 거짓 믿음이요 구원도 확신할 수 없다고 하면 얼굴이 금방 굳어져버립니다. 말씀대로 살지 못하는 죄를 지적하거나 책망하면 예배 분위기가 금방 싸늘해져버립니다. 듣기가 싫고 몹시 거북스럽기 때문입니다.

'사랑의교회'에서 사역할 때 저는 비슷한 반응을 가끔 볼 수 있었습니다. 이런 청중의 반응에 예민해지면서 저도 모르게 그들이 좋아하는 말씀을 일부러 골라서 설교하는 사람으로 바뀌는 것을 보았습니다. 대신 죄라든지, 회개라든지, 순종이라든지, 거룩이라든지 하는 듣기 피곤한 말씀은 할 수 있으면 피하거나, 꼭 말을 해야 한다면 부드럽게 달래듯이 말하고 싶어 하는 유혹에 끌려가는 것을 보았습니다.

저의 이런 모습은 예수님이 절대 바라는 것이 아니었습니다. 저도 절대 원하던 것이 아니었습니다. 그러나 실제로는 그러한 일이 강단에서 일어나고 있었고, 그 결과 저도 모르는 사이에 복음을 조금씩 변질시켜가는 설교자가 되고 있었습니다. 이렇게 되니까 교회가 커지면 커질수록 말씀대로 순종하는 행위에는 관심이 없고, 믿음만 가지고 떠드는 값싼 은혜에 안주하는 무리들이 늘어가는 것을 볼 수 있었습니다."

그는 또 "말씀의 단맛을 강조하는 설교와 형식적인 회개는 한국교회의 생명력을 서서히 죽이는 암과 같은 존재"라고 말했다.

200자 원고지 40매 분량인 옥 목사의 설교를 들으면서 사실 나는 등골이 서늘해지고 소름이 돋는 느낌을 받았다. 지금까지 어떤 설교를 들으면서도 그런 느낌이 든 적은 없었다. 문자 그대로 통절한 자기 고백이었고 당시 한국교회가 안고 있는 문제의 핵심을 모두 집약한 설교였다. 특히 그 자리가 평양대부흥의 영광을 다시 한 번 재현하자는 취지의 자리라는 점을 감안하면 더욱 그랬다.

사실, 옥 목사는 이렇게 자복自服할 죄를 짓지 않았다. 오히려 칭찬받을 일을 많이 했다. 그럼에도 이날 옥 목사는 울부짖었다. 그건, 한국교회는 평양대부흥이란 잔칫상을 받을 자격은커녕 회개와 통곡을 해도 시원치 않다는 옥 목사의 준엄한 꾸짖음이었다. 그 방식 역시 자신이 먼저 회개하는 것으로 시작한 것이었다. 그 자리에서 그런 그의 말뜻을 알아차린 이들이 얼마나 됐을까. 혹은 알면서도 옥 목사가 지적한 바로 그 이유, 즉 청중들이 듣기 거북해하고, 예배 분위기 싸늘해지는 것이 싫어서 그대로 지내온 것은 아니었을까. 그로부터 8년여가 지난 상황에서 돌이켜보면 당시 그 귀에 쓴 약을 썼더라면 지금 한국교회의 체질이 얼마나 더 강해졌을까 하는 생각도 해본다.

옥 목사는 한국 현대 개신교계의 신화적 주인공 중 한 명이다. 그러나 그가 쌓은 신화는 '숫자의 신화'가 아니었다. 제자훈련이라는 독특한 목회방식이다. 제자훈련이란 한마디로 성도들 모두가 예수님처럼 살자는 운동이다. '평신도를 깨운다.'는 구호처럼 "교회일과 세상일은 구별하는 것이 아니라 삶 자체가 예수님의 제자답게 살아야 한다."는 취지다. 그러자면 첫째는 성경을 공부해야 한다. 예수님 말씀을 제대로 이해하기 위해서다. 각각 10~12명씩 소그룹 신자들은 1주일에 3시간씩 하드 트레이닝을 받았다. 신앙의 기초부터 복음의 내용, 올바른 삶의 자세 등을 배우는 '제자훈련'이 1년, 그 후엔 목회자들과 동역자로서 신자들을 지도하는 '사역훈련'이 또 1년 과정으로 계속됐다. 궁극적으론 신자들이 '작은 목사'가 되어 목회자들과 함께 교회 공동체를 이끌어가는 것이 목표였다.

이처럼 신자들을 공부시키는 방식의 목회는 옥 목사가 국내에 처음 소개했다. 동료 목회자들로부터 '걱정'도 많이 들었다. "신자들 교육시켜봐야 골치만 아프다"는 것. 그러나 옥 목사는 그런 걱정을 일소에 붙였다. 그리고 제자훈련이 교회성장의 훌륭한 도구가 될 수 있음을 몸소 보여줬다. 1978년 예수의 제자 수와 똑같은 12명으로 시작한 사랑의교회는 그가 은퇴하던 2003년엔 출석신자 4만 명의 대형교회로 성장했다.

여의도순복음교회 조용기 원로목사가 성도들을 지역별로 나눠 소그룹으로 관리함으로써 단일 교회로 세계 최대 신자수라는 성공신화를 일궈냈다면, 옥 목사는 성경공부와 제자훈련이라는 공부를 위한 소모임을 조직함으로써 다른 의미의 성공신화를 썼던 것이다.

하지만 옥 목사의 마음엔 언제나 교회 성장에 대한 부담이 컸다. 교회 창립 초기 한 사람 한 사람 교인의 얼굴과 이름을 모두 기억하고, 그 집안의 대소사까지 챙길 수 있었던 것이 불가능해졌기 때문. 그만큼 양치기 목자牧者와 양羊 사이의 거리가 멀어진다는 뜻이었다. 그럴수록 옥 목사는 더욱 교회갱신운동과 목회자연합운동에 앞장섰는지도 모른다. 그는 1996년 교회갱신을 위한 목회자협의회(교갱협) 설립을 주도해 회장을 맡았다. 또 1998년엔 개신교 13개 주요 교단의 갱신운동 단체들이 조직한 한국기독교목회자협의회(한목협)의 상임회장도 맡았다. 자신이 속한 교단에선 교단장을 맡고도 남음이 있었지만 눈길 한 번 준 적 없던 옥 목사가 맡았던, 몇 안 되는 '감투'들이다.

옥 목사는 이들 단체를 만들고 장長을 맡으면서 "이 모임들의 취지는 교회, 특히 목회자들이 먼저 회개하고 다시 태어나자는 것이다. 교회는 세상보다, 목회자는 교인보다 한발 앞서야 한다는 데 모두 공감하고 있다."고 강조했었다. 그는 기득권이 없는 30~40대 목회자들의 호응을 보면서 이들에게서 한국 교회의 미래를 찾고 싶어 했다.

시곗바늘을 다시 돌려 2010년 3월 부활절 인터뷰 현장으로 가보자. 결국 생전의 마지막 언론 인터뷰가 되어버린 이 자리에서 옥 목사는 "아프고 보니 참 감사할 일이 많다. 지금도 교회에서 나를 위해 새벽기도를 올리고 있다고 한다. 우리는 모두가 '기도의 빚'을 진 사람들이다." 라고 말했다. 그 일부를 옮겨 본다.

편찮으시다고 들었습니다. 건강은 어떠신지요.

"70대 노인의 건강이 그렇지요. 병이 나고서 스스로 '참 행복한 사람이다.'라고 느낍니다. 지금도 사랑의교회에서 고난주간 특별새벽기도회가 열리고 있는데 많은 분들이 저를 위해 기도해주세요. 늙어서 뒷전으로 물러난 사람에게 기도해줄 이유가 없는데도 그렇게 기도해주시니 '은총과 은혜를 받고 있구나.' 하는 생각입니다. 그래서인지 요즘은 모르는 사람을 봐도 참 소중하게 여겨집니다. 어쩌다 어려운 분들을 보면 더 간절하게 마음으로 기도하게 되고요. 우리 모두는 기도의 빚을 지고 사는 사람들입니다."

'기도의 빚'은 무슨 뜻입니까?

"예수님은 '교회는 몸'이라고 말씀하셨습니다. 어느 한 부분이 따로 떨어질 수 없다는 말씀이지요. 크리스천은 서로를 돕기 위해 존재합니다. 모든 크리스천은 다른 이의 기도에 빚을 지고 있습니다. 더 넓게는 우리를 위해 기도하신 예수님에게 빚을 지고 있지요. 기독교인이라면 예수님에게 받은 기도의 빚을 모든 이에게 되갚아주어야 합니다. 그것이 부활의 신앙이기도 합니다."

기독교 신앙에서 예수 부활의 의미는 왜 중요한가요?

"기독교인의 자존심 그 자체입니다. 예수님 부활이 없었다면 우리도 부활할 수 없습니다. 부활하지 못한다면 우리만큼 불쌍한 존재도 없지요. 무엇 때문에 한평생을 씨름하면서 살겠습니까? 부활이 있기 때문에 세상 사람과 다르게 살아도, 성경 말씀대로 살면서 다소 손해를 보더라도 괜찮은 것입니다. 이 자존심은 절대 흔들리지 않지요. 저는 요즘 사도신경의 끝 부분 '몸이 다시 사는 것과 영원히 사는 것을 믿사옵니다.'라는 구절을 수시로 암송기도합니다."

부활 신앙은 사람을 어떻게 변화시킵니까?

"대부분 사람들은 죽음에 대한 절망이 앞서고 절망에 눌려 살고 있습니다. 뒤집을 수도 없이 누구나 맞게 되는 사건이 죽음이기 때문이지요. 그래서 가진 자는 더 가지려 하고, 없는 사람은 더욱 절망에 빠지게 됩니다. 그러나 부활신앙을 믿게 되면 죽음 이후의 새 세상을 보게 됩니다. '이 세상이 전부가 아니구나.'라는 것을 알게 되면 욕망과 집착·탐욕에 대한 브레이크를 갖게 됩니다. 부활한 세상에 대한 희망 덕분이지요."

사회적으로는 어떤 영향이 있을까요?

"다시 기도의 빚 이야기를 하겠습니다. 특히 사회적으로 가진 사람, 성공한 사람일수록 기도의 빚에 대한 채무의식을 가져야 합니다. 그래서 이 세상에서 더 가지고, 더 성공하기 위해 집착하기보다는 어렵고 가난하고 소외된 이들을 위해 나눌 수 있는 관조의 눈이 생기게 되죠. 또 어려운 상황의 사람은 인내하고 견뎌낼 힘을 얻게 됩니다. 최소한의 균형감각을 통해 희망을 찾고 길을 열어가게 되는 것이지요. 지금 한국교회에 위기가 있다면 부활신앙의 약화 때문입니다. 부활신앙이 약화되고 세속화되면서 기독교가 세상을 닮아가는 것이 위기를 부르는 것입니다."

가까이는 가족과 친지, 이웃들의 기도에 빚을 졌고, 멀리 크게는 예수님에게 기도의 빚을 졌다는 이야기다. 또 사회적으로 지위가 높은 사람들일수록 '기도의 빚'에 대한 채무의식을 더욱 많이 느껴야 한다고 했다. 그는 늘 이렇게 크고 어려운 이야기를 가볍고 쉬운 데서부터 풀어간다. 그래서 대화의 주제는 심오해도 읽는 독자는 난해하지 않게 신앙의 본질에 접근해 갈 수 있었다.

그러나 어려운 것을 쉽게 설명하는 것이 가장 어렵다고 했던가. 그는 이 자리에서 설교의 부담을 '진을 빼는 일'이라고 털어놓았다. 이성적, 합리적, 논리적, 학구적이기로 유명한 그의 설교, 그는 설교 한 편을 준비하기 위해 책을 마흔 권이나 참고한 적도 있다고 했다. 그리고 "매주 한 편씩 써야 했던 그 설교 부담을 덜어내니 그렇게 마음이 편하고 좋을 수가 없더라."고 했다. 그 이야기를 들으면서 머릿속에 떠오른 단어가 있다. '완전연소' 그리고 '소진消盡'이다. '이렇게 스스로를 불태워 온 목회인생이구나.'

그러면서도 그는 반성하고 회개하고 있었던 것이다. '처자식이 없었다면 더 청빈하게, 김수환 추기경과 법정 스님 못지않게 살 수 있었는데' 라고 말이다. 또 "그분들이 좀 더 버티고 계셨으면 우리 사회에 양지陽地가 더 넓어질 텐데 하는 생각이 듭니다. 그분들이 가시고 나니 음지陰地가 더 다가오는 것 같아 답답함을 느낍니다."라고 말했다.

하지만 이렇게만 말하면 독자들이 오해할 수 있다. 옥 목사가 처자식은 잘 건사한 줄로. 아니다. 2014년 옥한흠 목사의 다큐 영화 〈제자 옥한흠〉을 제작, 개봉한 김상철 감독은 "여러 자료를 뒤졌지만 가족이 함께 촬영한 사진도 거의 없었다."고 했다.

김 감독은 옥 목사와 같은 교단(예장합동) 소속 목회자. 옥 목사의 부인 등 유가족을 비롯해 사랑의교회 관계자 그리고 생전의 옥 목사와 가까웠던 손인웅(덕수교회 원로), 이동원(지구촌교회 원로), 이찬수(분당우리교회) 목사 등의 인터뷰와 2007년 평양대부흥 100주년기념대회 등의 영상을 정리해 다큐영화로 만들었다. 김 감독은 영화를 따로 배운 적도, 생전에 옥 목사의 손 한 번 잡은 적도, 먼발치에서나마 만난 적도 없다.

김 감독은 "누군가 지금 한국 교회에 대해 이야기할 사람이 필요한데, 결국은 옥 목사님의 생전 말씀이 지금도 그대로 한국 개신교에 '입에 쓴 약"이더라고 영화를 만들게 된 동기를 말했다. 제작비 역시 그가 대표로 있는 파이오니아21연구소가 감당했다. 김 감독은 옥 목사가 세 가지에 '미쳤고', 두 가지를 포기했다고 했다. 대학생(청년), 제자훈련과 사랑의교회에 미쳤고, 가족과 건강을 포기했다. 그 결과, 요즘 기준으로는 너무도 아까운 만 72세에 세상을 떠났다.

그의 장남 옥성호 집사는 "우리에게 아버지는 실종된 사람이었다."고 말했다. 수많은 목사, 선교사, 신자들에겐 아버지 같고, 형 같은 분이었지만 아들이 기억하는 아버지의 따뜻한 모습은 단 두 번이었다. 하나는 온 가족을 처가에 보내고 혼자 유학 다녀온 후 아들과 첫 대면했을 때, 어색해하는 초등학생 아들을 우물가에서 얼굴 씻겨준 것. 또 하나는 중학생 아들이 감기를 앓자 밤에 슬그머니 방에 들어와 젖은 수건을 얹어준 것. 아버지 입장에서야 표현을 못했을 뿐이라고 항변할 수 있겠으나 적어도 아들의 뇌세포 속에는 이 두 가지밖에 남은 게 없다.

남들과의 약속은 칼 같았으나 '가정예배'를 드리자고 해놓고는 번번이 펑크 낸 게 옥 목사다. 아이들 학교 입학과 졸업식에 참석하지 못하는 건 당연한 일이었고, 아이들의 운동화는 급우들 중 가장 낡은 것이기 일쑤였다. 별로 해준 것도 없으면서도 생전에 세 아들에게는 줄곧 "너희가 목사가 되겠다고 하지 않아 정말 다행"이라고 말했다.

> "너희는 모두 목회자로서 자질도 소명도 부족하다. 행여라도 아버지를 믿고 목회한다는 소리 할 생각 말라. 목회자의 길은 영광의 길이 아니라 십자가의 길이다. 한국은 목사가 너무 쉽게 되고, 또 너무 많아서 문제다."

이런 아버지를 보고 자라서 목회자가 되겠다고 나설 자식이 있을까. 늘 자기가 말한 대로 모범만 보여야 하고, 자신과 가족은 포기해야 하는, 지독한 삶….

그랬던 옥 목사는 세상을 떠나기 전 항암치료를 받으면서 아들 앞에서 갑자기 눈물을 보였다.

> "성호야, 내가 왜 이렇게 살았는지 모르겠다. 나처럼 재미없게 산 사람이 또 있을까?"

김 감독과 마찬가지로 나 역시 옥 목사와 개인적으로 식사 한 번 함께한 적이 없다. 그렇지만 그가 멀게 느껴진 적은 한 번도 없다. 그가 내 아버지와 동갑인 1938년생 범띠여서만은 아닌 것 같다. 재미없는 줄 뻔히 알면서도 스스로에겐 지나칠 정도로 엄격하게 살아온 분들이 만들어 온 것이 이 나라 아닌가. 1000만 영화 〈국제시장〉의 '덕수' 같은 존재들. 물론 그와 동시대인, 목회자들 가운데 그렇지 않은 경우도 많았다. 하지만 그렇게 묵묵히 자신의 삶을 밀고 나갔던 대표적 인물 중 한 명이 바로 옥 목사다. 다시 되새겨본다.

> "나도 처자식만 없었다면…."

있는 처자식도 저렇게 챙기지 않고 목회와 제자훈련에만 완전연소한 사람이, 처자식마저 없었다면 어땠을까? 2007년 상암동 집회에서 그는 설교를 이렇게 마무리했다.

"한국교회가 진정으로 회개하고 죽은 행위를 벗어버리면, 아직도 죽음의 권세 아래 신음하는 이 백성을 구원할 수 있다고 믿습니다. 한국교회가 믿음과 행함이 일치하는 온전한 복음을 회복하면 온갖 더러운 죄로부터, 그 죄에서 나는 악취로부터 이 사회를 치료할 수 있다고 믿습니다. 한국교회가 성령의 능력을 다시 입으면 북한의 무너진 교회를 우리 모두 다시 일으킬 수 있다고 믿습니다. 한국교회가 성령의 거룩한 불이 타오르는 용광로가 되면 주님께서 21세기 세계를 위해 가장 중요한 일에 우리 한국교회를 불러주실 줄을 믿습니다. 믿습니다. 두 손을 높이 들고 따라합시다."

그리고 거듭 간곡히 울부짖었다.

"주여, 한국교회를 살려주옵소서. 한국교회를 살려주옵소서. 통회하고 자복하는 영을 부어주옵소서. 부어주시옵소서."

곱씹을수록 그 간절함이 가슴에 와 닿는 설교다.

세계를 향해, 미래를 향해
쉼 없이 정진하는 시대의 지성

정의채 몬시뇰

"1949년 5월이었습니다. 수요일이었죠. 수요일은 산책을 하는 날입니다. 산책 다녀와서 다들 피곤해 있는데, 새벽에 공산당이 들이닥쳤어요. 그래서 다 끌어가고…. 학생들은 뿔뿔이 고향으로 흩어졌지요. 그때 덕원엔 함경도 학생들뿐 아니라 저 같은 평안도 그리고 저 멀리 간도에서도 학생들이 와서 공부하고 있었어요."

2015년으로 만 90세가 된 정의채 몬시뇰은 담담하게 이야기하고 있었다. 때로 눈물을 비칠 만한 내용도 있었지만 그는 끝내 담담했다. 1941년 입학해 8년을 다녔고, 4년만 더 공부하면 사제품을 받을 수 있었던 덕원신학교 이야기였다.

정 몬시뇰의 90 평생은 우리 민족의 현대사와 정확히 겹쳐진다. 1925년 일제강점기 평북 정주定州에서 태어난 그는 오산학교를 나와 덕원신학교에 진학했다. 정주는 개신교에서 말하는 '바이블 루트'의 주요 포스트다. 1885년 아펜젤러와 언더우드가 제물포항에 내리기 이전에 이미 만주에서는 로스 목사를 중심으로 한 개신교 선교사들이 한글로 성경을 번역해 조선으로 내려 보냈다. 그 루트가 의주-정주-평양-한양으로 이어졌다. 정주는 그 주요 길목이었다. 성경은 이 루트를 따라 내려가면서 신新문물의 씨앗도 뿌렸다. 최남선은 저서 『조선상식문답』에서 개신교가 우리 민족에 남긴 공헌으로 미신 타파, 국어와 국문의 발달, 근대문화의 세례洗禮 등을 꼽은 바 있다. 그가 근대문화 세례의 예로 든 것이 학교와 의료사업 등인데 정주에는 바로 근대교육, 즉 오산학교라는 씨앗이 싹을 틔웠다. 수많은 민족지도자들이 오산학교에서 가르치거나 배웠다. 그 혜택을 입은 '막내' 세대가 바로 정 몬시뇰 또래이다. 다만 남강 이승훈, 도산 안창호, 고당 조만식 등 오산학교와 이런저런 인연을 맺은 이들이 대부분 개신교 베이스였다면, 정 몬시뇰은 오산보통학교 6학년 때 메리놀외방전교회 사제와의 만남으로 천주교로 방향을 정하게 된 것이 큰 차이점이다. 그가 처음 천주교에 관심을 가진 것은 '공부' 때문이었다.

당시 정鄭씨 집성촌이었던 고향 마을에는 유교의 영향이 강해서인지 그리스도 교회가 없었다. 평양에 살다가 돌아온 한 가정이 천주교를 믿어 그 집을 중심으로 교리반이 열렸는데, 어린 정의채는 여기서 교리를 배우고 메리놀회 사제로부터 세례를 받았다. 그 얼마 후 "신학교에서 공부를 많이 하고 신부가 되면 좋겠다."는 미국 신부의 권유를 받은 정의채는 "천주교를 통해 일본보다 앞서 있는 미국식이나 유럽식으로 공부하여 성직자가 된다는 것이 마음에 들었다."고 저서 『모든 것이 은혜였습니다』에 썼다. 마음에 걸린 것이 없지는 않았다.

> "대대로 유교 집안에서 자라왔기에 결혼하지 않는다는 것이 마음에 걸리기도 했고 가족들은 신자가 아니었기에 반대했다. 그러나 나는 그런 교육을 받고 싶었다."

독일 상트오틸리엔수도원이 설립한 덕원신학교는 원산 부근, 즉 식민지 조선에서도 동북쪽 귀퉁이에 자리 잡았지만 교육 내용은 '국제 표준'이었다. 하루에 한 시간 이상은 우리말과 일본어를 쓰지 못하고 라틴어로만 수업을 진행했다. 정 몬시뇰은 "조선인들의 학습열이 높은 것을 확인한 수도원장이 당시 일본의 신학교보다 덕원신학교를 더 신경 써서 우수한 교원 인력을 파견했다고 들었다."고 했다. 교과 공부는 엄격했다. 정 몬시뇰의 경우, 입학 땐 25명이 동급생이었지만 공산당에 의해 쫓겨날 무렵에는 13명만 남아 있던 상태였다.

공산당에 쫓겨 기약 없이 신학공부를 접고 고향집으로 돌아갔지만 이번엔 인민군 징병이 기다리고 있었다. 매번 요리조리 둘러대고 피했지만 인천상륙작전이 성공한 후 패퇴하는 인민군들이 혈안이 돼서 잡아들이는 데는 피할 도리가 없었다. 숨어 있다가 도망친 그는 그야말로 구사일생, 천우신조로 남한으로 넘어올 수 있었다. 그가 인민군에 끌려가지 않고 도망칠 수 있었던 것은 인천상륙작전 이후 북진하는 유엔군과 쫓겨서 북으로 북으로 퇴주하던 인민군 그리고 압록강을 건너 남하하고 있던 중공군이 뒤엉킨 틈바구니에서 생긴 절호의 공백 덕분이었다. 목숨이 경각에 달린 당시의 급박한 상황을 전하는 그이지만 그 와중에도 '정의채식 유머'는 잃지 않았다. 그가 전하는 에피소드 하나.

　　"정주 읍내를 벗어나 야산의 동굴로 숨어 들어가니 벌써 한 가족이 먼저 와 숨어 있었습니다. '몸을 좀 피하게 도와 달라'고 하니 그러라고 합니다. 그런데 자는 곳은 형편없었지만 먹을 것은 많더군요. 소고기가 지천이었습니다. 알고 보니 당시 인민군은 미군의 공습으로 도로가 다 파괴되자 소달구지를 징발해 물자를 싣고 퇴각하고 있었어요. 그런데 이번엔 미군 전투기가 기총으로 소를 죽여버린 것이죠. 그러자 인민군은 다 내팽개치고 도망갔지요. 그래서 길엔 죽은 소가 즐비했거든요. 그 집 아저씨가 밤에 내려가서 소의 다리를 하나씩 잘라 오면 그걸 먹고 그랬어요."

　　그런데 동굴 피신생활은 며칠 못 갔다고 했다. 오랜 은신생활로 체력도 바닥이었던 데다가 수배령이 내려진 그는 아무리 밤이라도 들킬까봐 길가에 내려가지 못했다. 그랬더니 은신하던 그 가족들이 "젊은 사람이 소 다리도 하나 가져오지도 않고 너무 한다."며 눈치를 주는 바람에 동굴에서 나올 수밖에 없었다.

　　노끈으로 만든 묵주로 감사와 간구기도를 하며 천신만고 끝에 남한으로 내려온 그는 부산에서 신학공부를 이어갔다. 그는 공산당으로부터 탈출하던 당시를 기억하며 "단 한 번이라도 사제로서 미사를 드릴 수 있게 해달라."고 하느님께 간청했다고 한다. 그랬던 그가 수많은 사제를 길러내고 무수히 많은 이에게 세례를 줬으니 자서전 제목을 '모두가 은혜'라고 짓지 않을 수 있었겠는가.

월남越南 후 그의 인생은 은혜이고 기적이라는 말로밖엔 설명할 수 없다. 신학교를 마친 그는 바로 일선 사목현장으로 투입됐다. 휴전 직후였다. 부산 초량동성당과 서대신동성당이 임지였다. 6·25전쟁으로 사제의 3분의 1이 희생된 판국이라 본인들이 원하면 바로 본당 주임사제가 될 수도 있었지만 그는 미국인 권 요셉 신부를 돕는 보좌신부를 자청했다. 그리고 선교에 열중했다. "전 국민이 꿀꿀이죽으로 연명하는 이럴 때일수록 인간의 영靈은 마음속 깊은 데 잠재해 있는 새로운 희망을 갈구하게 되는 것"이란 신념 때문이었다. 결과는 놀라웠다. 아직 서른도 안 된 사제가 열정적으로 가르치는 교리반은 문전성시를 이뤄 첫해에 700명이 세례를 받고, 이듬해에는 2000여 명이 예비자로 몰렸다. 그가 1957년 로마로 유학을 떠날 때 부산역에는 서대신동성당 2500여 신자가 몰려 철로 양편으로 서서 무릎을 꿇었다고 하니 대단한 장관이었을 것이다.

그는 또 부산 피란 시절, 지식인에 대한 선교에도 눈을 떴다. 서재필, 윤치호, 이승만을 비롯한 일제강점기 대부분 지식인이 개신교 신자인데 비해 천주교 신자로서 사회적 영향력을 가진 인물이 너무도 부족했기 때문이다. 그래서 정 몬시뇰은 당시 교수와 대학생 등에게 큰 관심을 기울였다. 현재 정 몬시뇰이 가진 지식인 네트워크는 그때 시작된 것이다. 이후에도 『토지』의 박경리 작가와 그의 딸이자 김지하 시인의 부인인 김영주 토지문학관장, 아웅산 사건으로 남편과 아버지를 잃은 고 함병춘 전 청와대 비서실장의 부인과 두 아들(함재봉 아산정책연구원장, 함재학 연세대 교수)에게 세례를 주는 등 정 몬시뇰의 지식인 사회에 대한 선교는 꾸준히 이어졌다.

그의 민족주의적 사제관은 피란 당시에 이미 형성된 듯하다. 그는 서강대학교 설립을 위한 사전 조사차 한국을 찾은 미국 위스콘신 예수회 관구장과 '담판'을 벌였다. 그가 주임신부로 모시던 권 신부님과 친구였던 관구장은 부산에서 성당 사제관에 묵고 있었다. 서울에서 이승만 대통령과 장면 박사 등을 만나고 돌아온 관구장은 돌연 대학교가 아닌 고등학교부터 시작하겠다고 마음을 바꿨다. 폐허가 된 서울과 거지들을 보고 도저히 이 땅에서 대학을 열기는 어렵다고 생각했던 모양이었다. 그래서 고등학교부터 시작하겠다고 한 것. 약관弱冠의 '새 신부' 정의채는 면전에서 "그럴 거면 오지 말라."고 했다. 당시 국내 천주교계에서도 이미 고등학교 개교를 준비하는 신부들이 있으니 그럴 생각이라면 필요 없다며 영어로 "스톱 커밍Stop coming."이라는 표현을 썼다는 것. 관구장은 안색이 바뀌었고, "오늘 밤 기도를 올리고 내일 아침 다시 이야기하겠다."고 했다. 정의채 신부가 보니 그 밤 그의 방에선 불이 꺼지지 않았다. 관구장은 결국 다음 날 원래 계획대로 대학을 세우겠다고 다시 뜻을 뒤집었다.

정 몬시뇰은 훗날 이런 일화를 전했다.

"그 관구장 신부님이 아마 서울에서 '쓰리(소매치기)'를 당했던 모양입니다. 그래서 더욱 한국에 대한 인상이 나빠졌겠지요. 당시엔 좀도둑들도 기승을 부렸습니다. 미군들은 라디오 같은 물건에 영어로 '이 물건은 ○○○ 소위 것입니다.'라고 적어놓곤 했는데, 어떤 때는 장물아비들이 그 군인 이름이 적힌 라디오를 당사자에게 '사라'며 내놓을 때도 있었어요. 미군을 비롯한 외국인들이 한국 사람들을 어떻게 봤을지 충분히 짐작할 수 있죠. 그렇지만 저는 생각이 좀 달랐습니다. 꿀꿀이죽도 못 먹고 죽어나가는 판에 그렇게라도 살아야 했던 것이 당시 한국이고, 우리 국민들이었습니다."

솔직히 이 이야기를 들었을 때, 내 귀를 의심했다. 선善을 가르치는 사제의 입에서 나온 말이라고는 쉽게 믿기지 않았기 때문이다. 그는 그만큼 민족주의적 색채가 강한 사제였다.

로마 유학 중에도 그의 '헝그리 정신'은 유감없이 발휘됐다. 토마스 아퀴나스 전공의 세계적 명성을 가진 파브로 교수를 지도교수로 모시기 위해 1개월 동안 삼고초려三顧草廬 정도가 아니라 거의 스토커처럼 그의 수업이 끝날 때까지 강의실 문 앞에서 기다리며 졸라댔다. 그런데 문제는 그가 논문을 작성하기 시작한 후에 한 번도 그의 논문에 대해 지도교수가 언급을 하지 않았던 것. 중간쯤에 논문에 대해 이야기를 하니 파브로 교수는 논문의 체계에 대해 이런저런 코치를 해줬다. 정 몬시뇰이 왜 진작 이야기를 안 해줬느냐고 물었더니 하도 독특한 방식으로 논문을 작성하기에 어떻게 마무리하는지 궁금해서 지켜봤다고 한다. 일단 인정받은 그는 마르크스처럼 대영도서관이 문을 열 때 들어가 문 닫을 때 나오는 생활을 반복하며 박사학위논문을 썼다. 실제로 도서관 관계자가 "이 도서관에서 문 열 때부터 닫을 때까지 공부하는 사람은 마르크스 이후 당신이 처음"이라며 읽고 싶은 책은 뭐든 주문하라고 했다고 한다. 결과는 Summa cum Laude, 최우등생이었다. 교황청립 라테란 대학교를 비롯해 "교수로 남으라."는 권유와 요청이 이어졌지만 그는 "잿더미가 된 조국에서 후학을 기르고, 신자를 챙겨야 한다."며 사양했다. 다만 지도교수의 한 가지 부탁은 지켰다. "귀국하거든 10년 동안 논문 등을 발표하지 말고 연구를 거듭하라."는 말씀이었다.

그는 로마 유학 시절 가난한 나라의 유학생임에도 당당했고, 민족주의적 색채도 감추지 않았다. 성베드로대성당이 아름답지 않느냐는 별 뜻 없는 말에 "그것 짓느라 하나가 되어야 할 교회가 (신교와) 둘로 나뉘지 않았느냐"고 일갈했다가 분위기를 머쓱하게 만들기도 했고, 전쟁으로 폐허가 된 한국에서는 예비신자들이 비에 젖은 맨바닥에 거적을 깔고 공부하는데 일본에는 서방 선교회의 지원과 원조가 넘쳐나니 이게 예수 그리스도 정신이냐고 따져 지원을 얻어냈다. 그의 머릿속엔 '우리 민족은 일제의 침략을 견뎌내며 신앙을 지켰을 뿐 아니라 6·25전쟁으로 폐허가 돼가면서도 자유를 지켰다. 그 결과 세계적인 공산주의 파도가 휴전선에서 저지됐다. 자유세계 국가와 종교단체들은 한국에 고마워해야 한다.'는 당당한 생각이 깔려 있었다.

이런 일화는 또 있다. 1970년대 재팬파운데이션 초청으로 일본을 방문한 그는 하루 만에 일정을 취소해버렸다. 좋게 말해 세계 각국의 친일파 지식인을 불러서 일본에 대한 칭송만 듣는 자리였던 것. 초청 측은 당황했다. 그에게 "그럼 뭘 보고 싶으냐?"고 물었다. 그는 "나라奈良, 교토京都를 보고 싶다. 그리고 마지막으로 도쿄대東京大 총장을 만나고 싶다."고 요구했다. 일본 측은 그의 바람대로 주선해줬다. 마지막으로 도쿄대 총장을 만나는 자리.

> "도쿄대 총장의 관저로 초대했더군요. 면담시간은 30분이고요. 워낙 바쁜 사람이라 좀 늦게 도착했어요. 저는 그동안 응접실 구경을 했는데 잘 꾸며져 있었습니다. 뒤늦게 도착한 총장이 미안하다며 이야기를 시작했는데 저는 다짜고짜 '당신들 일본사람들은 입만 열면 야마토(大和)정신을 이야기하는데 야마토 정신이 뭐냐?'고 물었지요. 그랬더니 말문이 막혀서 답을 못해요. 제가 그랬습니다. 여기 분재가 있는데 저게 바로 당신들이 말하는 야마토정신이다. 저 나무도 생명체인데 가지도 뻗고 자라려고 하는 것을 저렇게 꼼짝달싹 못하게 묶어놓고 아름답다고 보는 것 말이다. 당신들이 우리 조선을 저렇게 했다고 일갈했지요."

정의채 몬시뇰은 할 말은 하는 사제이자 천주교 지성으로 자리 잡았다. 1980년대 말 민주화의 소용돌이 속에 명동성당 주임사제를 맡은 그는 주말 결혼식조차 올리지 못할 정도로 점거당했던 명동성당에서 시위대가 자발적으로 철수하도록 했다. 또 20여 명 대기 리스트가 있다는 말까지 돌았던 대학생들의 분신자살 행렬도 막아 세웠다.

그가 가톨릭대 총장과 서강대 석좌교수를 지내는 동안 한국도 민주화가 이뤄졌다. 1970년대 박정희 유신독재에 맞서 천주교정의구현전국사제단(정구사)이 결성될 무렵 정신적 지주 역할을 자임했던 정 몬시뇰은 그들에 의해 '보수우익'으로 지목될 지경에 처했다. 정구사 사제들이 지지하는 김대중, 노무현 정권을 매섭게 비판했기 때문이었다. 그의 노무현 정부에 대한 비판은 당시 유명하게 회자됐다.

　　"노무현 대통령은 지금까지 타고 오던 길 잘못 들은 필마(匹馬) 대신 준수하고 숙련된, 통합을 이룰 준마(駿馬)로 바꿔 타야 한다."

　　"노무현 대통령의 지지도 추락은 정부의 무지·무능·무모, 즉 3무(無)의 정부 핵심 386세대의 정책 입안과 실천에 기인한다."

　　"이(노무현) 정부의 간판 구호가 개혁인데 그 실천은 정반대로 보인다. 국정은 세금 쥐어짜는 것밖에 없고 국고는 밑 빠진 독처럼 사방으로 새니 이런 개혁도 있나 싶다."

　　"친일 인사 판정의 가장 중요한 근거는 그때를 같이 산 사람들의 증언인데, 이를 무시하고 일제강점기에 겉으로 드러난 몇 가지 말이나 행동으로 판단한다면 그 시대를 산 사람치고 친일파 아닌 사람이 누가 있겠는가."

　　"선(善)지식과 악(惡)지식이 있는데, 노 대통령의 정치 스타일은 악지식, 즉 다 지나간 공산 내지 사회주의적 좌파 사고에서 유래된 것이다. 노 정권의 평화는 패배주의적 평화의 전형이다."

　　"지난 4년간 노 정권 아래서는 다 잘됐고, 잘못한 것은 전(前) 정권과 야당·언론 탓이라는 투이니 놀랍다. 지금 해야 할 부동산 문제 등은 해결하지 못하면서 다음 정부가 해야 할 개헌이나 법률 정비는 노 정권이 해놓아서 (다음 정권이) 움직이지 못하도록 하겠다는 것이다."

하나같이 당시 노무현 정권의 속을 뒤집어 놓을 발언들이었다. 하지만 정 몬시뇰은 느긋했다.

"그들이 다 제 제자들인데요, 뭐."

아닌 게 아니라 함세웅 신부를 비롯한 정구사 멤버들은 김수환 추기경에게까지 "시대에 뒤처진 분"이라는 모진 말을 쏟아냈지만 정작 정몬시뇰에 대해서는 별다른 비판을 하지 않았다.

그렇다고 정 몬시뇰이 우파 정권에 대해 입에 발린 말을 한 것은 아니었다. 오히려 더 독하게 비판했다. 이명박 대통령에 대해서는 집권 초기부터 "살 집 빼놓고 전全 재산 환원하겠다는 공약을 빨리 이행하라. 그것만 빨리 해도 많은 문제가 해결될 것"이라고 촉구했다.

"이명박 대통령은 '죽어야 산다'는 각오를 해야 합니다. 살 집만 빼고 전 재산을 헌납하겠다는 공약을 이행하고, 최선을 다해도 국민이 믿어주지 않는다면 하야(下野)하겠다는 각오를 해야 할 것입니다."

정 몬시뇰이 이명박 정부 초기 광우병 촛불시위가 번졌을 때 「조선일보」와 인터뷰에서 한 말이다. 이제 막 임기를 시작한 대통령에게 '하야'를 각오하고 대처해야 한다는 주문은 정 몬시뇰이 아니면 불가능한 일이었을 것이다.

결국 이 대통령은 임기 초반의 황금기를 광우병 시위에 말려 허송세월하고 뒤늦게 마지못해 청계재단이란 이름으로 재산을 환원했지만 이미 때는 다 놓친 후였다. 박근혜 정권에 대해서도 그는 비판의 고삐를 조인다. "비좁은 땅덩이에서 일자리 만드네 마네 하며 싸우지 말고 젊은 이들을 해외로 내보내서 봉사하고 헌신하게 하라."고 주장한다.

실향민인 그는 북한에 대해서는 단호한 입장이다. 진남포 출신의 윤공희 대주교와 함께 실향민 사제들의 맏형격인 그는 항상 바티칸을 향해서도 "북한과의 대치상황을 염두에 두고 평양교구에 대한 관심을 키워야 한다."고 주장해왔다. 북한 입장에서는 자신들의 수도인 평양교구장을 남한의 서울대교구장이 겸하고 있는 상황이 신경 쓰일 수밖에 없다는 것. 그는 또 북한에 대해서는 "평양은 없는 거나 다름없다."고 말한다.

> "한반도 북쪽에 있던 역대 왕조는 늘 중국 영향을 받았습니다. 대륙이 분열되면 기(氣) 좀 펴고, 대륙이 통일되고 단단하면 고생했습니다. 중·소(中蘇) 갈등 땐 김일성이 큰소리쳤지만 지금 중국은 어느 때보다 단단합니다."

그러나 안보에 관한 생각도 뚜렷하다.

> "북한 인권은 꼭, 언제나 지적해야 합니다. 또 북한이 강령에서 '적화통일'을 삭제할 때까지 경계를 늦춰선 안 됩니다. 저들은 핵무기를 반드시 쓴다는 가정하에 국방을 강화해야 합니다."

정 몬시뇰은 2009년 서강대 석좌교수직을 은퇴할 때까지 거의 언제나 학생들과 함께했다. 팔순이 넘어서도 그는 약속이 없을 때면 대학가의 패스트푸드점에서 간단히 요기하면서 젊은이들의 모습을 지켜보는 것이 취미였다. 신문도 보면서 대학생들이 자기들끼리 이야기하는 것, 젊은이들의 표정을 살피는 것이 그렇게 재미있다는 것. 그것은 정 몬시뇰만의 사회 분위기를 파악하는 방식이자 기술이었다. 그런 '정보 수집'(?) 덕인지 젊은이에 대한 그의 신뢰와 기대는 거의 무한대이다. 매번 인터뷰 때마다 "요즘 젊은이들은 과거 세대와 다르다."고 강조한다. 민주화운동 이후에 태어나 자란 젊은이들은 기성세대와 달리 선진국에 대해 주눅 든 게 하나도 없고 인터넷을 비롯한 IT기술로 무장하고 있기 때문에 가능성이 무궁무진하다는 것이었다. '젊은이를 해외로'는 정 몬시뇰이 이명박 정부 시절부터 주창했던 내용이다.

> "젊은이들은 수십만 명 해외로 특히 제3세계로 내보내고 봉급을 국가재정에서 어느 정도 부담하자. 그 젊은이들이 제3세계에서 봉사하면서 그들을 일깨우면 결국 그곳들은 우리의 기업들이 뛸 수 있는 무대가 된다. 또한 그 과정에서 국내에서는 볼 수 없었던 기회를 젊은이들이 찾게 될 것이다."

그의 이런 주장은 「조선일보」 지면을 통해서도 여러 차례 소개됐다. 그런데 그의 주장의 진의는 제대로 전달되지 않는 것 같다. 기껏 '제2의 중동붐' 정도로밖에 받아들여지지 않는 것을 보면서 안타까운 마음이다.

그의 선견지명이 실현되지 못한 사례는 또 있다. 그는 일찍이 G7이나 IMF 같은 국제기구를 비판했다. 500년 식민지배를 했던 제국주의 국가들이 경제적 영향력 유지를 꿈꾸며 만든 기구라는 것이다. 그래서 그는 IMF의 대안으로 우리나라가 중심이 돼 제3세계 국가들을 규합하는 새로운 세계경제기구 창설 등을 주장했다. 2010년 서울에서 열린 G20정상회의를 앞두고도 개도국들이 옵서버로 참여해야 한다고 강조했었다. 이런 관점에서 인천 송도에 유치한 세계녹색기후기금GCF을 특별히 반겼다. 지금 돌이켜보면 중국이 주도한 아시아인프라투자은행AIIB 같은 기구를 염두에 둔 셈이었다.

그가 내놓는 아이디어들은 처음 들을 땐 너무 어마어마한 크기여서 현실감이 나질 않을 때가 많다. 그런데 시간이 좀 흐른 후에 다시 돌아보면 '아, 그래서 그때 그런 말씀을 하셨구나.' 싶을 때가 많다. 그의 지적知的 더듬이는 그렇게 늘 전 세계를 향해, 미래를 향해 쉼 없이 움직이고 있다.

지금도 휴대전화에 '정의채 몬시뇰'이란 이름이 뜨면 전화를 받기 전에 잠시 앞뒤 일정을 살핀다. 그와 통화가 시작되면 평균 20분 이상 걸리기 일쑤이기 때문이다. 물리적 연세가 90임에도 그렇게 열정이 식지 않은 이가 정의채 몬시뇰이다. 2014년 허리 수술 후에는 걸음이 많이 불편해졌지만 불과 몇 년 전만 해도 정 몬시뇰은 배낭을 메고 다녔다. 한번은 그 배낭을 옮기려다 깜짝 놀란 적이 있다. 당연히 팔순 어르신이 메고 다닐 수 있는 무게이겠거니 하며 가볍게 들어올리려다가 순간 어깨가 빠지는 줄 알았다. 돌덩이였다. 그는 90 평생을 언제 어디서건 책을 손에 놓지 않고 늘 연구하는 지성이었다. 요즘도 직접 컴퓨터 자판을 두드려 1년에 1000쪽짜리 책 한 권씩 뚝딱 써내고, 새벽 3시까지도 책장을 넘기는 이 시대의 지성, 정의채 몬시뇰. 민족주의자인 그는 우리 민족의 장래를 낙관한다.

"지금 인류는 유사 이래 처음으로 공통문화를 갖게 되었습니다. 교통과 통신의 발달 덕분이지요. 그 공통의 가치는 공존, 공조(共助)를 통한 공영(共榮)입니다. 이를 위해서는 선진국과 개도국의 협조가 절대적으로 필요합니다. 그 사이에서 다리를 놓을 수 있는 것은 한국뿐입니다."

500년 식민지 고통을 겪은 아프리카 국가들을 비롯한 개도국들은 잠재의식 속에 자신들을 침략한 선진국에 대한 반감과 피해의식을 가지고 있다. 반면 선진국들은 여전히 과거 식민지들을 시장으로만 생각한다. 제국주의 침탈을 겪고 독립한 나라 중 국제 원조 수혜국에서 시혜국으로 전환한 유일한 나라 대한민국만이 선진국과 개도국을 연결시켜 세계를 공영의 길로 이끌 수 있다는 게 몬시뇰의 생각이다.

1세기 가까이, 문자 그대로 파란만장한 삶을 살아오며 개인의 경험을 민족과 인류의 지혜로 승화시켜온 정의채 몬시뇰. 세 번째 1000년대에는 우리 민족이 세계사의 주역이 될 것이라는 그의 혜안이 맞아떨어지길 바라는 마음 간절하다.

모든 이에게
모든 것

정진석 추기경

　토머스 머튼의 명저名著 『칠층산』을 번역한 것을 비롯해 지금까지 50여 권을 쓰고, 번역한 사람. 어릴 때 꿈은 발명가, 지금 꿈은 '밤하늘에 빛나는 작은 별'이 되고픈 사람. "왜 하필 작은 별?"이라고 물으면 답은 "쑥스러워서."

　한국의 두 번째 추기경, 정진석 추기경이다. 사제로서 그의 사목 표어는 '옴니부스 옴니아Omnibus Omnia' 즉 '모든 이에게 모든 것'이라는 뜻이다. 하지만 정 추기경을 생각하면 '옴니부스 옴니아'보다는 '쑥스러워서'가 먼저 떠오른다. 겸손이다.

　그가 추기경 서임식 참석을 위해 2006년 로마 바티칸을 찾았을 때 동행 취재했다. 그는 기자들 입장에선 '참 안 좋은 취재원'이다. 충분히 기사가 되는 아이템을 가지고도 '기사 안 되게' 말한다. 문제의 '작은 별' 발언도 이때 나왔다. 서임식을 앞두고 서울서 동행한 기자와 파리에서 날아온 특파원 등이 로마의 한인신학원에 모였다. 질문이 이어졌다. 질문이 계속되는 것은 기자들이 '한마디'를 못 건졌을 때다. '기사 되는' '제목거리 있는' 답변이 서너 개만 있으면 기자들은 자리를 뜬다. 그러나 그게 없으면 마감이 턱밑에 찰 때까지 계속 묻는다. 정 추기경과의 그날 인터뷰가 그랬다. 어떤 질문을 해도 정 추기경은 '정답' '모범답안'만 말했다. 그러다 "어떤 추기경이 되고 싶냐?"는 질문에 나온 대답이 "밤하늘의 작은 별"이었다. 여기서 나는 질문을 접었다. '작은 별'이 바로 정 추기경이었다. 더 질문해봐야 추기경도 괴롭고, 기자도 힘 든다.

그의 성격은 이때 만난 그의 사촌형의 한마디에서 확실히 확인할 수 있었다.

"추기경과 나는 초등학생 때부터 여름방학 때면 충청도의 친가(親家)에서 지냈어요. 대천해수욕장도 갔지요. 우리 사촌들은 모두 물놀이에 정신이 없는데, 추기경은 해수욕장까지 와서 발만 물에 담그고, 물속엔 들어가지 않았어요."

지나치게 소심한 것은 아닐까? 그러나 가족사를 돌아보면 그의 신중함에 고개가 끄덕여진다. 그가 추기경으로 임명된 2006년 3월, '정 추기경 부친은 월북越北한 독립투사'란 기사가 터져 나왔다. 그때까지 정 추기경 가족에 관해서는 '어릴 때 아버지를 여의고 홀어머니 슬하에 외아들로 자랐다.'는 정도만 알려졌었다. 그런데 그의 부친은 일찍이 일제강점기에 공산주의 운동을 하다 광복 후 월북해 북한의 공업성 부상(차관)

을 지낸 정원모鄭元謨라는 주장이 제기된 것. 대체로 맞는 이야기였다.

1931년은 정 추기경이 태어난 해다. 그의 부친은 그해 12월 정 추기경 출생 전 투옥됐으며 석방된 후 새살림을 차려 정 추기경 모자母子와는 인연이 끊어진 것으로 알려졌다. 정 추기경 집안에선 그런 아버지 이야기가 금기禁忌였던 모양이다. 이 보도가 나오자 정 추기경은 서울대교구 홍보실을 통해 "부친의 얼굴은 물론 생년월일조차 모르며 사진 한 장 없다."며 "전혀 기억이 없다."고 했다. 어려서는 "네 아버지는 일본에 건너가 연락이 끊겼는데 돌아가신 것 같다."는 이야기만 들었으며 중앙중(중고교과정)과 서울대 재학 시절엔 주변 친척들로부터 아버지에 관해 "대학생이었다." "독립운동을 했다." "북에 있다."는 이야기를 전해 들었다고 한다.

아버지에 대한 아무런 기억도 없이, 형제도 없이 혼자 자란 소년. 어머니의 사랑과 정성 그리고 기대가 어떠했으리라는 것은 짐작이 가고도 남는다. 타고난 성품이 바탕이 됐겠지만 정진석 소년은 이런 어머니의 정성과 기대를 저버릴 수가 없었을 게다. 어머니께 걱정 끼쳐 드릴 일은 아예 하지 않는 소년이었던 것이다. 심지어 해수욕장에서 물장난하는 것까지도. 그리고 가정의 중요성을 누구보다 뼈저리게 느꼈을 것이다.

정진석 소년에겐 책이 친구고, 취미고, 휴식이었다. 그 스스로 "중앙중학교 6년 동안 하루에 한 권씩 책을 읽었다."고 했을 정도다. 정 추기경이 이렇게 말했을 땐 실제로는 하루에 한 권이 아니라 그 이상 읽었다는 뜻으로 알아들어야 한다. 실제로 서임 후 모교인 중앙고를 찾은 정 추기경은 과거 도서실에서 "저기가 내 자리"라고 지목한 바 있다. 붙박

이처럼 늘 한자리에서 책을 읽었다는 것이다. '쑥스러움'이 트레이드마크인 정 추기경이 '자기 자랑'을 한 거의 유일한 사례다. 사촌들도 증언한다. 그의 사촌여동생은 "어릴 때 오빠 방에 가보면 천장 끝까지 책이 쌓여 있었다."고 했다.

독실한 천주교 신자였지만 대학은 서울대 화학공학과로 진학했다. '발명가'가 되고 싶어서였다. 발명은 재미로 하는 것이 아니었다. 돈을 벌겠다는 것도 아니었다. 광복 후 피폐한 우리 현실에서 조금이라도 국민 생활에 보탬이 되는 물건들을 발명하고 싶었던 것이다. 그렇지만 운명은 그를 사제의 길로 돌려놓았다. 대학 1학년 때 터진 6·25다.

피란을 가지 못한 그는 전쟁의 한복판에서 그 참상을 목격했다. 당시의 이야기는 그가 2006년 개정판을 낸 저서 『목동의 노래』에 소설 형식으로 기록돼 있다. 이 기록에서 피란을 가지 못한 주인공은 폭격으로 무너진 대들보에 동생이 깔려 숨진 것을 직접 목격하고, 본인은 숨어 있던 집에서 가택 수색에 걸려 '반동분자'로 끌려간다. "죽기 싫어 의용군 나가지 않았다."는 그에게 인민군 장교가 권총을 장전해 겨냥하는 대목도 나온다. 구사일생으로 살아난 것이다. 그가 「월간조선」 등과 인터뷰한 내용을 보면 중공군 대공세가 있던 1950년 12월 국민방위군으로 입대한 정 추기경은 경남 마산까지 도보로 피란했다가 기간사병에 지원하고, 이어 국민방위군 사관학교를 거쳐 장교로 미군 보급창에서 근무했다. 그는 국민방위군으로 서울에서 마산까지 피란 가던 시절에 아사餓死, 동사凍死 그리고 지뢰를 밟아 숨져가는 동료를 눈앞에서 무수히 목격하면서 삶과 죽음의 문제를 깊이 묵상하고 1954년 가톨릭대 신학부로 진학하게 됐다고 한다. 그런데 이런 끔찍한 참상을 기록한 『목동의 노래』도 제3자의 눈으로 본 소설형식이다. 그는 "가능한 한 내 주관을 떠나 객관적으로 쓰기 위해"라고 이유를 설명했다. 이것도 쑥스러움의 일종이다. 전쟁터에서 너무도 많은 죽음을 목격하면서, 또 그 스스로 기적적으로 죽음의 문턱을 빠져나오면서 '내 생명은 내 것이 아니구나.'라는 것을 뼈저리게 느꼈고 '살아남는다면 나를 위해 살지 않고 남을 위해 살겠다.'고 마음먹었던 것.

중고교 6년 동안 하루 한 권씩 책을 읽었던 정 추기경이 신학생 때 어떻게 지냈을지는 불문가지不問可知. 1961년 만 서른 살에 사제품을 받은 그는 서울 중림동 성당의 보좌신부를 잠깐 거쳐 성신고등학교 교사1961~1967년로 지내면서 서울대교구 법원 공증관, 한국천주교중앙협의회 총무, 서울대교구 대주교 비서를 겸임하다가 1968년 이탈리아 로마 우르바노대로 유학을 떠난다. 이미 '주교감'으로 낙점을 받았던 셈이다. 아니나다를까 그는 1970년 교회법 전공으로 석사학위를 받던 그해 청주교구장 주교로 임명된다. 만 39세, 당시로서는 최연소 주교였다. 정 주교가 임명되기 전까지 청주교구는 미국의 메리놀외방전교회가 맡아왔다. 메리놀외방전교회는 일제강점기 평양교구를 담당하다가 태평양전쟁이 발발, 미국과 일본이 적국 관계가 되면서 추방됐었다. 광복 후 다시 한국에 돌아온 메리놀회는 남한 지역의 청주교구를 맡았던 것. 이는 일제강점기 덕원자치구를 맡아 북한 지역의 사제 양성과 함경도, 만주를 담당하다 광복 후 왜관으로 옮겨온 베네딕도회의 경우와 비견된다. 교구장으로는 정 주교가 부임했지만 메리놀회와의 관계는 이어졌다. 후에 이 인연은 정 추기경이 평양교구장 서리로서 대북 관계를 형성하는 데 중요한 역할을 한다. 메리놀회 소속으로 정 추기경과도 막역한 사이인 함제도 신부는 국제카리타스 대북지원운영위원회 의장을 역임하며 북한을 20여 차례 방문한 대북 전문가이다. 그는 정 추기경이 평양교구장 서리를 할 때 고문을 맡기도 했다.

어쨌든 그 후 28년, 정 추기경은 '청주 사람'이 됐다. 조용히 교구 사목에만 힘쓰며 사제 서품 당시 자신과의 약속, 즉 1년에 한 권씩 책을 내겠다는 다짐을 실천하고 있었다. 토머스 머튼의 『칠층산』도 그가 청주교구장 시절에 번역한 책이다.

정 추기경이 다시 세간의 주목을 받게 된 것은 1998년 김수환 추기경 후임으로 서울대교구장 대주교가 되면서부터. 한국 천주교를 대표하는 얼굴이라는 점에서 초미의 관심이 쏠렸던 이 자리에 바티칸의 최종 낙점은 '청주 사람' 정진석 주교였다. 정 추기경 본인으로서도 유학 시절 아무 연고도 없던 청주 교구장으로 발령 났을 때처럼, 청주 사람으로 사제생활을 마칠 생각이었던 차에 서울대교구장 발령은 얼떨떨한 일이었을 것이다.

새 서울대교구장 정진석 대주교의 리더십은 '솔선수범으로 압박하기(?)'였다. 서울대교구장 착좌 후 시간이 흐르면서 이런 이야기들이 흘러나왔다.

"컴컴한 사무실에서 종이는 꼭 이면지를 쓰고 계세요. 그렇지만 저희들에게 그렇게 강요하시는 법은 없죠."

"언젠가 책을 선물하는데 포장을 해서 드렸더니 '왜 필요 없는 치장을 하느냐'고 언짢아하신 게 유일한 꾸지람이었어요."

그렇게 8년여가 흐른 2006년 2월 뜻밖의 낭보가 바티칸으로부터 날아들었다. '정진석 대주교, 한국의 두 번째 추기경으로 서임.' 당시 정 대주교는 만 나이로 75세였다. 교구장 은퇴 시점이 2006년 말이었다. 천주교의 모든 교구장은 만 75세가 되면 교황에게 은퇴청원을 하게 돼 있다. 그래서 당시 천주교계에서는 지방의 교구장 주교가 부교구장으로 부임해 정 대주교가 은퇴하면 서울대교구장을 인계받고 추기경에 서임될 것이란 그럴듯한 소문이 돌고 있던 참이었다. 그런데 서울대교구장인 정 대주교가 그대로 추기경에 서임된 것. '청주 사람'으로 사제생활을 마칠 것 같았던 그가 서울대교구장에 임명된 것처럼 이번에도 깜짝 놀래키는 바티칸의 인사였다.

대주교에서 추기경이 되는 것은 사실상 여러 가지 변화가 있다. 추기경은 교황을 공식적으로 보좌한다는 의미 외에도 모자(비레타)와 옷 색깔부터 대주교(주교)의 자주색에서 진홍색으로 바뀐다. 순교자의 피를 상징하는 색깔이다. 교황청 주요 위원회의 위원이 되고 한 국가 차원이 아닌 전 세계 가톨릭 차원의 결정에도 참여하게 된다. 그렇지만 정 추기경은 그 정도가 다였다. 자동차도 그 전부터 타오던 그랜저를 그대로 탔고, 숙소도 주교관에서 다른 신부들과 함께 살았다. 변함이 없었다.

청주교구장 시절부터 썼던 낡은 가죽 서류가방을 그대로 쓰다가 서울대교구장 은퇴 후 혜화동 주교관으로 가져갔다. 재임 시절에도 에어

컨은 거의 틀지 않았으며, 나중엔 이면지를 재활용하지 않으면 결재서류를 퇴짜 놓았다. 하루 세끼를 교구청 구내식당에서 해결했다. 천주교 사제들 가운데는 스키, 골프, 테니스를 즐기는 이가 많다. 그러나 정 추기경은 그런 스포츠 취미도 없다. 그저 식사 후 교구청 안의 테니스장 주변을 걸으며 산보하는 게 운동의 거의 전부였다. 그렇게 특별히 운동을 하지 않았음에도 서울대교구장 퇴임 직전까지 호두 두 개를 한 손에 쥐고 깨곤 했다고 하니 타고난 체력이 아닐 수 없다. 교구 운영비를 20퍼센트씩 스스로 삭감하기도 했다. 검소함에 대한 그의 철학은 이렇다.

"교구 운영비는 신자들의 헌금입니다. 지금 신자들의 가정경제 상황이 어려운데 모른 척한다면 사목자의 태도가 아니지요. 최소한의 생존에 필요한 것만으로도 얼마든지 행복할 수 있습니다."

"성직자는 그래야 합니다. 모든 이가 그렇게 살 수는 없지만 성직자는 최소한으로 살아야 합니다."

이런 정도에서 멈췄다면 그냥 '구두쇠'라 할지 모른다. 그러나 그는 이렇게 아낀 가계부를 공개했다. 지난 2007년 8월, 서울대교구는 「서울주보」에 전격적으로 2006년 재무제표를 공개했다. 그것도 내부적인 결산이 아니라 외부 회계법인에 맡겼다. 파장은 컸다. 한국 천주교를 대표하는 맏형인 서울대교구가 전체 재정을 공개함으로써 우리 종교계의 재정공개 문제에 한 획을 그었다. 모든 신문, 방송이 대서특필했고 칭송이 자자했다. 다른 종교에도 유무언의 압력으로 작용했다. 그리고 지금도 종교기관의 재무제표 공개는 당시 서울대교구의 발표가 기준이 되고 있다. 이제 외부 회계법인에 맡기지 않은 재무제표 공개는 별 주목도 받지 못한다.

그런데 이 과정에서도 정 추기경의 '쑥스러움'은 그대로 발휘됐다. 종교계 사상 처음으로 재무제표를 밝혔음에도 그 내용을 담은 주보의 간지間紙는 일간지 기자들에겐 배달되지 않았다. 몇 주 후 이 소식은 서울대교구 기관지 「평화신문」의 1면도 아닌 2면에 '적당한' 크기로 보도됐다. 다른 종교에까지 압력으로 비쳐질까봐 마치 주목을 덜 받았으면 하는 것처럼 '슬쩍' 보도한 것이다. '정진석 스타일의 배려'였던 셈이다. 그 전해인 2006년엔 서울대교구의 모든 사제가 장기기증 서약한 것도 대대적으로 홍보하지 않고 조용히 지나갔다. 이렇게 '기사가 되는 사안'도 조용히 덮고 모르게 지나가니 기자들 입장에선 참 안 좋은 취재원인 셈이다.

김수환 추기경이 탁월한 정치적 감각으로 사회의 어른 역할을 했다면, 정 추기경은 굳이 이름 붙이자면 '그림자 리더십'을 발휘했다. 되도록 앞에 나서지 않았지만 말을 해야 할 때면 단호했다. 노무현 대통령 시절 우리 사회는 보수-진보 이데올로기 갈등으로 몸살을 앓았다. 그럴 때 그는 자극적이진 않지만 분명한 목소리를 냈다. 사립학교법 개정 반대는 정진석 추기경이 사회적 문제에 단호한 입장을 밝힌 첫 케이스. 2005년 당시 정진석 대주교는 사학법 개정 취지를 설명하기 위해 자신을 찾아온 여당 열린우리당 지도부를 1시간여 동안 만나면서 내내 굳은 표정으로 반대 입장을 굽히지 않았다.

"국가가 통제하니까 사립학교의 질이 떨어지는 것." "북한처럼 자유를 인정하지 않아서 나라가 파탄되면 안 된다." "사립학교의 자유를 인정해야 한다." "사학의 근본은 자유와 자율이며 사학의 자율을 인정해야 한다는 것이 가톨릭의 입장"이라며 분명하게 선을 그었다. 정부 보조금을 받은 사학의 공공성을 고려해야 한다는 주장에 대해서도 "(사학을) 통제하는 대신 (정부가) 돈을 주겠다고 한 것이고, 돈을 안 줘도 사학은 잘하는데 왜 병을 주고 약을 주느냐"고까지 말했다.

황우석 파동 때도 마찬가지. 그는 황우석 박사의 논문조작 사건이 일어나기 전부터 '배아줄기세포' 대신 '성체줄기세포'를 사용한 연구를 지지했으며, 사건 후에는 서울대교구가 '생명의 신비상'을 제정했다. 또 6·25전쟁 60주년을 맞아 한 「조선일보」와의 인터뷰에선 "평화를 원한다면 전쟁을 대비하라."는 라틴어 격언을 소개하며 철저한 대비를 강조했다. 또 "용서는 하느님의 몫"이라며 "진정한 용서를 위해서는 불의한 공격자가 진정으로 뉘우치고 사죄해야 한다. 다시는 전쟁을 반복하지 않겠다는 약속도, 한마디 사죄도 없이 어떻게 대상을 용서하겠느냐"고 말했다. 평소 정 추기경의 어법語法에서 상당히 벗어나는 '강경 발언'이었다.

이들 강경 발언의 공통점은 사제의 길을 택하기 전에 겪었던 가족, 교육, 생명, 전쟁의 문제들, 즉 사제 정진석의 앞날에 지대한 영향을 미친 가치관의 문제였다. 늘 신중하고 가능하면 앞에 나서길 꺼리는 그가 공개적으로 대중 앞에 나선 때는 모두 가치관의 문제들이 걸렸을 경우다.

안중근 의사에 대한 교회 차원의 재평가도 그중 하나이다. 안중근 의

사는 동양평화를 위해 이토 히로부미를 처단했지만 천주교계에서는 10계명에서 금한 '살인'을 범한 것으로 보는 분위기가 많았다. 당시 조선교구장이었던 프랑스 출신 뮈텔 주교는 안 의사의 마지막 고백성사와 미사 요청을 거부했다. 뮈텔 주교는 또 이런 지시를 어긴 빌렘 신부에게 2개월 미사 금지 조치를 내리기도 했다. 안 의사에 대한 한국 천주교회의 재평가는 광복 후 시작됐다. 1946년 3월 26일 서울교구장 노기남 대주교가 안 의사 순국을 기념하는 미사를 명동성당에서 봉헌했으며 김수환 추기경은 1993년 "안 의사의 의거는 가톨릭 신앙에 어긋나지 않는다."며 의미를 재평가했다. 이 같은 천주교회의 안중근 재평가 움직임에 마침표를 찍은 것이 정 추기경이다.

2011년 3월 정진석 추기경은 명동성당에서 안중근 의사 순국殉國 100주기를 맞아 특별미사를 집전했다. 이에 앞서 정 추기경은 2010년 예술의전당과 「조선일보」사가 안 의사의 의거 100주년을 기념해 개최한 안중근 의사 유묵전 개막식에도 참석, 축사를 통해 "안중근 의사는 그분의 애국 충절뿐 아니라 열심한 신앙인으로서도 존경을 받아야 한다."고 밝혔다. 십계명에서 금한 '살인'을 범했다 하여 제대로 대접받지 못한 '도마'(세례명) 안중근이 '존경받을 신앙인'으로 복권復權된 것.

그렇게 조용히 그림자처럼 서울대교구장 추기경으로서 임무를 마친 그는 지난 2012년 염수정 대주교에게 서울대교구장 직무를 넘기고 은퇴했다. 정 추기경은 은퇴 후엔 서울 혜화동 가톨릭대 신학부 주교관에 머물고 있다. 서울대교구장 시절에도 외식과 외출을 거의 삼갔던 그이다. 은퇴 후엔 더더욱 바깥출입을 삼가고 있다. 언론 인터뷰도 사절이다.

"김수환 추기경님은 제게 큰형님처럼 의지되던 분입니다. 은퇴하시고 큰일을 상의하러 가면 '다 알아서 하시지.' 하면서도 은근히 저만 알아들을 수 있는 '힌트'를 주셨어요."

현역 추기경 시절에도 빛나는 일은 선배 김수환 추기경께로 돌렸던 정 추기경. 그는 지금 염 추기경이 이런저런 일로 상의하면 "다 알아서 하시지." 하고 있을지 모른다. 그리고 이젠 후배 염 추기경에게 스포트라이트가 가도록 자신은 또 그림자 뒤로 철저히 감추고 있다. 그의 모친도 외아들을 사제로 키운 후 부담을 주지 않기 위해 사제관에서 함께 생활하지 않고 홀로 지냈다고 한다. 정 추기경은 가끔 찾아오는 유치원생들을 맞으며 '혜화동 할아버지'로서 좋아하는 책 읽고 쓰며 노년을 보내고 있다.

그는 평소 '감사와 사랑 연습'을 강조했다. 김수환 추기경이 '감사'와 '사랑'의 가치를 새삼 일깨워주고 갔지만 연습 없이 감사와 사랑 실천은 힘들다는 것.

"우선 가정에서부터 반복적으로 감사와 사랑을 표현하면서 몸에 배게 해야 합니다. 신문에서 보니 김연아 선수가 1년에 9000번씩 점프를 한다고 해요. 그중 1200번 정도는 엉덩방아를 찧고요. 그런 노력의 결과로 지금처럼 자연스럽게 아름다운 점프를 하는 것이죠. 아무리 다급한 상황에서도 감사와 사랑이 저절로 표출되도록 수양해야 할 것입니다."

외국어 처음 배울 때 어색하고 어렵지만 거듭된 반복 연습으로 익혀가듯이 감사와 사랑도 저절로 되는 것이 아니라는 이야기다.

정 추기경은 김수환 추기경 선종 후 "김 추기경께서는 말년에 부쩍 '바보'란 단어를 많이 사용하셨는데, 마지막에 환하게 비추는 장엄한 낙조처럼 깨달음의 한 경지에 오르셨구나 하는 생각이 든다."고 말했다. 정 추기경은 '장엄한 낙조'는 본인의 몫이 아니며 자신의 자리는 여전히 '밤하늘의 작은 별'이라고 생각할 것 같다. 추기경 서임 1주년 인터뷰 때 그는 이렇게 말했다.

> "서임 후 말씀 드렸던 것처럼 보기만 해도 마음 편하고 기쁨을 주는 '밤하늘의 작은 별'입니다. 큰 별은 거부감을 느낄 수 있죠. 단 1분이라도 제 모습이 사람들에게 기분 좋고, 마음 편한 모습으로 보이도록 노력했습니다. 앞으로도 그렇게 살고 싶습니다."

쑥스러워하며 사람들 눈에 보일 듯 말 듯 밤하늘에 떠있는 작은 별. 그러나 자신을 올려다보는 사람들에겐 편안함과 기쁨을 주는 별 같은 삶. 그의 꿈은 이미 이루어진 것 같다.

악(惡)한 척하는
설악산 호랑이 스님

오현五鉉 스님

　　설악산을 호령하는 호랑이. 오현 스님이다. 그는 조계종 제3교구본사인 설악산 신흥사 조실祖室이다. 신흥사, 백담사, 낙산사가 모두 그의 휘하에 있다. 그런데 그는 천하의 '거짓말쟁이(?)'다. 또 위악가僞惡家이다. 국어사전에는 '위선'이란 표제어는 있어도 '위악'이란 단어는 없다. 그도 그럴 것이 위선이란, 착한 것을 가장하는 행위이지만 세상에 악한 것을 가장하는 경우는 거의 없기 때문이다. 하지만 오현 스님을 가리킬 때 위악이란 단어가 떠오르는 것은 어쩔 수가 없다.

　　그는 첫 만남부터 나를 '속였다'. 그와의 첫 만남은 2003년 가을이었다. 1년간 외국 연수를 마치고 돌아와 기자생활 중 처음으로 종교 취재를 맡게 된 직후였다. 휴대전화가 걸려와 받으니 대뜸 "○○이가?" 하는 것이었다. 내가 "아닌데요."라고 했더니 상대는 대번에 저자세(?)로 "아, 죄송합니다." 하면서 전화를 끊으려 했다. 뭔가 느낌이 있어서 "저는 김한수라고 합니다. ○○선배 후임으로 종교를 맡게 돼서 전화번호를 물려받았습니다." 했다. 그랬더니 "아, 그러세요? 저는 오현 스님 심부름하는 사람인데, 지금 ○○로 오세요. 회사 선배들께 드리는 선물을 가져왔습니다." 했다.

장소에 도착하니 빼꼼히 열린 문틈으로 담배연기가 안개처럼 쏟아져 나오고 있었다. 문을 열고 들어가니 할아버지 스님 한 분이 윗도리는 러닝셔츠 바람으로 스티로폼 상자를 쌓아 놓고 있었다. 연세나 외모를 봤을 때 아무리 생각해도 오현 스님 본인인 것 같았다. 게다가 심부름 온 분이 대뜸 「조선일보」 종교담당 기자에게 전화로 "○○이가?" 할 리가 있는가? 그래서 "오현 스님이시죠?"라고 여쭀다. "아닙니다. 저는 스님 심부름하는 사람입니다." 선물은 송이버섯이었다. 여하간 송이를 받아서 잘 전달했다. 심부름하는 나에게도 하나 가지라 하셔서 잘 먹었다.

그의 '거짓말'이 탄로 난 것은 그로부터 채 한 달이 안 돼서였다. 스님은 당시 백담사 입구 내린천 계곡에 '만해마을'이라는 복합문화공간을 세우고 심혈을 기울여 만해 선사 현양사업顯揚事業에 앞장서고 있었다. 만해 선생과 「조선일보」의 중흥을 이끈 계초 방응모 전 사장이 생전에 막역한 사이였으며 만해는 「조선일보」가 일제에 의해 강제 폐간되던 날까지도 연재소설을 「조선일보」에 게재한 특별한 인연이 있다. 이 때문에 조선일보사는 만해마을 내 만해기념관에 특별전시 코너를 만들어 관련 유물을 전시하는 등 인연을 이어가고 있었다. 그 무렵, 오현 스님이 「조선일보」 간부진을 만해마을로 초대한 것. 나는 아무것도 모르지만 종교담당 기자라는 이유로 따라 나섰다. 요즘에야 서울에서 2시간 반이면 족한 거리가 됐지만 당시만 해도 길이 좋지 않던 시절이라 거의 다섯 시간 가까이 차를 타는 긴 여행 끝에 도착한 만해마을. 간부들과 인사를 나누는 사람은, 바로 그 러닝셔츠 바람의 스님이 아닌가!

'뭐야, 맞잖아? 왜 사람을 골탕 먹이는 거야?' 하지만 높은 분들이 많이 계시는 자리라 대놓고 말씀도 못 드렸다. 우리 일행은 스님의 방으로 안내 받았다. 이건 또 뭔가? '산山' 소주 반병을 글라스에 콸콸 따르더니 '원 샷'을 하시는 게 아닌가.

이윽고 스님은 "백담사 구경 가자."고 일어났다. 나머지 반병을 또 콸콸 따른 글라스를 들고서. 올라갈 때는 차를 타고 갔고, 백담사에서 내려올 때는 걸어서 왔다. 스님은 노인 걸음걸이라고는 믿기 어려울 정도로 사뿐사뿐 날렵했다. 하지만 한 달 전의 '사건'에 아직 분이 풀리지 않은 나는 눈에 불을 켜고 꼬투리를 찾고 있었다. 그러다가 드디어! 찾아냈다. 스님은 올라갈 때 들고 간 소주 글라스를 수시로 입게 가져다 댔다. 그런데, 잔에 담긴 소주의 양이 줄지 않고 있었다. 만해마을 스님의 방에 다시 도착했을 때까지도 한 1밀리미터나 줄었을까, 거의 그대로였다. 나는 속으로 '아하!' 했다. 내가 목격한 스님의 두 번째 거짓말(거짓 행동)이었다.

'불과 한 달 사이에 연타석 거짓말을?' 그러면서 '이 스님은 술을 마시는 것이 아니라 퍼포먼스를 하는지 모르겠다.'는 의심을 품게 됐다. 일부러 괴짜 스님 행세를 하고 있다는 의심이었다. 그리고 여러 가지 미심쩍은(?) 부분이 있다. 그는 철저히 베일에 싸여 있다. 출가 사연 역시 그렇다. 그는 여러 자리에서 "세 살 때 절에 맡겨져 절에서 자랐다."고 했다.

또 어떤 때는 "문둥이들 따라다니다가 출가했다."고도 했다. 도대체 판타지나 다름없다. 그러나 그럼 어떠랴. 애당초 출가자들은 출가 전 사연을 좀체 이야기하지 않는 것이 불문율 아니던가.

하지만 이는 시작일 뿐이었다. 스님은 늘 입에 달고 다니는 말이 "나는 실패한 중이야. 낙승落僧, 떨어질 낙落. 떨어진 중이란 말이다." "나는 '만해 장사'를 해서 잘 먹고 살고 있다." 뭐 이런 식이었다. 스님의 위악 시리즈는 한도 끝도 없었다.

그렇게 뵙기를 10년. 결론은 역시 스님은 거짓말쟁이고, 위악가라는 것이다. 그리고 무엇보다 '설악산 호랑이'는 괜히 호랑이가 아니라는 점이었다. 알려진 대로 신흥사는 재정 규모가 큰 절이다. 그럼에도 스님이 설악산을 지키는 동안 '돈 문제'가 일어난 적이 없다. 스님이 '잘 벌기' 보다는 '잘 쓰기' 때문이다. 돈 쓰는 일은 버는 일 못지않게 어렵다. 그래서 '잘' 쓰는 것이 중요하다. 자칫 손가락질 받기 십상이다. 스님은 절집 안팎에서 늘 존경받는다. 오현 스님은 한국 불교와 우리 문화계에 꼭 필요한 곳에는 그야말로 돈을 '펑펑' 쾌척하기 때문이다.

대표적 케이스가 만해축전이었다. 또한 2014년 10월 백담사에 문을 연 기본선원이다. 기본선원의 정식 명칭은 '조계종립 기본선원'이다. 기본선원은 출가해서 사미계, 사미니계를 받은 예비 스님들 가운데 선승 지망자들이 4년간 기본교육을 받는 기관이다. 일반적인 스님들이 각 사찰에 설치된 승가대학이나 중앙승가대학, 동국대 등에서 4년간 경전 위주로 교육받는 것처럼 선승을 지망하는 스님들은 기본선원에서 교육을 받는 것이다. 그래서 기본선원은 한국 불교의 정신을 키워내는 기관이다. 하지만 소위 이판理判으로 불리는 선승들은 돈이 없다. 늘 전국 선방禪房을 찾아다니며 참선수행만 하고 주지 등 각종 소임을 잘 맡지 않기 때문에 돈 만질 일이 없다. 그래서 주지 등 사판들이 도와주지 않으면 사실 밥 굶기 십상이다.

이들 선승들의 최대 후원자 중 한 명이 오현 스님이다. 그런데 말이 쉬워 그렇지 선승들을 돕는다는 게 보통 어려운 일이 아니다. 돈이 많이 들어서만은 아니다. 선승들이 워낙 까다롭기 때문이다. 자존심 덩어리들이다. 그래서 동안거나 하안거에 들었다가도 주지의 행태가 마음에 들지 않으면 곡괭이를 가져다 방구들을 파버리기도 하는 사람들이 선승이다. 괜히 '돈 좀 있네.' 하면서 거드름 피우며 지원하려다가는 뺨 맞기 십상이다. 그런 선승들의 '비위'를 맞춰가며 수십 년간 지원해온 이가 오현 스님이다.

기본선원 역시 마찬가지. 제도적으로 설립된 지는 20년이 넘었지만 그동안 집이 없어 떠돌이 신세를 면치 못했다. 이렇게 까다롭고 귀찮은 존재를 사시사철 자기 품 안에 안고 있으려는 절이 있겠는가. 그것도 막대한 비용을 들여가면서. 그걸 껴안은 이가 오현 스님이다. 그것도 선승들이 "기본선원은 백담사에 설치했으면 좋겠다."고 자발적으로 원해서 이뤄진 일이었다. 스님이 수십 년 들인 공이 빛을 발한 셈이다.

실제로 선승들을 대하는 스님의 태도는 공손 그 자체다. 아무리 당신보다 나이가 어려도 선승들에게는 절대 함부로 말을 놓지 않는다. 그리고 늘 추켜세운다. "이 분들이 한국 불교의 심장이다." "선승들 덕에 한국 불교가 이만큼이라도 썩지 않고 올 수 있었다." 등등.

2014년 10월 8일. 기본선원 가을철 교과안거 입재식 날이었다. 입재식 시간은 오전 10시. 스님은 아침부터 빨리 오라고 성화였다. 그 전날 전화를 드렸더니 오전 8시 30분까지 만해마을에 도착해서 함께 백담사로 올라가자는 것이었다. 하지만 나는 지인에게 원통의 맛집을 수소문해둔 터였다. 원통에 도착한 시간은 오전 8시 20분쯤. 그 맛집을 찾아갔더니 아직 문을 안 열었다. 8시 반부터 시작한다고 했다. 스님께 전화를 드렸다.

"저 이제 원통 도착했는데요, 아침 좀 먹고 올라가겠습니다."
"시끄러! 먹지 말고 빨리 튀어 와라!"

허 참, 하지만 꾸물댔다간 또 무슨 불호령이 떨어질지 몰라 아침도 못 먹고 만해마을로 달려갔다.

스님이 머무는 만해마을 내 심우장에 들어서니, 아니나 다를까 또 소주를 글라스에 따라 놓고 있었다. 역시 딱 반병이 비어 있었다. 주변엔 여러 스님들이 대략 난감한 표정으로 둘러앉아 있었다. 안 되겠다 싶었다.

"스님, 저 아침도 못 먹고 왔습니다. 소주라도 한 잔 주십시오."
"그래? 이거 웃기는 놈이네. 여어(여기) 잔 갖다 줘라."

따라준 소주를 원 샷으로 마시고 "스님, 마저 다 따라 주세요."

"아하, 이 놈 진짜 웃기네."

그래도 스님은 마저 따라주었다. 이번엔 조금씩 나눠 마셨다. 그렇지만 집에서 새벽 6시 반에 나서서 오로지 원통의 그 맛집, 모든 음식점이 황태해장국을 하는 원통에서도 특별히 유명하다는 그 맛집의 황태해장국만 그리며 찾아왔는데…. 눈앞에서 포기한 그 해장국이 눈앞에 삼삼했다.

빈속에 소주를 반병이나 부어 넣었더니 바로 술기운이 올라왔다. 하지만 가만 있으면 분명 스님은 다른 사람들 앞에서 또 괴짜 행세하려고 나머지 반병도 마실 태세였다. 더구나 이날은 당신이 그렇게 기다려왔던 기본선원 입재식. 그 자리에서 법문도 예정돼 있었다. 그럴 리는 없지만 혹시 실수라도 있을까 걱정이 돼 내가 다 마셔버렸다. 역시 스님은 더는 술을 찾지 않았다. 심심해하던 스님은 마침 시간도 됐다며 절로 올라가자 했다. 같은 차에 올라탔다. 그리고 스님께 말씀드렸다.

"스님, 절에 올라가서 꼭 제 옆에 계세요. 술 냄새, 담배 냄새 난다고 누가 뭐라 하면 '저 기자놈이 아침부터 술 먹고, 담배 피웠다.'고 하세요."
"마 됐다. 치아라(치워라)."

다행히 행사는 순조롭게 축제 분위기 속에 끝났다. "물방울이 바위를 뚫듯 화두에 집중하라."는 법문도 멋지게 끝냈다. 행사를 마치고 내려오는 차 안, 스님은 설악산을 막 물들이기 시작한 단풍을 보면서 "저 단풍

봐라. 참 좋지?"라며 즐거워했다. 그러다가 어느 순간 혼잣말을 흘렸다.

"내가 중(僧) 되고 나서 제일 기분 좋은 날이다."

그리고 두 달 정도 흐른 2014년 말 스님은 갑자기 지인들에게 문자 메시지를 보냈다.

"노망이 들어 무문관에 들어왔다."

그는 자신이 만든 백담사 무금선원 무문관에 스스로 동안거 3개월간의 유폐에 들어갔던 것이다. 그로부터 석 달. 2015년 3월 4일 동안거가 끝나는 날 아침. 그는 법상에 올라 앞으로 한국 선문禪門에 길이 남을 명법문을 남겼다. 그의 법문은 퀴즈로 시작됐다.

"2005년 이후로 세계 젊은이들의 가슴을 뛰게 한 말이 무엇인지 아는 사람?"

상금까지 걸었다.

정답은 "끊임없이 탐구하고, 끊임없이 어리석으라Stay hungry, stay foolish."

애플 창업자 스티브 잡스가 스탠포드대 졸업식에서 한 명연설이었다. 이어진 이야기도 마찬가지. 그에게 장학금을 받는 한 여학생이 안거 중 넣어준 쪽지 이야기를 했다.

"내가 '노망이 들었다'는 문자 보낸 걸 신문에서 보고 장학금을 못 받게 될까 걱정이 된 그 학생이 날 찾아왔다가 안거 중이라 못 만나니까 쪽지를 넣어줬어. 나더러 '노망나도 괜찮아요.' '장학금 못 받아도 괜찮아요.'라고 하더군. 아카데미상 수상 소감에서 '이상해도 괜찮다.'고 그랬다면서."

스님은 이날 한자어투성이 죽은 법문이 아니라 스티브 잡스와 〈이미테이션 게임〉으로 아카데미 각본상을 받은 그레이엄 무어의 소감 "이상해도 괜찮아, 남과 달라도 괜찮아Stay weird, stay different." 등 요즘 우리 사는 이야기가 얼마든 화두가 될 수 있음을 보여줬다. 21세기판·백담사판 법거량法擧量이요 선문답禪問答이었다. 그는 "스님들 말이, 교황님 그리고 사업가의 대학 졸업 축사나, 시나리오 작가의 수상 소감처럼 감동을 주거나 회자되지 못하는 현실이 참으로 안타깝다."고도 했다. 이날 그가 선승들에게 던진 위로는 "항상 진리에 배고파하라. 이상해도 괜찮다."였다.

스님은 알려진 대로 등단한 시조시인이다. 이 대목에서도 그는 거짓말을 한다. 공초문학상 등 번듯한 문학상도 여러 개 받은 그는 꼭 "그거 내가 돈 주고 샀다."고 말한다. 등단 과정에 대한 설명도 마찬가지.

"내가 이 강원도 촌구석에만 있다 보니 서울에 아는 사람이 없어. 천주교로 치면 교구장인데 아무도 안 알아줘. 그래서 궁리를 해보니 시인이 되면 사람들이 좀 알아줄 것 같았어. 신춘문예에 당선이 되면 사람들이 좀 알아줄 것 같아. 그런데 내 나이에 신춘문예 하기는 그렇고 해가(해서) 시인들한테 부탁해가 추천받아가 그냥 등단했지 뭐."

그의 시를 읽어보지 않고 괴짜 행동만 본 사람은 그 말을 믿을 것이다. 하지만 아니다. 그의 시는 참 좋다. 기본선원 입재식에서 오현 스님을 존경하고 따르는 기본선원장 신룡 스님이 오현 스님의 시 〈침목枕木〉을 낭송했다. 고향의 울창한 숲에서 잘려 나와 철도레일 아래서 묵묵히 떠받치면서 기차와 승객의 안전을 지켜주는 침목을 빗대 스님에 대한 고마움을 표한 것.

만해마을에 내려와서 그 이야기를 꺼냈다.

그랬더니 이 어른 말씀이 "그래? 내 시를 읽었어?" 마치 못 들었다는 듯이 더듬수를 뒀다. 그러더니 이내 "〈침목〉은 내 시詩이기는 하지만 참 좋지."라며 바로 줄줄 읊는 것이 아닌가. 그러면서 "그게 80년대 이야긴데. 하도 무슨 민중시가 어떻고 하길래 내가 '그래? 내가 제대로 민중시를 한 번 보여줄게' 마음먹고 썼지." 하셨다. 문제의 시 〈침목〉 전문을 옮겨본다.

침목(枕木)

아무리 어두운 세상을 만나 억눌려 산다 해도
쓸모없을 때는 버림을 받을지라도

나 또한 긴 역사의 궤도를 받친

한 토막 침목인 것을, 연대인 것을

영원한 고향으로 끝내 남아 있어야 할

태백산 기슭에서 썩어가는 그루터기여

사는 날 지축이 흔들리는 진동도 있는 것을

보아라, 살기 위하여 다만 살기 위하여

얼마만큼 진실했던 뼈들이 부러졌는가를

얼마나 많은 사람들이 파묻혀 사는가를

 비록 그게 군림에 의한 노역일지라도

자칫 붕괴할 것만 같은 내려앉은 이 지반을

끝끝내 받쳐온 이 있어

하늘이 있는 것을, 역사가 있는 것을

　어떤가? 정말 좋지 않은가? 스님의 다른 시들도 이른바 '오리지널리티'가 확실하다. 그는 "내 시는 '조오현'이 이름 지워놔도 내 것인 줄 다 알아볼 끼다."라며 은근히 자랑까지 하셨다. 그만큼 이날 그는 기분이 좋았다. 사실 그의 시조는 외국에서 더 먼저 알아보고 있다. 미국 하버드대가 몇 년 전 그의 시 세계만을 따로 조명하는 심포지엄을 열었고, 2015년 3월에는 미국 UC버클리대도 그를 초청해 세미나를 개최했다. 스님이 항상 우리의 시조에 대해 하는 이야기는 "시조는 한국인의 맥박"이라는 것이다. 도리깨질, 다듬이질 모두 세 박자이듯이 우리 민족의 리듬이 세 박자라는 것. 그게 바로 초장, 중장, 종장으로 이뤄진 시조라는 이야기다.

하지만 다만 시를 잘 쓰고 만다면 그저 '시인 스님' 혹은 '스님 시인' 한 명일 뿐이다. 그는 이 문학 사랑을 문단에 대한 지원으로 확대한다. 만해마을을 설립한 후에 '장학금' 식으로 수많은 문인들에게 방을 집필실 삼아 무료로 빌려줬다. 그뿐 아니라 해마다 8월 만해축전 때면 문학단체들에 세미나 비용을 대줘가며 참가하도록 했다. 자연히 주변에 문인들이 따를 수밖에 없다.

그는 또 연설의 대가다. 국내에서는 대중 앞에 좀처럼 나서지 않는 그의 법문을 들어보면 선禪을 바탕에 둔 격조 높은 연설을 짐작할 수 있다. 그는 이따금 영국에서 했던 연설을 자랑하곤 한다. 한번은 영국에 초대받아 한 도시에서 연설할 일이 생겼는데 단상엔 주최 측에서 미리 준비해둔 연설문이 있었다.

"보통 전직 총리나 외교관들이 하는 그런 연설이라. 그래 내가 여기까지 와서 재미없게 하기 싫어서 그 원고를 치워버리고, 즉석연설을 했지. 하면서 비위를 맞춰줬어. 우리나라에는 '영국 신사'란 말이 있다. 핸섬하고 매너 좋고 한마디로 최고라는 뜻이다. 나도 그런 영국 신사가 되려고 노력한다. 그랬더니 좋아해. 그래서 좀 더 했지. 한 대 때려야 하겠더라고. 그래 우리나라는 몽골이 쳐들어왔을 때 총칼을 만들고 대포를 만들고 안 그랬다. 팔만대장경을 만들었다. 그랬더니 또 박수라. 마지막으로 그랬지. 여러분 나라에서 최고로 치는 셰익스피어가 세상사는 허깨비라 했는데, 팔만대장경 가르침이 바로 모든 게 허깨비라 카는 기다. 그라고 내려왔더니 그게 버킹 엄까지 들어갔는지 들어와서 기자회견 하라고 해. 그래서 절대로 안 한다 그랬지. 말 많이 해봐야 손해라. 지금 봐라. 말 많이 한 놈들 고생하잖아. 성철 스님도 '산은 산, 물은 물'이라고만 했지. 산은 산도 그런 기라. 산에 가 보면 산이 없다. 풀, 나무, 돌, 흙 다 있는데 산은 없어. 실체가 없는 기라. 그런데 산은 산, 물은 물로 있는 기라."

2012년 동안거 해제법회 때의 법문도 절집안에선 유명하다. 그 이전 까지 그는 안거 입제와 해제 때에도 조계종 종정 스님의 법문을 대독하 는 식으로 끝내곤 했다. 하지만 이때부터는 달랐다. 신흥사, 백담사, 낙 산사 등을 총괄하는 조실祖室이라는 자리에 올랐기 때문일까.

당시 스님은 60대 때 만난 염殮쟁이 얘기를 했다.

"늙수그레한 영감이 시신을 돌보는데, 그런 지극 정성이 없는 거야. 40 년 염을 했더니 시신을 보면 그 살아온 생이 보인대. 불쌍한 마음이 들어 서, 자기 마음 편하자고 정성을 다한다는 거야. 자기를 위한 일이지 시신을 위한 게 아니라고. 그 말을 듣는 순간 내가 참 부끄러웠어요. 이 사람 얘기 가 대장경이구나. 생로병사, 제행무상, 화엄경, 법화경, 조사어록이 그 삶 에 다 들어가 있어."

스님은 또 경전의 자구나 화두 자체에 집착해서는 안 되며, 그조차 다 깨뜨리고 벗어버려야 한다고 했다.

"팔만대장경에 억만창생이 빠져 죽었어. 경전 속에 뭐가 있어? 그게 진리냐? 절간에 부처가 있어? 조사(祖師)들이 쳐놓은 그물에 걸려 허우적대지 마. 고래나 사자는 어부나 사냥꾼이 그물을 던져도 물어뜯어버리는 거야. 고삐를 풀어야 대자유인이 되는 거야."

그러나 그런 다음엔 자신의 이야기를 부정했다.

"오늘 이야기는 다만 내 이야기야. 법(法)도 아니고 법(法) 아닌 것도 아니고. 여러분과 내 손금이 다르듯이, 산에 피는 꽃 색깔이 전부 다 다르듯이."

그는 또한 거지부터 천하의 명사名士들까지 모르는 이가 없다. 그리고 그 인맥을 본인이 제정한 만해대상을 통해 확대 재생산했다. 높기로는 김대중 대통령과 넬슨 만델라 전 남아공 대통령부터 아래로는 신문사 배달소년까지 다 챙긴다.

좌우의 진폭도 거의 무한대다. 스님이 "빨개이빨갱이"라고 부르는 좌파 인사들부터 '꼴보수' 소리 듣는 이들까지 다 만난다. 중광 스님의 마지막을 거둔 것도 그였으며, 5공청문회 후 쫓겨온 전두환 전 대통령에게 거처를 마련해준 것도 그였다.

스님의 수많은 말씀이 다 거짓말이라 해도 이것 하나만큼은 진심인 것 같다.

"절대 내 이름 신문에 나오면 안 된다."

실제로 당신은 무대 뒤에 숨어서 몰래 지휘하고 활동하는 것을 좋아하지 앞에 나서는 것은 꺼린다. 그것이 수십 년 동안 설악산을 호령하면서도 무탈할 수 있었던 비결인 것 같기도 하다.

조계종단에서 '3교구'는 특별하다. 그 시끄러운 총무원장 선거, 종회의원 선거 때에도 3교구만은 언제나 조용하다. 마지막 순간까지 장고長考를 거듭하던 오현 스님의 리더십이 그만큼 신뢰를 얻고 있기 때문이다.

또 한 가지 더 있다. "종교는 비위 맞춰주는 기라." 하는 말씀이다.

"여러분 모두 집에 가면 부모님, 마누라, 자식 비위 맞춰주지? 그래야 하는 기라. 회사 경영하는 사람들은 직원들 비위 잘 맞춰야 회사가 잘 되고. 비위 잘 맞춰주는 사람이 큰 사람이라. 내 보기에 세상에서 가장 비위 잘 맞춘 분은 석가모니하고 테레사 수녀야. 세상 모든 사람들 비위를 다 맞춰줬 잖나? 그런 분들이 많이 나와야 해."

늘 그림자처럼 움직이면서 눈으로는 전 세계 정세까지 꿰뚫고 있는 오현 스님. 그의 행적에 비춰볼 때 분명히 어려운 이들을 많이 돕고 있을 것이라 믿어 의심치 않는다. 실제로 그와 인연을 맺었던 사찰의 밥 짓는 공양주 보살의 자녀들 학비를 남몰래 수십 년째 대주고 있다는 소문은 무성하다.

하지만 겨우 알 수 있는 그의 선행善行은 이 정도. 그가 할 수 없이 드러낸 것과 취재과정에서 마주친 것들밖에 없다. 20년 넘게 기자생활을 하고도 더 이상 그의 선행을 못 찾아낸 나의 취재력을 한탄할밖에. 다만 "종교는 세상의 비위를 맞춰주는 것"이라는 말씀에서 막연히 짐작만 할뿐.

오현 스님은 요즘 전국을 주유한다.

"전철이 전부 공짜야. 춘천도 가고, 온양도 가고 그러지. 그렇게 다니면 아주 좋아요."

편안한 마음인 듯하다. 그리고 그의 기발한 언행은 계속된다.

"내는 부처 안 된다. 부처 될라꼬 공부하는 것도 젊어서 기운 있을 때 하는 기지, 이 나이 돼가 부처 되든 뭐할라꼬?"

"내가 죽어야 되는데, 술 담배를 하니까 안 죽는 모양이라. 중국 등소평이도 하루 다섯 갑 폈다 그래. 내도 병원 가가(가서) 찍어보면 다 깨끗하다 카이."

도대체 어디까지가 진짜고 어디까지가 괜한 말씀인지, 오현 스님은 오늘도 선문답 중이다.

'무한경쟁'보다는
'무한향상'

고우古愚 스님

"요즘 운전하는 재미가 쏠쏠합니다. 제 차엔 '크루즈'라는 기능이 있어요. 한 번 맞춰 놓으면 똑같은 속도로 쭉 가지요. 고속도로에서도 한 70~80 킬로미터 정도로 천천히 맞춰놓고 못 가는 데 없이 전국을 다 다녀요."

이 시대 대표적 선지식善知識 중 한 명으로 꼽히는 고우 스님은 요즘 운전 재미에 빠져 있다. 여기서 '요즘'이라 함은 그가 운전을 배운 것이 불과 6년밖에 안 됐기 때문이다. 그 이전, 그는 본거지인 경북 봉화 산골짜기 절[寺]에서 읍내로 나와서 시외버스를 타고 서울 동서울터미널로 이동한 후, 전철과 버스로 서울 시내를 다녔다. 그때는 "요즘 세상이 좋아져서 봉화에서 서울까지 두 시간 반밖에 안 걸려요. 길이 얼마나 좋아졌는지…." 그랬다.

'봉화에서 서울까지'란 봉화시외버스터미널에서 동서울터미널까지의 시간, 즉 암자에서 봉화터미널까지, 또 동서울터미널에서 서울의 목적지까지 나머지 걸린 시간은 다 뺀 것이었다. 그러던 그가 이젠 운전을 한다며 "진작 배울 걸…." 이런다. 아기처럼 천진한 미소를 지으며 그가 하는 이런 말을 듣고 있으면 영락없는 촌村 노인이다.

들머리부터 운전이야기를 꺼낸 것은 그가 목숨 걸 듯이 강조하는 '간화선看話禪'이란 것이 딴 세상에 멀리 어렵게 존재하는 것이 아니라 그가 하는 운전 같은 것인지 모른다는 생각이 들어서다.

고우 스님은 한국 현대 불교에서 간화선을 상징하는 인물이다. 물론 그의 앞에는 성철, 향곡 스님 등 기라성 같은 대선배들이 있다. 성철 스님 등은 1947년 이른바 '봉암사 결사結社'를 통해 한국 현대불교를 새로 일으켜 세운 인물들이다. 당시 성철 스님을 비롯한 10여 명의 청정 비구들은 봉암사에 모여 '하루 일하지 않으면 하루 밥도 먹지 않는다一日不作 一日不食.'며 '부처님 법대로 살자.'를 기치로 걸었다. 가사와 발우의 재료와 모양까지 하나하나 점검해 부처님 당시의 법이 아니면 거부했다. 젊은 스님들의 이런 맑은 바람 덕분에 결혼한 스님들이 대부분이었던 당시 불교계를 확 바꿔 놓을 수 있었다. 1962~1965년 요한 23세 교황이 소집해 '아조르나멘토(교회의 현대화)'를 기치로 가톨릭의 면모를 일시한 '제2차 바티칸공의회'의 한국 불교 버전은 이렇게 광복 직후에 벌어졌다.

그러나 20년이 세월이 흐르면서 그 서슬 퍼렇던 기세도 가라앉고 다시 나태한 기운이 불교계에 흘렀다. 적어도 젊은 스님들이 보기엔 그랬다. 성철, 청담 등 선배 스님들은 이미 불교계의 원로로 자리 잡았다. 그러자 1968년 또다시 고우, 법련 스님 등 더 젊은 선승禪僧들이 봉암사에 모였다. '2차 봉암사 결사'다. 성철 스님 등의 1차 봉암사 결사의 그림자가 워낙 길고 뚜렷한 탓에 잘 보이지 않지만 지금 조계종에선 당시의 2차 결사도 높이 평가한다. 성철 스님 등의 '전설의 시대'가 지나간 지금, 실질적으로 한국 선불교의 맥을 잇는 이들이 2차 결사의 주인공들이기 때문이다.

고우 스님은 그 2차 결사의 핵심 인물이다. 1960년대 말 당시엔 봉암사 역시 보통 절 가운데 하나였을 뿐이었다. 그러나 당시 30대 초반의 젊은 선승들이 다시 이곳을 아지트로 선풍禪風을 일으키면서 이후로 봉암사는 조계종에선 선풍 진작의 상징이 됐다. 1982년에는 조계종 종립 특별수도원으로 지정됐다. 그 후론 1년에 딱 한 번, '부처님 오신 날'에만 산문山門을 열어 일반 신도들의 방문을 허용한다. 그 외의 기간엔 오로지 수행 정진뿐, 일반 신도의 등록도 받지 않는다. 한때 정부가 희양산을 국립공원으로 지정, 개발하려 했으나 봉암사 스님들뿐 아니라 전 조계종단이 나서서 반대해 무산시킨 바 있다.

고우 스님의 출가 사연은 그다지 드라마틱하지는 않다. 아니 그의 삶과 수행 자체가 '신비' '드라마' '극적인' 것과는 거리가 멀다. 성철, 청담 스님처럼 결혼한 후에 뜻한 바 있어 출가한 것도 아니고, 일타 스님처럼 깨달음을 얻기 위해 손가락을 모두 불사른 것 같은 전설도 없다. 경북사대부고를 졸업하고 젊은 시절 폐병을 앓아 절에 휴양하러 갔다가 그 길로 출가했다는, 어찌 보면 평범한 출가스토리다. 출가 사연만이 아니다. 수행의 일화도 어떤 이들은 벼랑 끝에 앉아 턱밑에 뾰족한 송곳을 갈아놓고 앉아 졸면 송곳이 턱을 찌르게 했다고 하고, 또 어떤 이는 개울가 바위 위에 앉아 참선삼매에 빠졌는데 누가 와서 툭툭 건드려서 보니 곰이었다고 하지만 고우 스님에겐 그런 전설이나 신화가 없다. 성철 스님은 "책 보지 말라."고 호통치고, '도인'으로 소문나자 (친견하려는 신도들에게 권한) '삼천 배'로 다시 전설이 됐었다.

그러나 경전도 배울 만큼 배웠고, 참선도 할 만큼 한 고우 스님은 남들에게도 책 보라, 보지 말라 강요하지 않는다. 다 인정한다. 그렇지만 그가 목숨 걸 듯 간곡하게 부탁하는 한마디는 이거다.

"간화선 수행 해보세요. 치열하게."

고우 스님을 처음 만난 것은 2004년 초, 경북 봉화의 태백산 각화사에서였다. 세상에서 너무 멀어 전화戰禍를 입지 않는다고 해서 조선시대 태백산 사고史庫를 설치했던 곳이다. 당시 첩첩산중 외진 이곳에선 15개월 동안 세상에선 모르는 음모(?)가 꾸며지고 있었다. 선승 스물두 명이 모여 '깨달음을 얻을 때까지 독하게 수행하자.'고 뜻을 모았다. 이들은 보통 3개월하고 3개월 쉬는 것이 일반적인 '안거安居'를 그 다섯 배인 15개월 동안 끌고 갔다. 그것도 하루 세 시간씩만 자고 열다섯 시간은 꼬박 좌복(방석) 위에 앉았다. '가행정진加行精進'이었다. 이들이 드디어 15개월의 정진을 마친다는 소식에 조계종 총무원은 출입기자들과 선승들의 만남을 주선한 길이었다.

그런데, 막상 도착해서 보니 취재계획이 틀어져 있었다. 기자들이 도착하기 전날 밤, 선승들이 회의를 열어 언론 인터뷰를 거부하기로 결의한 것. "딱히 깨치지도 못했는데 할 말 없다."는 것이었다. 당황스러웠다. 그렇다고 "할 말 없다."는 스님들을 다그칠 수도, 다그쳐봐야 뭐가 나올 것 같지도 않았다. 15개월을 꼬박 수행한 스님들이 할 말 없다는 데에야 제대로 인터뷰를 주선하지 못한 총무원 관계자를 탓할 수도 없었다. 이때 고우 스님이 나섰다. 당시 선승들의 가행정진을 지도했던 이가 고우 스님. 그는 싫다는 후배들 대신 기자들 앞에 나서서 그 밤, 길게 참선수행 이야기를 풀어놓았다.

간단히 몇 가지만 옮기면, 대강 이런 내용이었다.

깨닫는다는 것은 무엇입니까?

"깨달을 대상이 따로 있는 것이 아닙니다. 지금 보고, 듣고, 느끼는 것이 다 깨달음이고 부처입니다. 다만 거기에 집착하지 않으면 됩니다. 부처님도 '얻을 게 없다는 것을 알고 나니 우주가 완성되고, 얻을 게 있다고 생각하니 모든 것을 다 잃었다.'고 말씀하셨습니다."

스님은 깨치셨습니까?"

"저는 못 깨쳤습니다. 그러나 정(正)과 사(邪)는 구분합니다. 사(邪)는 유·무에 집착하는 것입니다. 나와 너를 나누고, 부처와 중생이 따로 있다고 생각하고, '있다' '없다'고 착각하는 순간부터 집착이 생기고 이기심이 생깁니다."

다시 돌이켜 읽어보면 뜬구름 잡는 이야기다. 하지만 그날 저녁엔 무엇에 홀리기라도 한 듯 스님의 이야기가 머릿속에 쏙쏙 들어왔다. 그것도 스스로 "못 깨쳤다."고 자백(?)하는 분의 말이. 그렇게 기자들과 이런저런 이야기를 나누다 보니 밤은 깊어갔다. 다음날을 기약하며 암자의 장지문을 여니 함박눈이 쏟아지고 있었다. 너무도 진지한 대화 끝이라 그런지 마치 그 함박눈이 15개월 가행정진을 마치고 내일이면 각화사를 떠나 정처 없이 떠날 선승들의 발길을 잡기 위한 하늘의 조화처럼 느껴졌던 기억이 지금도 생생하다.

이 가행정진이 신호탄이었다. 고우 스님은 그해부터 본격적으로 서울 나들이에 나섰다. 전국선원수좌회가 조계종 종단과 함께 간행한 『간화선 수행지침서』의 편찬을 주도하고 성철 스님의 '백일법문'을 비롯해 중국 육조 혜능 스님의 '육조단경' 그리고 부처님 가르침의 정수를 정리한 '금강경'까지 술술 강의했다.

이듬해인 2005년 부처님오신날을 맞아 「조선일보」 인터뷰를 위해 다시 봉화를 찾은 것도 가행정진이 끝나던 날 들은 그의 법문에 대한 아쉬움 때문이었다. 역시 편안한 말씀을 들었다. 간추리면 이런 말씀이었다.

근본적인 불안은 왜 생기고 어떻게 풀어야 합니까?

"'나다' '너다' 하는 편 가르기 때문에 불안이 생깁니다. 이기심이 극대화하면서 온 지구를 무한경쟁으로 몰고 가고 있습니다. 상대방, 상대 기업, 상대 정당, 상대 나라를 구별하지만, 너와 나는 따로 있지 않습니다. 제가 잘 쓰는 표현 중에 '새끼줄, 짚신, 가마니, 덕석'이 있습니다. 사람들은 저마다 자신이 새끼줄이라고, 짚신이라고 고집합니다. 그러나 따지고 보면 그 것은 모두 '짚'이라는 하나의 재료입니다. 너와 나를 걷어내면 모두가 똑같 은 사람이며 모두가 공통된 원리 속에 살고 있는 것입니다. 간화선은 그 원 리를 깨닫는 방법입니다."

그러나 속세의 현실은 끊임없이 우리를 괴롭히고 성나게 만듭니다.

"결국 증오심을 내는 것은 나 자신이고, 나의 허물입니다. 저 사람이 내 게 준 불이익을 받은 것도 억울한데 화까지 내면 내가 나를 구박하고 학대 하는 어리석은 짓입니다."

언제나 그의 법문은 '깔때기 결론'이었다. 모든 이야기가 '중도中道' 와 '연기緣起'로 모아지기 때문이다. 그가 말하는 중도는 석가모니 부처 님부터 역대 조사祖師들이 늘 강조한 것이다. 오른쪽, 왼쪽의 중간 지점 이 아니라 그 모든 것을 아우르는 경지다. 연기는 '나와 너가 다르지 않 다.'는 이야기. 다시 말해 '중도' '연기'로 보는 세상은 너와 나, 아내와 남편, 더러움과 깨끗함이 서로 다르지 않다. 그의 유명한 '짚' 이론이다. 새끼줄이든 짚신이든 가마니든 멍석이든 모두 달라 보여도 '짚'으로 만 들어졌다는 공통점이 있듯이 우리 눈에 보이는 모든 삼라만상이 다 달 라 보여도 본성은 하나라는 점을 깨닫는 것, 즉 '견성見性'을 해야 한다 는 것이다.

그러면 싸울 일도 없다. 분노는 나와 남이 다르고, 문제의 남 때문에 일어나곤 한다. 하지만 나와 남이 다르지 않으니 분노가 일어날 틈이 없다. 실체가 없는데 남 때문에 화를 내면 자학自虐이고 자해自害다. 마찬가지로 노동자는 경영자 덕분에, 남편은 아내 덕분에 행복하니 원망하고 싸울 일이 없다. 모두가 은인이고, 서로 서로 은혜의 빚을 지고 있는 셈이다.

이렇게 보자면 남는 길은 '무한경쟁'이 아니라 '무한향상'이다. 누구와 비교해서가 아니라 나 스스로 더 나은 삶과 행복을 위해 매진하게 되는 것이다. 그것도 바로 지금, 이 자리에서. "지금을 살라는 것이 선禪의 요체"라는 게 고우 스님의 결론이다. '날마다 좋은 날'이, 남에게 해주는 덕담이 아니라 우리 사는 세상의 실체라는 이야기다.

"손님을 은인으로 생각하라." "근로자를 은인으로 생각하라."는 법문도 자주 등장한다. '손님=은인'의 주인공은 영주에서 식당을 운영했던 한 보살이다. 스님은 장사가 잘 안 돼서 고민하는 주인에게 "매일 매일 식당에 오는 손님을 돈이 아니라 은인으로 생각하라."고 권했다. 자녀들 공부시키게 해주고, 차 사게 해주고, 집 사게 해준 은인으로 생각하라는 이야기였다. 식당 주인은 실제로 그렇게 마음을 바꿔 먹어봤다. 그랬더니 한 사람 한 사람이 그렇게 고맙더라는 것이다. 이런 마음은 아마도 식당 주인의 표정을 바꿔놓았으리라. 지금은 전국 곳곳에 분점을 낼 정도로 성업하고 있다고 한다. 이 법문도 마찬가지다. 식당 주인이 손님이 올 때마다 다른 망상, 잡념을 일으키는 것이 아니라 오로지 '은인'이라는 생각에만 집중하는 것, 이것이 바로 생활 속의 화두 참선이 아니겠는가.

고우 스님을 조금 더 가까이서 느낄 수 있었던 계기는 2007년 초 중국 선종사찰 순례 때였다. 일간지 종교담당 기자들이 거의 빠짐없이 동참해 달마 대사의 소림사부터 육조 혜능 대사의 흔적까지 중국 대륙을 종단縱斷한 여행이었다. 이 답사여행의 안내자가 바로 고우 스님이었다. 기자들로서는 최고의 가이드를 만난 것. 현장은 감동적이었다. 1000년도 훨씬 이전 인도 땅에서 발원한 선이라는 물 한 방울이 작은 시내로 졸졸 흐르다가 점점 넓어져 거대한 강줄기가 되어가는 과정을 한눈에 볼 수 있었다. 책으로 아무리 읽어도 잘 모르겠던 이야기들이 현장을 직접 눈으로 보니 확 실감이 났다.

달마 대사가 9년 면벽面壁했다는 동굴은 깎아지른 절벽 가운데 있었다. 하지만 소림사에서 걸어 올라가면 숨은 턱에 차올라도 약 30분 정도면 닿을 수 있었다. 실제 달마 대사가 이 동굴에 있었다 해도 누군가 먹을 것을 날라주며 최소한의 소통은 가능했을 것 같았다. 그런 식으로 새벽부터 한밤중까지 계속 버스로 이동하면서 잠깐씩 살펴봤음에도 교학敎學이 대세였던 당시 중국에서 선이 어떤 흐름으로 확산됐을지 충분히 짐작할 수 있었다. 게다가 최고의 가이드 고우 스님을 모신 여행이었으니.

그러나 중국 불교의 현재는 선의 세계와는 거리가 멀었다. 달마의 소림사부터 그랬다. 멀리 초입부터 기합소리와 소년들이 단체로 무술을 연마하는 모습만 보였다. 가는 곳마다 상업주의의 냄새가 물씬 풍겼다. 신자들은 양손으로 겨우 쥘 수 있을 정도로 두툼한 향香 뭉치를 들고 연신 절을 올리며 부富를 기원하고 있었고, 그 향 연기는 가는 곳마다 절을 가득 채우고 있었다. 고우 스님이 '폭발'한 것은 삼조사를 찾았을 때였다. 삼조사는 초조初祖 달마, 이조二祖 혜가의 뒤를 이은 중국 선종의 삼조三祖 승찬 대사의 자취가 묻어 있는 곳이다. 승찬 대사는 한센병 환자였다. 이조 혜가 스님이 달마에게 "마음이 불안하다."고 했을 때 달마는 "그 (불안한) 마음을 가져오라."고 한다. 혜가 스님은 "찾을 수 없다."고 말함으로써 해탈했다. 이조와 삼조의 관계도 마찬가지. 혜가 스님이 법을 펴고 있을 때, 나이 마흔도 넘었음직한 한 거사가 찾아와 가르침을 청한다.

> 삼조 : 저는 풍병나병을 앓고 있습니다. 죄가 많아 그런 것 같으니 화상께서 참회케 해주십시오.
> 이조 : 죄를 가지고 오라. 참회시켜 주겠다.
> 삼조 : 죄를 찾아도 찾을 수가 없습니다.
> 이조 : 그대의 죄는 다 참회되었다. 앞으로는 불·법·승에 의지해 머무르라.

이런 문답 끝에 삼조는 "너는 나의 보배다. 승찬이라 부르라."는 대답과 함께 법을 잇는 삼조 승찬대사가 됐다.

삼조사로 가는 길. 이동법당(버스) 안에서 고우 스님은 "나도 젊은 시절 폐병을 앓았다. 당시엔 폐병이나 나병을 천형으로 여겼다. 도대체 내가 뭘 어쨌다고, 잘못했다고 이런 병에 걸렸는가 싶어 기분이 나빴다. 또 그런 이야기를 들으면 점점 죄의식에 빠져 병도 악화된다."고 말했다. 모두 '나'라는 고정불변의 존재가 있다는 망상에서 비롯된다는 말

씀이었고, 그 망상에서 벗어나야 비로소 중도의 세계로 들어갈 수 있다
는 말씀이었다.

그런 이야기를 주고받으며 찾은 삼조사였다. 그런데 예정보다 늦게 우
리 일행이 도착하자 저 멀리 일주문에서부터 시끌벅적했다. 소리 나는
곳을 내다보니 삼조사의 주지 격인 젊은 방장과 20여 명의 스님과 신자
들이 가사와 장삼까지 갖춰 입고 노란색 일산日傘까지 들고 나오고 있었
다. 그 지역 신문사와 방송사 기자들까지 있었다. 우리 일행은 당황했다.
그때까지 순례를 다녔던 어떤 사찰에서도 본 적이 없는 광경이었다. 나
중에 알고 보니 현지 여행사가 "한국에서 큰스님이 오신다."며 삼조사에
미리 연락해 '세리머니'를 만든 것이었다.

고우 스님의 대응은 우리 일행으로서도 뜻밖이었다. 가사와 장삼을
벗어버리고 뒤로 물러나셨다. 그러곤 다른 사찰에서와 달리 직접 안내
와 설명도 삼갔다. 아니나 다를까 삼조사 젊은 방장이 내민 명함에는 앞
이고 뒤고 수십 개의 직함이 적혀 있었다. 그는 사찰의 주지라기보다는
이 지역 공산당의 중요 책임자이자 경영자인 셈이었다. 그런 사람이었
기에 한국에서 큰스님이 오신다는 말씀에 늘 해왔던 대로 세리머니를
벌였던 것이고, 그런 낌새를 알아차린 고우 스님은 "선이란 그런 것이
아니다."라는 것을 가사와 장삼을 벗어버리는 행위로써 보여준 것. 고
우 스님이 순례기간 내내 이야기해온 중도의 길이 어떤 것인지 짐작할
수 있는 순간이기도 했다.

그는 이 중도와 연기를 장착하고 언제 어디든 부르는 곳엔 불원천리
달려간다. 요즘엔 SM5 승용차를 직접 몰고 말이다.

남방불교 수행자와의 만남도 거칠 것이 없었다. 지난 2011년 충남 공주 마곡사 인근의 전통불교문화원(현 한국문화연수원)에서 미얀마 파욱 스님을 모신 '간화선-위빠사나 국제 연찬회' 대담對談 자리는 당시 '사건'으로 받아들여졌다. 미얀마의 파욱 스님은 남방불교 최고의 선승으로 꼽히는 분이다. 우리나라 선승들도 미얀마로 유학을 떠나 파욱 스님의 지도를 받곤 했다. 하지만 대승불교를 기반으로 '간화선'만이 가장 훌륭한 수행법이라는 자부심 가득한 조계종 스님 그것도 최고의 선승으로 꼽히는 고우 스님이 파욱 스님과 마주 앉은 것. 그 자체가 파격이었다. 고우 스님은 이 자리에서도 '내(간화선)가 잘났다.' 이런 태도는 없었다. 대신 '다름' '차이'를 인정했다. 깨달음이란 큰 산을 오르는데, 남방불교는 서쪽의 완만한 산등성이를 올라오는 방법을 택했고, 간화선은 동쪽의 깎아지른 벼랑을 단박에 뛰어오르는 방법을 고른 것이라고 했다. 가장 아끼는 제자가 다른 수행법으로 옮겨간다면 어떻게 하겠느냐는 가정법假定法 물음에도 고우 스님은 선선히 "깨달음으로 가는 길이니 어느 길로 가든 상관없다."고 했다. 같은 질문에 파욱 스님의 대답은 "내 제자 중엔 그런 사람 없다."는 것이었다.

워낙 '간화선 수행 대표주자'이다 보니 그의 강의에선 '못된 질문'도 많이 나온다. 간화선 혹은 깨달음이 신비화됐다느니, 아무리 선방禪房에 앉아 있어도 깨닫지 못하겠더라는 '자폭自爆성' 질문들도 나온다. 그러나 이런 까칠한 도발도 봄바람처럼 부드럽게 짓는 그의 미소와 유연한 대답 앞에선 맥을 못 추고 녹아내린다.

사실 이른바 '깨달음의 신비화'에 대한 비판은 적어도 고우 스님에게는 귀책사유가 별로 없다. 그는 한 번도 깨달음이 신비로운 것이라고 이야기한 적이 없기 때문이다. 그는 그냥, 늘, "간화선은 참 좋은 수행법"이라고 이야기할 뿐이다.

"깨달음의 과정은 사람마다 다양하다. 고층 건물 꼭대기로 올라갈 때, 엘리베이터를 타고 단박에 올라가는 길도 있고, 한 계단 한 계단 걸어 올라가는 길도 있다. 힘들면 쉬었다 갈 수도 있고. 다만, 내가 행복하려면 계단이 수천 수만 개라도 올라야 한다. 이것이 어렵고 피곤하다고 포기해버리면, 그보다 더한 괴로움 속에 고작 몇십 년 생을 살다 마치는 거다. 하지만 조금씩이라도 계단을 올라가면, 올라간 만큼 지혜가 열리고 행복감을 느낄 수 있다. 누구나 다 행복하게 살고 싶은 것 아닌가."

수행에 관한 이야기는 아무리 들어도 쉽지 않다. 혹은 머리로는 이해가 되는 듯하다가도, 돌아서면 다시 궁금증이 생긴다. 솔직히 말해서 내 경우는 '무한향상'이 두고두고 이해가 안 됐다. 스님은 2005년 부처님 오신날을 맞아 「조선일보」와 특별인터뷰에서 이렇게 말했다.

"직장과 일도 마찬가지입니다. 너와 나를 가르지 않으면, 즉 동료나 다른 회사를 경쟁상대로 여기지 않게 되면 다른 세상이 열립니다. 스스로에게 눈을 돌려 자신이 하는 일의 가치와 의미를 깨닫고 노력하면 무한경쟁이 아닌 무한향상(無限向上)의 길을 걷게 됩니다. 그러면 경쟁으로 인한 상처와 스트레스가 해소되면서 강력한 지혜가 생깁니다. 스스로 무한향상하려는 사람이 많은 직장, 사회, 나로 저절로 훌륭하게 됩니다. 무한경쟁하지 말고 무한향상하세요."

머리로는 무슨 뜻인지 이해가 됐다. 그러나 어디 현실이 그런가. 눈앞에서 매일같이 어디서나 벌어지는 현상이 경쟁인데 이걸 부정하고 무한향상하라니….

그런데 그의 삶을 보면서 어느 순간 '무한향상'이란 단어가 확 이해가 될 것 같았다. 80을 바라보는 연세에 지금도 크루즈 기능에 맞춰 정속定速 운전을 하는 그 말이다. 같은 고속도로 위에서 옆의 차를 제치고 조금이라도 빨리 가기 위해 요리조리 왔다 갔다 하는 차들, 그리고 차선도 바꾸지 않고 똑같은 속도로 자신의 목적지를 향해 가는 스님의 차…. 추월하려는 차가 무한경쟁의 상징이라면, 고우 스님의 차는 '무한향상'의 대명사가 아닐까.

고우 스님의 삶은 그의 운전태도와 닮았다. 지금 그가 살고 있는 경북 봉화 금봉암은 요즘의 고대광실 같은 암자 혹은 '토굴'에 비하면 무허가 판잣집이다. 요사채와 붙은 법당과 공양간이 전부다. 시봉侍奉 드는 제자도 없다. 공양주 보살과 큰 개 금돌이 한 마리가 금봉암의 '재적 총인원在籍 總人員'이다. 그나마 이곳으로 오기 전 각화사 서암西庵에 살 때는 혼자 밥도 끓여 먹었다. 무소유, 무소유 하지만 출가자들조차 그렇게 살기 힘든 요즘 세상에 본인을 위해서는 최소한만 허락하고 불법佛法과 수행에 관해서는 얼마든 베푸는 고우 스님. 좌고우면하면서 남과 비교해 스스로를 들볶는 세상, 이따금 욱하는 충동이 일 때면 고우 스님을 떠올린다.

봉화 근처 고속도로 주행선에서 시속 70킬로미터 정도로 느릿하게 가는 검정색 SM5 운전석에 흐뭇한 미소 짓고 있는 노스님을 발견한다면, 아마도 당신은 지금 고우 스님 곁을 스치는 중일 게다.

미련한 곰 새끼 제자,
스승이 더욱 빛나게 만드는 제자

원택圓澤 스님

1993년 11월 4일. 머리가 깨질 듯이 아팠고, 입은 모래를 씹은 듯 버석거렸다. 그 전날 나는 문화부로 발령이 났다. 기라성 같은 선배들이 즐비한 「조선일보」 문화부. 아무것도 모르는, 이제 입사 2년도 채 안 된 나는 회식 자리에서 뻗었다. 회식하러 가기 전 선배는 나에게 '첫 임무'를 줬다. 다음 날 오전 8시 서강대에서 미국인 신부 한 명을 인터뷰하라는 것이었다. 집에 있는 아내에게 미리 전화했다. 내가 뻗어서 집에 오더라도 내일 새벽 6시에 무조건 깨워야 한다고. 그래야 회사에 출근해서 사진부 선배와 함께 서강대로 가서 인터뷰를 할 수 있을 테니까.

11월 4일 아침, 서강대에 도착해보니 양복저고리 주머니에 볼펜이 없었다. 아무리 뒤져도 없었다. 다시 한 번 양복을 살펴보니…. 아뿔사, 비슷한 색깔의 다른 양복 저고리였다. 허리띠가 꿰어져 있던 바지는 제대로 입었으나 윗도리는 비슷한 색깔의 짝이 다른 물건을 걸치고 있었다. 비몽사몽간에 겨우 인터뷰를 마치고 돌아오니 문화부가 온통 불난 호떡집이었다.

'성철 스님 입적'.

이미 종교담당 선배는 새벽같이 현장으로 떠나고 없었다. 그로부터 다비식이 끝나고도 며칠 후, 서울로 돌아온 선배는 이렇게 말했다.

"성철 스님 상좌 원택 스님 덕분에 그 많은 기자들이 몰렸어도 취재가 덜 힘들었다."

원택 스님과는 이렇게 '간접 인연'으로 첫발을 뗐다.

세상에 이런 '미련한 곰 새끼'는 없다. 살아서 20년, 돌아가시고 20년. 오로지 은사恩師 한 분만 바라보는 '미련한 곰', 원택 스님 이야기다.

부모 형제 버리고 출가하는 이들의 목표는 거의 한 가지다. 깨쳐서 도인道人 되는 거다. 그런데 그는 1972년 출가한 그날부터 이날까지 오직 성철性徹, 1912~1993 스님만 바라보고 있다. 주변에서 "아무도 안 지키고 있는데 왜 너만 그러냐?" "(성철) 스님이 무슨 곰탕이냐 재탕, 삼탕 하게?" 뭐 이런 소리를 수군거려도 그는 오불관언, "스님이라도 제대로 모셔야 할 텐데, 걱정"이란다. 못생긴 나무가 산을 지킨다는 이야기가 딱 원택 스님 이야기다.

원택 스님은 경북고와 연세대 정외과를 졸업했다. 일반 사회의 기준으로도 엘리트다. 그런 그가 출가했을 때 목표는 '도인' 되는 것이었다. "1972년 추운 겨울날 해인사 백련암 계단을 탁 디디며 '내 도인이 되기 전엔 이 계단을 내려오지 않으리라.' 결심했었다."는 게 그의 출가의 변이다. 하지만 그의 인생은 꼬여버렸다. 성철 스님 때문이었다.

알려진 대로 성철 스님의 제자들은 "책 보지 말라."는 스승의 말씀을 좇아 선승이 되었다. 원택 스님도 원래 선승을 꿈꿨다. 그런데 참선수행 도중 '상기上氣병'이 생겼다. 상기는 말 그대로 기氣가 머리로 솟구치는 병이다. 얼굴이 벌겋게 달아오르고 머리가 뜨거워 참을 수가 없다. 참선수행자들 사이에선 드물지 않은 증세다. 하지만 상기병을 방치하다간 큰일 나는 경우가 있다. 성철 스님은 당시 기준으로는 나이 늦게 들어온 상좌가 상기병에 시달리자 '원주', 즉 절집 살림살이를 맡기면서 "참선은 천천히 해도 된다."고 위로했다. 이 무렵부터 원택 스님의 출가 생활은 꼬이기 시작했다.

타고난 원만한 성품 덕에 원택은 백련암과 큰절(해인사)의 이런저런 살림살이를 살면서 은사를 시봉하며 지냈다. 그러던 1970년대 말 어느 날, 성철 스님 안마해 드리다가 던진 한마디가 그의 인생을 더욱 꼬아버렸다.

"스님, 서울 가서 보니까 아무도 스님 모릅디다. 인재 양성을 하셔야겠습니다."

누워 있던 성철 스님, 벌떡 일어나며 번개처럼 원택의 뺨을 올려붙였다. 원택 스님은 "역린逆鱗을 건드린 꼴이었다."고 회고한다. 원택 스님이 이 말씀을 드린 건 성철 스님의 '돈오돈수'론이 여기저기서 공격받고 있는데 이렇다 할 응원군이 없는 것이 안타까워서였다. 하지만 성철 스님은 스님대로 속이 상한 상태였다. 그렇지 않아도 비슷한 또래인 향곡 스님은 진제를, 전강 스님은 송담을 깨달은 제자로 두고 자랑하던 시절이었다. 성철 스님에겐 번듯하게 내놓을 만한 제자가 없었다. 혼자만 깨치면 뭐하느냐는 수군거림도 있었다. 그런 터에 인재 양성을 하라고 했으니 성철 스님이 불이 난 것.

혼쭐이 난 원택은 며칠 후 다른 접근 방법을 고안했다. 책을 내자고 한 것.

"스님, 그라믄 책을 내시지요. 그래야 지금처럼 돈오돈수 가지고 말이 많을 때 울타리라도 되지요."

이번엔 성철 스님이 빤히 쳐다만 보고 때리지 않았다.

"그랄까?"

성철 스님은 급한 성격 그대로 책 작업도 빨랐다. 원택 스님이 녹음을 풀어 원고를 정리하면 즉각 즉각 손을 봐서 원고 작업이 금세 끝났다. 원고 뭉치를 살펴본 성철 스님은 법정法頂 스님 이야기를 꺼냈다.

"이거 송광사 불일암 가서 법정 스님 보여드려라. 그래도 한글로는 법정이 최고 아이가."

원택은 깜짝 놀랐다. 법정 스님이 경전 공부 많이 하고, 글 잘 쓰는 데야 이론異論이 있을 수 없었다. 하지만 성철 스님의 돈오돈수론은 보조국사 지눌知訥, 1158~1210의 돈오점수론을 정면으로 들이받은 것으로 취급되던 시절이었다. 그리고 지눌 스님은 법정 스님의 출가본사인 송광사의 정신적 기둥이다. 간단히 말하면 할아버지를 욕보여 놓고 그 손자에게 도와달라 부탁하는 꼴이었다. 게다가 성철 스님과 법정 스님 사이엔 '구원舊怨'도 있었다.

어느 날 해인사를 찾았던 법정 스님이 대학생들이 법당에서 삼천 배 올리는 걸 목격했다. 대학생 불자회원들은 수련대회를 해인사로 와서 정진하던 참이었다. 성철 스님을 만나기 위해서였다. 남녀 할 것 없이 모두 땀범벅인 채로 정신 나간 듯이 절을 하고 있었다. 법정 스님은 「불교신문」 기고를 통해 이 장면을 '조졌다'. "왜 쓸데없이 학생들을 굴신屈身 운동시키냐"고. 절을 하느라 몸을 굽혔다 폈다 하는 모습을 '굴신 운동'이라고 표현했던 것이다. 참으로 당시로서도 법정 스님만이 할 수 있었던 까칠한 지적이었다. 하지만 성철 스님도 그런 걱정을 알아채고 한마디 덧붙였다.

"뭐 딴소리 하거든 구질구질하게 하지 말고 그냥 돌아온나."

그렇게 찾아간 불일암. 법정 스님은 뜻밖에 선선히 응락했다. 그러면서 "사람마다 어투가 있는데, 최대한 성철 스님 말투를 살려서 윤문하겠다."고까지 말했다. 고수는 고수를 알아본 것.

그렇게 해서 성철 스님의 명저名著『본지풍광』과『선문정로』가 세상에 나왔다. 책이 완성되자 법정 스님은 원택 스님에게 당부했다.

"절대로 법보시(法布施)하지 말라고 말씀드리세요."

책을 공짜로 나눠주지 말라는 소리였다. 성철 스님에게 이 이야기를 전했더니 "야, 세상에 유명한 스님들도 다 법보시하는데 내가 뭐라고 돈받고 파나?"는 반응이었다.

"아니랍니다. 그렇게 나눠주면 늘 만나는 사람들만 읽거나 처박아두지만, 정가를 정해 돈을 받고 팔면 일반인들도 보게 되고 더 많은 사람이 읽게 된답니다. 무엇보다도 독자들이 계속 찾게 되면 책은 사라지지 않고 남게 됩니다."

그렇게『본지풍광』과『선문정로』는 일반 서점에까지 꽂히게 됐다.

그런데 이게 원택 스님의 발목을 잡았다. 원택 스님 스스로 책에 '꽂힌' 것. 성철 스님의 원고를 들고 법정 스님에게 왔다 갔다 하면서 책 만드는 과정을 지켜본 그는 "책이란 게 원고만 있으면 되는 것"이란 걸 알게 됐다. 내친 김에「백일법문」도 녹음을 풀어 책으로 냈다. 1967년 해인총림 초대 방장方丈에 추대된 성철 스님이 그해 동안거 때 선승들을 모아놓고 자신의 공부 '살림살이' 정수精髓를 통째로 털어놓은 전설적인 법문이다.

일제강점기 일본의 영향으로 스님들이 결혼하던 시절부터 청정승가를 복원하기 위해 노력했고, 광복 후인 1947년 경북 문경 봉암사에서 '부처님 법대로 살자'를 기치로 봉암사 결사를 조직해 한국 불교 전통을 바로 세우려 애썼던 성철 스님이다. 그가 1967년 당시로서는 최초로 해인사에 총림이 설치되고 초대 방장에 추대되자 동안거를 맞아 후배 선승들에게 자신이 공부해온 정수를 아낌없이 털어놓은 명법문이 「백일법문」이다.

이렇게 시작한 작업이 『선림고경』. 총서 이름은 성철 스님이 스스로 지어줬다. 말하자면 사제師弟가 똑같이 책 만들기에 재미를 붙인 셈이다. 이 작업이 마무리된 것이 1993년 9월. 성철 스님 입적 두 달 전이다. 이미 병석에 들었던 성철 스님은 이 총서를 받아들고는 "이제 밥 값 했네." 하며 좋아했다.

은사가 병석에 눕자 원택 스님은 속으로 생각했다.

'스님이 편찮으신 건 그렇지만 돌아가시고 나면 나도 이제 전국 선원을 다니면서 참선공부를 해야지. 도인이 돼야지.'

그런데 원택 스님의 이 말씀은 거짓말이다. 적어도 내가 보기엔 그렇다. 만약 정말 그럴 생각이었다면 왜 성철 스님 다비식을 그렇게까지 연구해서 준비했겠는가.

1993년 11월 성철 스님의 다비식은 한국 불교사뿐 아니라 한국 현대사에 기록될 이벤트요, 퍼포먼스였다. 그 이전까지 해인사 다비식은 이렇다 할 전통이 없었다. 원택 스님은 성철 스님이 병석에 눕자 전국 큰 사찰을 다니며 다비식을 연구했다. 다비식만 해도 사찰마다, 지역마다 풍습이 다 다르다. 수덕사 등 충청권은 큰스님의 시신을 관에 잘 모셔서 운구한 후 정작 다비장에 도착하면 시신을 장작 위에 올려놓고 관은 빼버린다. 이 때문에 수의와 흰 천으로 감싼 시신이 장작 위에 그냥 놓이는 광경이 벌어진다. 처음 보는 이에겐 매우 낯선 풍경이다.

지난 2004년 외국인 포교로 한국 불교 역사에 한 획을 그은 숭산 스님의 다비식이 그랬다. 대봉 스님, 현각 스님 등 외국인 스님들이 즐비하고 'What am I?' 등 영어로 적은 만장이 가득했지만 다비식은 수덕사 전통대로 치러졌다. 그래서 다비장에 불을 넣는 스님들이 카메라 촬영 등을 의식해 몸으로 숭산 스님의 법구法驅를 가리는 일도 벌어졌다.

전남 장성 백양사의 경우는 또 다른 다비식의 한 형태를 보여준다. 우선 연화대蓮花臺 밑을 1미터 깊이로 판 뒤 물을 3분의 2가량 담은 항아리를 묻는다. 항아리 입구를 한지로 막고 다시 뚜껑을 덮는다. 이어 뚜껑 위에 기와 두 장을 놓고 다시 3센티미터 두께로 황토를 덮는다. 황토 위에 10센티미터 두께의 큰 돌을 올려놓고 다시 20센티미터 두께로 황토를 깐다. 이 위에 가로 세로 방향으로 기와를 서로 겹쳐 놓는다. 하루 이틀 걸리는 다비가 끝나고 나면 이 항아리에 담아둔 물속에 작은 사리가 방울방울 모인다. 과학적으로는 설명이 어려운 신비한 일이지만 지난 2003년 겨울 서옹 스님의 다비식 후 백양사는 "사리 4과를 수습했다."고 밝혔다.

이렇게 모든 사찰의 다비식 전통을 섭렵한 원택 스님은 장작을 쌓고 짚으로 둥근 종 형태 모양을 만들고 각목을 덮어서 그 위에 연꽃 모양의 종이로 덮고 그 속에 네모난 공간을 마련해 관을 넣는 방식을 고안했다. 성철 스님의 다비식은 원택 스님의 아이디어대로 진행됐다. 다비식 날은 한국 현대불교의 역사에 남을 사건이었다. 88고속도로 해인사 IC에서부터 해인사까지 자동차의 장사진이 펼쳐졌다. 다비장과 해인사 주변에는 수십만 명의 인파가 성철 스님의 마지막 가는 모습을 보기 위해 가야산을 가득 메웠다. 그리고 다비식의 전 과정은 김호석 화백의 그림을 비롯해 수많은 사진작가들의 작품으로 남았고, 그 후 큰스님들의 다비식에 다양한 형태로 변주돼 원용됐다. 다비식 후에는 성철 스님의 사리를 보기 위해 매일 수천 대의 차량과 수만 명이 몰렸다. '우리 곁에 왔던 부처'가 우리 곁을 떠나는 풍경은 이랬다. 성철 스님이 떠나는 이 모든 과정을 무대 뒤에서 무리 없이 조용히 진행한 무대감독이 바로 원택 스님이었다.

하지만 아니나 다를까, 성철 스님 다비식까지 다 끝났지만 원택 스님은 백련암을 떠나지 못했다.

"우리 노장(성철 스님)은 한 번도 제자들에게 너는 이거 하고, 너는 저거해라 하신 적이 없습니다. 특히 제게 '너는 내 뒤치다꺼리해라.' 하신 적은 더더욱 없고요. 저 역시 그날부터 이날까지 그 무게 없는 한없는 무게를 두 어깨에 잔뜩 지고 살 줄은 꿈에도 몰랐습니다. 아마 제가 이렇게 계속 뒤치다꺼리하는 걸 보시면 '니 인생은 완전 헛방이다.' '미련한 곰 새끼'라고 또

한 방 날리실 겁니다."

시작은 성철 스님의 사리탑이었다. 사리탑은 시신을 다비, 즉 화장火
葬하는 스님들이 세상에 남기는 마지막 흔적이다. 대개 전통적으로 돌
로 종 모양의 탑을 만드는 것이 일반적. 그러나 원택 스님은 성철 스님
의 사리탑을 '세상에 없던 형태'로 만들었다. 재일 현대미술가 최재은
씨에게 의뢰해 편평하고 넓은 정사각형 바닥에 원과 구球가 조화를 이
룬 독특한 형태로 만든 것. 베네치아 비엔날레에 일본관 작가로 참여
하는 등 세계적으로 활동해온 최재은은 인도의 간디 묘墓와 미국의 케
네디 묘 등을 참고해 이 같은 특별한 형태의 사리탑을 설계했다. 처음
엔 파격적이라는 찬사와 함께 "무슨 사리탑이 이런 모양이냐?"는 비판
이 동시에 나왔다. 그러나 성철 스님이 떠난 지 20년이 지난 지금, 해
인사 템플스테이에 참가하는 사람들은 새벽에 이 성철 스님 사리탑 주
변 원 모양의 원상에 둘러앉아 좌선을 하곤 한다. 역시 원택 스님의 선
견지명이 먹힌 것.

'미련한 곰 새끼'는 또 하나 큰일을 저질렀다. 바로 『성철 스님 시봉이
야기』다. 이 책은 살아서 20년, 돌아가신 후 20년째 성철 스님을 시봉하
는 원택 스님만이 쓸 수 있는 내용이다. 더욱 중요한 것은 저 하늘 위에
신화로 떠 있는 성철 스님을 보통 사람들이 서 있는 이 땅 위로 내려놓은
베스트셀러. 이 책에서 원택 스님은 직접 '얻어맞아(?)'가며 겪은 성철
스님의 무궁무진한 에피소드를 들려준다.

"자신을 쏙이지(속이지) 말라."는 첫 대면의 일갈부터 공양주 생활의

고달픔을 면하려고 떠나려 하자 공양할 때 돌을 씹어 치아가 상했다며 "내 이빨 값 내놔."라고 주저앉히는 모습, 잘 떨어지지 않는 나일론 양말을 권해드리자 "니는 우째 하는 말마다 내 귀를 짜증나게 하노. 이놈아! 나이롱 양말이 질긴 줄 몰라서 안 신는 줄 아나? 중이라면 기워 입고 살 줄 알아야제. 너거나 질긴 양말 신어라."고 일갈한 이야기까지. 또 서울로 심부름 보낸 상좌(원택 스님)가 서울 동대문운동장에서 모교(경북고) 야구 결승전 응원하는 광경을 TV중계에서 발견하곤 노발대발했던 이야기, 금강산을 못 가본 향곡 스님은 "설악산이 최고다." 하고, 설악산을 못 가본 성철 스님은 "금강산이 최고다." 하며 티격태격했던 에피소드 등은 원택 스님이 아니었으면 제대로 전해지기 어려웠을 게다.

원택 스님은 2014년 『백일법문』 개정증보판을 냈다. 1992년 성철 스님 생전에 상, 하 두 권짜리로 냈던 책이다. 그는 7년 전부터 당시의 녹음테이프를 또 돌려 들었다. 다시 들어보니 곳곳에 빠진 부분, 잘못 들었던 부분이 나왔다. 그걸 다 보충하니 릴테이프로 15개 분량이 추가됐고, 책으로 한 권이 더 늘어 상, 중, 하 세 권이 됐다. 원택 스님은 『백일법문』 증보판 중 선 사상이 응축된 '하'권은 따로 2500권을 더 인쇄했다. 동안거에 들어간 전국 선승들에게 기증하기 위해서였다. 전국적으로 동안거, 하안거에 참여하는 선승이 약 2200여 명이니 한 권씩 돌아가고도 남을 분량이었다.

성철 스님의 법문과 법어를 가사로 랩과 타령, 국악 멜로디를 입힌 음반도 냈다. "황하아~수~ 거어어슬러~ 서쪽으로 흐을리~ 곤륜산 저 어엉상에 치솟아 올랐으니…"로 시작하는 성철 스님의 오도송悟道頌,

"교도소에서 살아가는 거룩한 부처님들, 오늘은 당신네의 생신이니 축하합니다. 술집에서 웃음 파는 엄숙한 부처님들, 오늘은 당신네의 생신이니 축하합니다…"로 시작하는 성철 스님의 저 유명한 부처님오신날(1986년) 법어를 가사로 만든 '랩'까지 있다. 성철 스님의 법어에 "예~, 오~" 하는 추임새와 함께 흥겨운 리듬이 이어진다. 파격이다. 음반에는 출가송出家頌, 오도송, 열반송涅槃頌을 비롯해 모두 30개의 노래와 녹음이 수록됐다.

"자기를 바로 봅시다. 우리가 바로 순금純金입니다. 욕심이 눈을 가려 자신을 모르고 밖으로 헤맵니다…"라는 성철 스님의 육성肉聲도 들을 수 있다. 평소 빠른 경상도 사투리 때문에 곁에서 모시는 제자들도 잘 알아듣기 어려웠던 게 성철 스님의 말씀. 그렇지만 이 녹음에서 성철 스님은 매우 이례적으로 또박또박 정확한 발음을 구사하고 있다. 모두가 신화화된 성철 스님을 요즘 사람들이 생생하게 느낄 수 있도록 하기 위한 원택 스님의 아이디어에서 비롯됐다.

원택 스님의 은사에 대한 현양은 끝이 없다. 2000년, 성철 스님이 태어나서 25세 때 대원사로 출가하기 전 25년간 살았던 경남 산청군 단성면 생가터에 겁외사劫外寺를 세웠다. '시간(겁) 밖의 절' 혹은 '시간을 벗어난 절'이란 뜻처럼 이 사찰 마당엔 영원한 스승 성철 스님의 입상이 서 있다. 겁외사는 안채, 사랑채, 유품전시관으로 이루어져 있다. 성철 스님 영정을 모신 안채는 일반인들이 참배하는 공간이며, 사랑채는 외부인이 머물 수 있는 숙소로 지어졌다.

또 유품전시관에는 성철 스님이 생활하던 백련암의 방 모습과 사용하던 의자·책상 등을 전시하고 있는데, 가사·장삼·노트·안경·연필·고무신·지팡이 등을 통해 그의 인간적이고 소탈한 일상을 엿볼 수 있다. 39권의 노트와 메모에는 그가 법문에 앞서 정립한 교학적教學的 이론이 나타나 있고, 몇 점 안 되는 유품은 생전의 '무소유의 삶'을 보여준다.

원택 스님은 2014년 가을엔 겁외사 앞에 성철스님기념관도 열었다. 이 땅을 사는 데에는 그가 쓴 베스트셀러 『성철 스님 시봉이야기』 인세印稅가 몽땅 들어갔다.

기념관은 정면에서 보면 반원半圓형. 좌우로 금강역사가 눈을 부릅뜨고 있는 정문을 들어서면 석굴암처럼 보이는 공간 안에서 성철 스님이 주장자를 들고 책상다리를 한 채 앉아 있다. 이탈리아의 세계적 대리석 산지인 카라라에서 가져온 흰 돌로 다듬은 성철 스님의 좌상坐像은 이제라도 "공부 안 하고 뭐 하노!"라는 일갈이 터져 나올 듯하다. 마침 그 앞엔 '현세現世는 잠깐이요 미래는 영원하다.'로 시작하는 성철 스님이 참선 수행자에게 줬던 육필肉筆이 쓰여 있다. 원택 스님은 이 기념관을 짓기 위해 인도와 중국의 유명 석굴을 모두 탐방했다. 그래서 이 공간을 21세기형 석굴로 만든 것이다.

속가俗家 부모님 제삿날은 번번이 잊고 살면서 이렇게 다양하게 은사의 삶과 깨달음을 변주하며 세상 사람들에게 계속 내놓고 있는 원택 스님. 철저히 은사의 그림자 뒤에 숨어버림으로써 스승이 더욱 빛나게 만드는 제자. 꼬여버린 도인의 길, 그러나 이제 은사를 모시는 일은 그의 자부심이다.

"저 스스로 깨치는 길은 가지 못했지만, 우리 스님을 알리는 일에는 꽤 자부심을 가지고 있습니다. 그건 우리 스님이 확실히 깨치신 분, 확실히 마음 보배를 가지고 계셨던 분이라는 흔들리지 않는 확신이 있기 때문입니다. 다만 요즘 제 걱정은 깨치는 건 이미 틀렸지만 스님을 알리는, 이 일이라도 잘 하고 가야 할 텐데 하는 것입니다."

원택 스님은 지금도 성철 스님 어록을 줄줄 왼다.

"이 나이가 되어서는 양보하며 살 줄 알고, 이 나이가 되어서는 겸손하게 살 줄 알고, 이 나이가 되어서는 뒤에 서서 살 줄 알아야 한다."

"한 부엌에서 은혜와 원수가 나는 것이니 내 주위를 잘 살펴야 한다. 나를 모르는 사람이 어떻게 원수가 되며 은혜가 될 수 있겠는가? 나를 가장 잘 아는 아내(남편), 자식, 형제, 친구, 선후배가 은혜가 되고 원수가 되는 것이다. 한 부엌에서 원수가 아닌, 은혜가 나는 행복한 삶을 살도록 관대함을 가져야 한다."

"모든 행복은 남을 돕는 데서 온다. 나를 위하여 남을 해침은 불행의 근본이요. 참다운 행복은 오직 나를 버리고 남을 돕는 데서 온다."

스스로 깨쳤다는 분들 더러 만나봤다. 아둔한 내 머리로는 그들이 진짜 깨쳤는지 구분할 재간이 없다. 하지만 원택 스님 같은 '미련한 곰 새끼 제자'를 둔 스승이 몇이나 되겠는가. 성철 스님은 복도 많다.

진정한 감사는 절대자와의
관계에서만 나온다

이재철 목사

"이 목사님이 사주는 짜장면 먹어봤어?"

그의 인터뷰 기사가 실리자 한 지인이 물었다. 서울 지하철 2호선 당산철교 바로 옆 마포 양화진의 '한국기독교선교 100주년기념교회' 이재철 목사 이야기다. 그의 인사 중 하나가 "언제든 오세요. 짜장면 한 그릇 같이 하시지요."다. 짜장면은 치킨과 함께 국민 다이어트를 방해하는 '양대兩大 천적天敵'으로 꼽힌다. 그만큼 중독성이 강하며 친근하다는 뜻이다. 이재철 목사가 그렇다.

이 목사는 우선 잘생겼다. 이건 그의 우월한 DNA 덕분이다. 그의 막내누나가 영화배우 고은아 씨다. 그는 또 아는 게 많다. 목회자라면 설교가 기본. 그의 설교는 성경에 바탕을 두되 인문학적인 다양한 예화가 살아있다. 이건 그의 전력前歷에 바탕이 있다. 그는 한때 국내 대표적 인문교양 단행본 출판사로 꼽혔던 '홍성사'를 창업해 직접 출판 기획하고 번역도 했던 출판인 출신이다. 그러나 이것만 가지고 친근성과 중독성을 갖출 순 없다. 부단한 노력은 그가 가진 자질을 훌륭히 화학적으로 융합시켰다. 게다가 코앞까지 닥쳤던 죽음의 그림자는 그를 더욱 단련시켰다.

이재철 목사는 청년 시절, 부자였다. 아니 그 이전에 그는 부산의 부잣집에서 2남 5녀 중 막내로 태어났다. 형님은 그가 어렸을 때 먼저 세상을 떠나 얼굴도 기억나지 않는다. 그가 15세 때 부친이 갑작스레 돌아가셨다. 그때 그는 생각했다고 한다. '이제 내가 가장家長이구나.' 엄청난 책임감이 느껴졌다. 부친의 서재엔 문학전집을 비롯해 온갖 책들이 많았다. 청소년기에 아버지를 여읜 그는 '아버지의 유산을 물려받겠다.'는 심정으로 이 책들을 독파했다. 대학은 한국외대 프랑스어과였다. 중고교 시절 웬만한 책을 읽은 덕에 인문학적 소양은 더욱 쌓였다. 그렇지만 대학 졸업도 하기 전 취직한 첫 직장은 무역회사였다. 가장으로서 돈을 벌기 위해서다. 그런데 이게 너무 잘 풀린 게 탈(?)이었다.

운도 따랐다. 그가 취직한 곳은 네덜란드 KLM항공의 한국 대리점 역할을 했던 곳. 이 회사에서 한국외대에 학생 추천을 의뢰했는데 학교에서는 네덜란드가 프랑스와 가깝다고 생각해 프랑스어과 학생인 이재철을 추천했다고 한다. 그런데 면접을 가보니 회사에서 원하는 것은 영어를 잘하는 학생이었다. 면접은 영어로 진행되는데 이재철은 자꾸 불어로 대답하고 있었다. 그러자 회사에서는 이재철이 영어와 불어를 모두 잘하는 것으로 생각하고 채용했다는 것. 운이 좋았다는 이야기다. 어쨌든 졸업도 하기 전에 취직한 그는 1970년대 초반, 20대 나이로 외국 출장을 밥 먹듯이 다녔다. 민간인에겐 한 달에 여권旅券 300장만 발급해주던 시절, 누가 외국 나간다면 친척들이 죄다 김포공항에 환송歡送 나가던 시절이었다. 외국을 다니며 안목을 넓히니 사업 기회도 금세 찾아왔다. 무역업을 하면서 '홍성통상'이란 회사를 차렸다. 사업은 점점 확대됐다. 대여섯 가지 업종으로 넓히고 출판사 '홍성사'도 차렸다.

이청준의 『낮은 데로 임하소서』 등 소설과 앙드레 모루아의 『프랑스사』 『영국사』, 에리히 프롬의 『소유냐, 삶이냐』, C. 라이트 밀즈의 『사회학적 상상력』, 갈브레이드의 『불확실성의 시대』, 김현의 『현대 프랑스 문학을 찾아서』 등을 담은 〈홍성신서〉는 대학생을 비롯한 지식인 독자들 집집마다 책장에 꽂혔다. 우리 집에도 이 중 몇 권은 아직도 책꽂이에 꽂혀 있다. 김진홍 목사가 20~30대 시절의 체험을 적은 자전에세이 『새벽을 깨우리로다』는 1982년 초판이 나온 이래 2006년 100쇄를 돌파하는 등 그의 기획력은 탁월했다.

"참, 허랑방탕하게 살았죠."

큰 아파트, 벤츠 승용차…. 남부러울 것이 없는 '청년 사업가'였다. 돈도 펑펑 써봤다. 그러던 어느 날 돌아보니 사업이 기울고 있었다. 곳곳이 삐걱거리고 있었고, 조금씩 조금씩 빌려 쓰기 시작한 빚은 걷잡을 수 없이 불어나고 있었다. 그래도 사업을 굴려볼 요량으로 친구들, 거래처와의 술자리는 그대로 유지했다. '그날'도 그는 새벽녘에 술에 취해 귀가했다. 방문 틈으로 스탠드 불빛이 새어 나오고 있었다. 아내가 일기를 쓰다가 잠이 든 모양이었다. 일기장의 글씨는 번져 있었다. 잠들기 전 아내가 눈물로 쓴 일기였다. 그렇게 우연히 아내의 일기를 훔쳐본 그는 술이 확 깼다. 아내는 일기에서 우울증을 호소하고 있었고, 자살충동까지 내비치고 있었다. 충격이었다. 그 정도인 줄은 몰랐다.

모태신앙이었던 그는 교회 집사였다. 말로는 "사업하게 해주시면 하나님께 영광을 돌리겠다."고 기도했지만 실제론 방탕하게 살아온 자신이 보였다. 여기서 그는 회심했다. 신학교에 진학했다.

개신교 신자들 가운데는 이렇게 자신의 과거를 "방탕했다."고 대놓고 고백하는 경우가 더러 있다. 참 얄밉다. 대개 자신이 먼저 주동해 친구들과 놀아놓고는 혼자만 쏙 빠져나가서 "나는 참 허랑방탕하게 살았다."며 반성하곤 한다. 하지만 시간이 지나면서 이런 생각을 하게 됐다. '다시는 그 시절로 되돌아가지 않기 위한 방백傍白' 같은 것이 아닐까 하고 말이다.

돌아보니 한 10년간 원 없이 돈 벌어보고 써봤다. 어쨌든 그는 '아내의 일기장 사건'을 계기로 그 이전의 삶과 선을 확 그었다. 신학교(장신대 신학대학원)에 갔지만 목회자가 될 생각까지는 아니었다. 하지만 신학생 시절부터 그의 설교는 알음알음 팬들이 생겼고, 전도사 시절인 1988년 '주님의 교회'를 개척했다. 첫 예배는 서울 한남동의 여성청년교육원 지하세미나실에서 올렸다. 그 후 이곳저곳의 건물을 빌리거나 전세를 얻어 예배를 드리던 주님의 교회는 1990년 3월 이 목사가 안수 받고 1991년 제1대 담임목사로 취임하면서 교인들의 수가 급증했다.

주님의 교회는 당시 한국 개신교에는 없던 몇 가지 '실험'을 했다. 우선 교회 건물을 갖지 않았다. '교회 재정의 50퍼센트는 사회를 위해 쓴다.' '목사, 장로, 집사 등을 임기제로 한다.' '헌금 봉투에 헌금자 이름을 쓰지 않는다.' 등등이었다. 당시는 아직 한국 개신교에 대한 '안티' 움직임이 본격화하기 전이었다. 여전히 상승세일 때였다. 그럼에도 주님의 교회는 한 발 앞장서 이런 조치들을 취한 것. 모두 36년 동안 교회 평신도로 살아온 이재철 목사가 '저런 모습은 닮지 말아야겠다.'고 생각했던 점들을 반면교사 삼아 만들어간 새 전통이다. 당시 주님의 교회가 느꼈던 위기감을 한국 개신교계가 조금만 일찍 느꼈다면 이후에 돌팔매를 많이 피해갈 수 있었을 것이다. 주님의 교회는 지금도 이재철 목사가 세웠던 원칙을 그대로 지켜가며 서울 송파 지역에서 모범적인 교회로 인정받고 있다.

이 목사가 2010년 펴낸 설교집 『사도행전 속으로』의 부록으로 '목회자 자기관리 수칙 33'이 있다. 그가 목회에 임하는 자세를 읽을 수 있는 수칙들이다. 몇 가지를 인용해본다.

1. 예배를 영어로 '서비스(service)'라 한다. 그러므로 교인들에 대한 봉사 정신에 투철하지 않는 한 진정한 목회자가 될 수 없다.
4. 반드시 시간을 지키라.
6. 새벽 기도회가 끝난 뒤 집에 가서 다시 잠들지 말라.
8. 자신이 행하지 않는 것은 교인들에게 요구하지 말고, 교인들에게 설교한 것은 반드시 이행하라.

9. 좋은 설교는 그 전체 내용을 한 문장이나 한 단어로 표현할 수 있어야 한다.

12. 교인들에게 대접만 받는 목사가 되지 말라.

13. 심방의 대가로 어떤 경우에도 돈을 받지 말라.

14. 목회활동 중 알게 된 비밀은 어느 누구에게도 누설해서는 안 된다.

15. 이성이 교역자 혼자 심방을 요청하면 절대로 응하지 말라.

23. 교회 재정에 관여하지 말라.

24. 어떤 경우에도 자신을 위하여 교회에 금전적인 요구를 하지 말라.

27. 실수를 깨달았을 때는 즉시 사과하라.

그 외에도 더 있다. '토요일자 신문이 오면, 주일의 일기예보를 확인하고 필요한 조치를 취하라.' '장례식 때 하관예배 설교는 5분을 넘지 말라. 그때가 유족들이 가장 지쳐 있는 시간이다.' '월요일 아침에는 자기 교구 교인 명단을 놓고, 주일에 누가 보이지 않았는지 전화로 확인해 보라.' …. 숨이 막힐 정도다. 하지만 찬찬히 읽어보면 이 33가지 수칙 속에 목회 성공의 알파와 오메가가 모두 있다. 소위 '잘 나가던' 목회자들이 빠지는 함정들이 모두 열거돼 있으며, 성공적으로 완주完走한 이들의 비결 또한 이 안에 다 있다. 이 수칙의 마지막 33번째는 이런 내용이다.

'삶은 결코 되돌아오는 법이 없기에, 목회자는 자기를 바로 세우기 위해 중단 없이 정진해야 한다.'

한마디로 말해서 어영부영 편하게 목회할 생각이라면 아예 집어치우라는 소리다. 또한 한국에 개신교가 처음 들어올 때의 정신으로 돌아가 교회의 새 모델을 세우겠다는 각오였다.

그런 노력 끝에 드디어 정신여고에 새 강당이 완공된 1998년, 그는 이미 퇴임한 후였다. 교회 창립 당시 "10년만 하겠다."고 한 약속을 지킨 것. 그리곤 총회(대한예수교장로회 통합 측) 파송 선교사로 스위스로 건너가 제네바한인교회에서 3년간 교포들을 상대로 목회했다.

2001년 귀국한 그는 집필에 전념했다. 사실 이 목사는 설교가뿐 아니라 기독교 저술가로도 명성이 높다. 『매듭짓기』 『인간의 일생』 『내게 있는 것』 『참으로 신실하게』 『새신자반』 『성숙자반』 『사명자반』 『비전의 사람』 『청년아, 울더라도 뿌려야 한다』 『믿음의 글들, 나의 고백』 『아이에게 배우는 아빠』 『회복의 목회』 『회복의 신앙』 『요한과 더불어』 『사도행전 속으로』 등의 저서는 신학생 사이에서 필독서로 꼽힌다. 신학생 설문조사에서 닮고 싶은 저자로도 꼽힌다.

저술에 몰두하던 그는 2005년 7월 '한국기독교선교 100주년기념교회'를 맡게 된다. 그는 요즘도 설교 단상에 올라갈 때에는 원고지 50~60매를 설교 전까지 작성해 모두 암송한다. "머리가 좋다."고 하면 "머리가 나쁘니 왼다."고 한다. 그는 그게 교인에 대한 예의라고 생각한다. 교인들의 성경에 대한 '편식'을 막기 위해 성경 순서대로 해설해나가는 '성경 강해 설교' 등은 자칫 지식인 신자 위주의 '어려운 목회'로 인식될 수도 있었다. 하지만 어느덧 세상은 열정적인 목회보다는 차분하고 합리적-지성적인 목회에 목말라 있었던 모양이다. 게다가 매월 교회 재정을 인터넷에 공개한다. 담임목사 자동차 기름값까지 다 털어놓는다. 신자들이 자신이 낸 헌금이 어디에 쓰이고 있는지 한눈에 알 수 있게 했다. 매 주일 신자들이 늘어났다. 이 목사는 주일 예배와는 별도로 목요일 저녁 양화진문화원 강좌도 열어왔다. 초대 문화부장관을 지낸 이어령 박사 등 명사들이 단골손님.

목요강좌를 들어보면 이 목사의 목회 리더십이 어떤 유형인지 잘 알 수 있다. 가령 이어령 박사의 경우, 뛰어난 언변으로 유명하다. 2014년 초 이어령 박사의 생애에 대해 이재철 목사가 대담을 나누는 기회가 있었다. 형식은 대담이었지만 시작과 동시에 이어령 박사의 '단독 질주'가 시작됐다. 이 목사는 맞은편에 앉아 은은한 미소만 지을 뿐이었다. 그러나 적절한 시점에 중간 중간 이 목사는 질문을 던져 이 박사 발언의 물줄기를 살짝살짝 돌려놓았다. 청중들이 보기에 전혀 어색하지 않도록. 물론 그럼에도 불구하고 전체 예정시간은 훌쩍 넘어갔다.

이어령 박사는 『흙 속에 저 바람 속에』, 『지성의 오솔길』 등 무수한 저서를 통해 한국의 대표적 지성으로 꼽혀온 인물. 그런 그가 팔순에 접어들면서 『지성에서 영성으로』라는 책을 발간하면서 개신교 세례를 받은 것은 하나의 사건이었다. 그랬던 그가 양화진문화원 명예원장을 맡고 이 목사와 함께 대담에 나선 것은 보통 인연 때문은 아니다. 이 박사는 지난 2014년 3월호 홍성사 회보인 「쿰」에서 홍성사 그리고 이재철 목사와의 오랜 인연을 털어놓은 바 있다. 이 박사는 이 글에서 "「흙 속에 저 바람 속에」처럼 신문에 에세이를 연재하면 줄을 서던 출판사들도, 「둥지 속의 날개」라는 최초이자 최후의 신문 소설 연재를 마친 뒤 누구 하나 눈길을 주지 않았다."며 "그렇게 재미없고 답답한 둥지 속의 날개를 넓은 하늘로 풀어 훨훨 날게 한 것이 바로 이재철 목사님"이라고 했다. "물론 그때는 목사님이 아니라 출판사의 사장이었고, 그냥 사장이 아니라 불문학을 전공한 수재요 톱스타 고은아 씨의 동생이라는 후광까지 두른 핸섬한 청년이었다."

청년 출판인의 감각적인 에디터십 덕분에 기대하지도 않았던 「둥지 속의 날개」는 10만 부를 넘는 베스트셀러가 됐고 그것은 "오로지 이재철 사장과 홍성사가 있었기에 가능했던 모험"이라는 것이다. 이 박사는 그래서 이재철 목사가 주님의 교회에서 '왜 기독교를 믿지 않는지, 왜 교회를 싫어하는지' 간증해달라거나 양화진문화원 대담 등을 부탁하면, 일을 왜 맡게 됐는지를 소개하며 "한때는 출판사 사장으로서 '둥지 속의 날개'를 펴 하늘을 날 수 있도록 나를 도와주었다면, 이번에는 그 지성에 영성을 불어넣어 하늘을 날도록 힘을 주셨다."고 말했다. 이 목사가 사람을 만나고 대하는 스타일을 엿볼 수 있는 대목이다.

순탄하기만 해 보였던 이 목사의 목회인생에 장애물이 덜컥 등장한 것은 지난 2013년. 전립선암이 발견됐다. 60대 남성들에게 전립선암은 비교적 '착한 암'으로 통한다. 그러나 그의 경우는 좀 달랐나 보다. 수술은 고통의 시작이었다. 수술 부위를 보호하기 위해 꼼짝 없이 천장만 보고 반듯이 누워 있어야 했다. 허리는 끊어질 듯 아팠고, 다리는 퉁퉁 부었다. 수술 후 닷새가 지나서야 호스를 제거하고 스스로 이를 닦고 머리를 감고 세수를 하고 걸을 수 있었다. 이후 거의 반년에 걸친 요양기간을 거친 후 강단에 복귀했지만 주일 설교 횟수는 줄일 수밖에 없었다.

코앞에 닥쳤던 죽음을 목도한 후 그의 영성은 더욱 깊어졌다. 그는 그해 가을 반년 만에 교인들을 만난 설교에서 이렇게 말했다.

> "잠자리에서 원하는 대로 몸을 이리저리 뒤척일 수 있는 것, 매일 머리를 감고 세수를 할 수 있다는 것, 매일 먹고 마시고 싶을 때 먹고 마실 수 있는 것, 두 발로 걷는 것이 그저 되는 일 같습니까? 결코 그렇지 않습니다. 하나님께서 은혜를 베풀어주시지 않으면 안 됩니다."

하루하루, 순간순간이 하나님의 은혜임을 새삼 느끼고 그것을 삶과 설교로 풀어내는 이재철 목사다.

이 목사는 당시 퇴원 후 한 달여간 『삼국지』 열두 권을 다시 읽었다고 했다. 무수한 영웅호걸이 명멸明滅하며 천하를 차지하기 위해 무력과 지략, 권모술수를 동원하는 '삼국지연의'. 그는 왜 이 절체절명의 순간에 삼국지를 읽었을까. 그리고 여기서 무엇을 얻었을까. 그는 "인간의 탐욕과 욕망 그리고 거짓을 새삼 다시 보았다."고 했다. 그리고 비슷한 시기 로마 제국에서의 그리스도교를 돌아보았다고 했다.

> "삼국지의 이야기는 모두가 인간의 탐욕과 욕망이었습니다. 중국 땅에서 피비린내 나는 삼국지가 펼쳐지고 있을 때 지구 반대편 로마 제국도 똑같은 피비린내가 벌어지고 있었습니다. 그러나 둘 사이의 중요한 차이는 로마 제국에는 사도 바울이 있었다는 점입니다."

그는 사경의 순간을 넘나들며 삼국지를 통해 바울을 다시 만난 셈이었다.

이재철 목사는 사업이 어려워지던 시절부터 세상 기준으로, 물질적으론 별로 가진 게 없었다. 집은 영화사업을 하던 자형(고 곽정환, 서울극장 대표) 소유의 집에서 생활해왔다. 자신이 운영하던 홍성사는 신학교에 가면서 아내 정애주 대표에게 맡겼다. 10억 빚더미와 함께. 집에는 빨간 딱지가 붙었고, 돈 되는 책의 판권은 이미 다 넘어갔고, 도매상은 외면하고, 저자들은 연락이 뚝 끊긴 빈껍데기였다. 출간을 기다리는 원고라고는 신앙 수기手記들뿐이었다. 하지만 아내는 채권자를 찾아다니며 "꼭 갚겠다. 믿어달라."고 호소했다. 직원들에게도 "책임지겠다."고 했다. 그저 기도하며 남에게 폐 끼치지 않겠다는 생각이었다.

그렇게 책을 다시 한두 권씩 냈고, 저자들이 돌아오기 시작했다. 빚은 7년이 걸려 모두 갚았다. 직원들은 헌신적이었다. 그렇게 출간 종수種數가 다시 늘어나면서 현재 시리즈 〈믿음의 글들〉은 300여 종이 나왔다. 2012년엔 출판인들의 모임인 한국출판인회의가 선정한 '올해의 출판인'에 뽑히기도 했다. 주부에서 사장으로 변신한 지 22년 만이었다. 그 후 25년 동안 대표 명함도 만들지 않은 정애주 대표는 "언제나 목사 마누라라고 생각했지, 제가 뭐라고 생각한 적은 없다."고 했다. 부부에겐 아들 넷이 있으나 "아무것도 물려줄 게 없다."고 선언한 지 오래라고 했다.

암수술과 투병을 하면서 이 목사는 "은혜를 느꼈다."고 했고, 암을 '벗'이라 했다. 평소에도 "인생은 시계 초침이다. 거창한 것도 아니고,

죽음이 멀리 있는 것도 아니다. 초침 일 초 일 초가 쌓이면 하루가 가고, 하루가 쌓이면 한 달이 가고, 그게 일생이 된다. 사람들은 '일생'이라면 굉장히 소중하게 생각하면서 일 초는 우습게 여긴다. 일 초를 허비하고, 일생이 소중해질 수 없다."고 했던 이 목사다.

그는 "열다섯에 아버지의 죽음을 겪었을 때에는 죽음은 멀리 있는 것, 두려운 것이었다. 하지만 하나님 은혜 속에 사는 이젠 두렵지 않다. 죽음 역시 또 하나의 시작이란 것을 알기 때문이다."라고 말한다. 또 "심장마비나 교통사고처럼 갑자기 가는 것이 아니라 이성적 정신으로 인생을 정리하고 매듭지을 수 있는 점 또한 감사할 일"이라 했다.

> "인간 세상의 감사는 상대적입니다. 100원 버는 사람이 150원 벌면 감사하고 행복하지만, 200원 버는 사람을 만나면 어떻게 되나요? 사람이 하는 일은 무엇으로도 절대 힐링이 되지 않습니다. 진정한 감사는 절대자와의 관계에서만 나오지요. 주변을 둘러보세요. 못 느끼고 있어서 그렇지 감사의 파이프, 메신저가 분명히 있습니다. 하나님을 인격적으로 만날 수 있도록 해준 제 아내처럼요."

"암과 벗할 수 있어 감사하다."는 남편, 빈껍데기 사업에 빚까지 얹어준 남편의 사업을 25년 동안 꾸려오며 "여기까지 올 수 있어 감사하다."는 아내. 나는 아직 이 목사가 사주는 짜장면을 못 먹어봤다. 2015년 연초에 "날 풀리면 언제 짜장면 얻어먹으러 가겠다."고 이 목사의 부인 정애주 대표에게 문자를 보내자 이내 답장이 왔다.

"언제든지 오소서~!"

이 목사 부부의 감사하며 살아가는 나머지 이야기는 짜장면을 먹으며 마저 들어야겠다.

무지개 빛깔
긍정마인드

차동엽 신부

'순도純度 100퍼센트 짝퉁 예수님.'

프란치스코 교황에게 이런 별명을 붙이다니, 뭔가 '속기俗氣'가 물씬 느껴지지 않나? 까불대는⑦ 느낌도 살짝 풍긴다. 그게 차동엽 신부이고, 그게 그의 매력이다.

차동엽 신부. 천주교 인천교구 미래사목연구소장. 서울 유한공고-서울대 공대-가톨릭대 졸업-오스트리아 빈 대학교 박사.

이력만으로도 평범하지는 않은 그는 가톨릭 사제로는 드물게 대중 스타다. 불과 10년 사이에 초대형 베스트셀러 『무지개 원리』를 시작으로 책을 30권 가까이 썼고, 1년에 600번씩 강연을 다녔다. 하루 두 번 꼴이었다. 그런 인기의 비결은 앞서 말한 '속기俗氣'와 '까불대는' 입담이다. 대중은 절차에 따라 절과 기도를 시키는 엄숙한 사제만 떠올리다가 바로 눈앞에서 '닥공(닥치고 공격)' '똔똔(본전)' '짝퉁' 같은 단어를 거침없이 구사하는 그에게 열광했다. 목소리가 명강사로 날릴 만큼 깔끔하고 부드러운 것도 아니다. 뚝배기 깨지는 것처럼 허스키하고, 어떻게 들으면 목소리 음색과 톤까지도 별세한 코미디언 이주일이 닮게 느껴지기도 한다.

그와의 첫 만남은 2007년 11월 경기 김포 고촌의 미래사목연구소에서였다. 『무지개원리』가 출간된 지 꼭 1년쯤 됐을 때였다. 종교담당 기자의 호기심을 자극하는 뭔가가 있었다. 매주 「평화신문」과 「가톨릭신문」에서는 그의 '무지개원리'가 화제였다. 사제의 책이 대형서점의 '종교' 코너가 아닌 '경제·경영' 혹은 '자기계발서' 코너에 꽂혀 있다니 의외였다. 판매 부수도 점점 늘어나고 있었다. 천주교 서적으로는 거의 유례가 없을 정도였다. 아직 일간지 종교담당 기자들의 관심은 덜했다. 아마도 천주교 사제다운 '엄숙함' 대신 가벼움이 느껴져서였을 것이다. 나도 그랬으니까.

그래서 출간 1년을 취재 시점으로 잡고 연락을 했다. 그가 설립한 위즈앤비즈 출판사에서는 "신부님 일정이 매우 바쁘다"고 했다. 그러면서 몇 개 날짜를 줬다. 종교담당 기자는 일반적으로 '을乙'이다. '취재원이 원하는 시간과 장소에 맞춰 가야 하는 경우'가 대부분이다. 조간신문 기자에겐 가장 취약한 '조찬朝餐' 제안도 가끔씩 받는다. 이제는 조찬은 점잖게 사양한다. 그렇지 않아도 새벽 취재가 심심치 않게 있는데 그런 날은 하루 종일 잠이 모자라 헤매기 일쑤였기 때문이다. 어쨌든 당시 고

촌까지 아예 오후 일정을 비우고 찾아갔다. 가보니 "바쁘다."는 말이 거짓이 아니었다. 벽에 걸린 일정표 화이트보드가 빽빽했다. 그리고 잠시 후 머리에 기름을 잔뜩 발라 '올백'으로 넘긴 차 신부가 나타났다. 그리고 청산유수靑山流水였다. '하는 일마다 잘 되리라'라는 부제를 괜히 붙인 게 아니다 싶었다.

기사 요건은 충분했다. 판매부수라는 '계량화된 수'가 있었고 '인간 극장' 못지않은 인간 스토리도 있었다. 어차피 책 내용을 모두 소개할 수는 없었다. 책 내용과 인간 스토리를 엮어서 기사를 완성했다. 그런데 인터뷰를 하고 돌아오면서도 왠지 편안한 느낌은 아니었던 것 같다. 뭔가 '당했다.'는 느낌이랄까. 그것은 앞서 언급한 속기 때문인 것 아니었을까.

그러나 그의 속기와 까불거림은 '당의糖衣'다. 즉 쓴 약을 삼키게 하기 위해 겉에 사탕을 바른 것과 같다. 우선 '순도 100퍼센트 작퉁 예수님'에 대한 그의 설명을 들어보자.

"좀 속된 표현이기는 하지만 제가 보기엔 '순도 100퍼센트 짝퉁 예수님'이에요. 보통 사제건 신자건 언감생심 예수님을 닮겠다는 목표를 못 세워요. 이런 핑계 저런 핑계 대면서요. 하지만 프란치스코 교황님은 달라요. 핑계를 단호히 거부하면서 예수님을 배우겠다고 하시는 겁니다."

『무지개원리』이후 공전의 히트를 친 저서들도 그렇다. 『무지개원리』는 무지개의 일곱 색깔에 맞춰 긍정의 마인드를 일곱 가지로 정리했다.

그 일곱 가지는 ①긍정적으로 생각하라 ②지혜의 씨앗을 뿌리라 ③꿈을 품으라 ④성취를 믿으라 ⑤말을 다스리라 ⑥습관을 길들이라 ⑦절대로 포기하지 말라 등이다.

그는 이 일곱 가지를 꼽아 놓고 거기에 매 쪽마다 참고서처럼 다양한 예화를 장착했다. 동서양의 고전과 잠언, 처세서까지 뒤져서 찾아낸 내용들이다. 물론 밑바탕엔 성경 가르침이 기본으로 깔려 있다. '긍정적으로 생각하라' 장章에는 "무엇보다도 네 마음을 지켜라. 거기에서 생명의 샘이 흘러 나온다."(잠언 4:23)라는 구절을, '꿈을 품으라' 장에는 하느님이 아브라함에게 무수한 별과 모래알을 보여주시고 "너의 후손이 저렇게 많아질 것이다."라고 말씀하신 창세기 구절을 제시했다.

자, 여기까지 읽는 독자들의 반응은 크게 두 가지일 것이다. 한쪽은 벌써 차 신부의 말에 설득당하기 시작했을 것이다. 다른 한쪽은 '별로 대단하지도 않네~' 하고 있을 것이다. 나는 처음 책을 읽고 두 번째 부류였다. 그렇게 생각한 것은 우선 일곱 가지 항목이 또렷이 구분되지 않았기 때문이다. 1번 '긍정적으로 생각하라' 외에 나머지들은 다 1번에 종속되는 것으로 볼 수 있지 않나?

그뿐이 아니다. 2014년 프란치스코 교황 방한 때에 맞춰 펴낸 책『따봉, 프란치스코! 교황의 10가지』도 그렇다. '사람' '소통' '행복' '영성(자비)' '지혜' '영성(고통의 십자가)' '기도' '사목' '개혁론' '식별' 등이 그가 꼽은 교황 영성의 매력 열 가지다. 이것들도 10개 항목이 서로 또렷이 구분되지 않고 서로 영역을 침범하고 있지 않나? 그런데, 이렇게 논리적으로 꼬투리 잡을 틈새가 없이 자꾸 책장이 넘어간다는 데 차 신부의 힘이 있다. 게다가 그를 대면하고 강연까지 들으면 차 신부식으로 표현하면 '홀딱 넘어간다'. 실제로 그와 인터뷰하면서 물어본 적도 있다. 그런데 그의 대답을 들어봐도 명확히 구분되지 않았다. 사실 그의 책은 성경 말씀을 일반인들이 자신의 상황에 맞게 접할 수 있도록 정리한 것이지 '열 가지'가 중요한 것은 아니기 때문이었을 것이다.

이 같은 차동엽 신부의 매력은 거칠게 살아온 인생 이력과 무관치 않아 보였다. 그는 황무지에서 자기 힘으로 생존했다. 살아온 과정에서 '희망'을 연상할 여유로운 조건은 보이지 않는다. 특히 어린 시절에는….

그가 자란 곳은 난곡. 서울의 마지막 달동네로 불리던 곳이다. 젊어서 무슨 일인가로 좌절한 경험이 있는 부친은 알콜에 의존했지만 그는 의존할 곳도 없다. 스스로 의지할 수밖에 없었다. 초등학교 때부터 쌀과 연탄배달을 했다. 그는 한 인터뷰에서 "난 10살 때부터 연탄을 날랐다. 처음에는 10장도 짊어지지 못했다. 그렇게 살다가 중3 때는 28장을 짊어지게 되더라. 몇 장까지 짊어질 수 있는지 나 스스로 시험을 해봤기 때문에 그 숫자를 기억한다."고 말했다. 그는 이렇게 자신의 인생 특정 순간을 정확히 기억한다. 자신의 자산을 그렇게 관리하는 것이다. 스스로 시험해봤기 때문에 기억하고 그것을 대중에게 '희망의 재산'으로 전파하는 것이다.

고등학교는 장학금 주는 공고工高를 갔다. 그의 나이 연배에서 아주 없는 일은 아니었지만 그는 공고를 나와 서울대 공대를 갔다. 이런 조건이었다면 지긋한 가난을 떨치고 돈 많이 버는 일을 택할 법하다. 그런데 그는 진학을 택했다.

"그때 내 전공이 용접이었는데 실습 시간에 영어단어를 몰래 외웠다. 용접은 개차반으로 해놓고 공부에 매진한 것이다. 교사에게 뺨을 맞았다. '두 마리 토끼 잡으려다 다 놓친다.'는 것이었다. 그 말이 나에겐 애정 있게 들렸고 오기로 용접 기능사와 서울대에 모두 합격했다."

그는 대학 졸업하고 군복무까지 마친 후에 가톨릭대에 진학해 사제의 길을 걸었고, 유학을 가서 박사를 받았다. 사제가 됐지만 역시 그는 편한 '팔자'를 타고나진 못한 모양이다. 사제품을 받고 1997년 강화성당 주임으로 낮엔 사목활동, 밤엔 논문 번역으로 몸을 혹사하던 그는 결국 쓰러졌다. 간경화. 상황이 좋지 않았다. 모든 것을 내려놓고 지리산 자락에 요양하러 갔다. 대체요법도 써봤다. 1년 반을 그렇게 다 내려놓고 쉬었다.

"사실 왜 저라고 절망이 없었겠어요. 지리산에 있을 땐 '잘못하면 끝'이라는 절망이 들곤 했지요. 하지만 결국엔 '난 여기서 나갈 수 있다.'는 희망이 이긴 겁니다. 맑은 공기에 식이요법으로만 설명될 수 없습니다."

'희망 전도사 차동엽'의 무기 '희망'은 그때 마련됐다. 살아 돌아온 그는 희망을 설파하기 시작했다. 때마침 시대는 그를 부르고 있었다. 2001년 전국의 천주교 교구 중 처음 발족한 인천교구 사목연구소를 맡게 됐다. 인천교구뿐 아니라 전국의 천주교를 대상으로 시대에 어울리는 사목 방법을 개발하고 전파하는 역할을 맡은 것. 오스트리아 빈 대학에서 사목신학 박사학위를 받은 것이 도움이 됐다. 그렇지만 당시만 해도 그의 관심은 사목, 즉 사제의 입장에서 양떼를 이끄는 방법이었다. 그래서 사목철학과 방법론이 주요 관심사였고 책도 『공동체 사목 기초』 『소공동체 기초 교실』 『나의 신앙 우리 공동체』 같은 교회 내부를 겨냥한 것이었다. 당시 그의 주장은 "본당과 성직자를 중심으로 하는 교회 구조는 시대에 맞지 않으며, 그 대신 구역·반 등 소공동체 중심으로 평신도들의 역할을 강화시켜야 한다."는 것이었다.

2003년 「조선일보」 인터뷰에선 "최근 자연 친화와 마음 평화에 대한 관심이 급격히 높아지는 흐름에 유의해야 하며 성당이 복지, 지역사회 봉사, 문화 사역 등 '토털 서비스'를 제공해야 한다."고 주장하기도 했다. 당시만 해도 아직 '먹물'이 덜 빠졌던 시절이다. 그렇게 성당 울타리 안쪽의 문제를 다루는 한편, 차 신부는 평화방송TV의 〈차동엽 신부의 가톨릭 교리〉 강좌, 〈가톨릭 신자는 무엇을 믿는가〉 등으로 점차 대중과의 접점을 만들어갔다.

"'IMF'의 여파가 걷혀가던 2002년 무렵부터 갑자기 온 사회에 절망과 분노가 번졌습니다. 자살률·이혼율 같은 '절망지수'도 높아졌습니다. 제가 가지고 있던 처방을 내놓고 '용기를 가지세요.' 하고 위로하고 싶었습니다."

그렇게 해서 세상에 나온 것이 『무지개원리』. 그런데 그의 '구라'가 먹히기 시작했다. '절대 긍정' '절대 희망' '절대 행복'을 소리 높여 외치는 차 신부의 주변으로 사람들이 모여들었다. 책을 읽고 자살 문턱에서 마음을 돌렸다는 사연도 줄을 이었다. 군부대의 진중문고로도 납품됐다.

"제 책을 읽고, 좋은 일도 생기고, 좋은 일도 했으면 좋겠다."고 했던 그에겐 좋은 일도 생기고, 좋은 일도 할 기회가 생겼다. 그가 말하는 희망의 요체는 "그 누구도, 그 무엇도 내 허락 없이는 나를 불행하게 만들 수 없다."는 것이다. 이 말대로라면, 다시 말해서 불행은 내가 허락했기 때문에 나에게 온 것이라고도 할 수 있다. 그는 또 이런 말도 한다.

> "마음이 현실을 만들어내기도 한다. 현실이 부정적이라도 마음과 말을 긍정적으로 하면 현실이 긍정적이 된다. 부정적 현실에서도 마음을 놓치지 말라."
> "지푸라기라도 희망을 놓지 말라."

이런 이야기는 불교의 가르침과도 통한다. 이런 이야기를 들으며 '아~ 차 신부님, 한 경지에 오르셨네.' 싶은 생각이 들 때 쯤, 차 신부는 꼭 한마디 덧붙인다.

> "이는 소크라테스나 예수님의 말씀, 불교의 가르침과도 통해요."

독자들, 청중들 마음속에 바로 그런 생각이 일어나고 있는데, 거기다 대고 안 해도 좋을, 안 하면 더 좋을 것 같은 '깨알 자랑' '깨알 PR'을 하고야 마는 것이 차동엽 신부다. 그게 또한 그의 매력이다.

그는 자신의 말투가 '약장수' '구라' 스타일이라는 것도 잘 안다. 그것도 자신이 그렇게 개발한 것이다. 처음 '강연시장'에 나섰을 때 아무리 강의를 열심히 해도 반드시 조는 사람이 있었다. 그걸 깨보려고 노력하다 보니 웃기게 됐고, 웃기는 것을 찾다 보니 더욱 대중의 언어로 말하게 된 것이다. 그래서 우리는 차 신부가 초기에 강연할 때 졸았던 분들에게 감사해야 할는지 모른다. 하느님 말씀의 훌륭한 통역사를 주신 점을.

차동엽 신부는 "신부 같지 않다."는 지적에 스스로 말한다.

"나 같은 신부도 하나쯤은 있어야 하지 않나?"

그의 책을 읽고, 강연을 듣고, 인터뷰를 할 때마다 그의 비유법에 혀를 내두르곤 한다. '100퍼센트 짝퉁 예수'는 그 한 예일 뿐. 프란치스코 교황이 선출된 직후 했다는 일성―聲 "저를 위해 기도해 주세요."를 차 신부는 한 단어로 요약한다. '기도 동냥.' 이 얼마나 명쾌한 비유인가.

사실 『복음의 기쁨』을 비롯해 2014년 방한에 맞춰 정말 홍수처럼 쏟아진 프란치스코 교황의 책을 읽다 보면 매우 훌륭한 '성경 자습서' 같다는 생각이 든다. 미사나 예배에 빠지지 않는 신자들에게도 여전히 하느님 말씀은 어렵고, 예수님도 멀다. 그런데 교황은 하느님 말씀, 예수님 말씀이 왜 좋은 말씀인지 너무도 따뜻하고 친절하게 잘 설명한다.

예를 들어 이런 것이다.

"용서를 청하지 않은 채로 절대 하루를 마무리하지 말라."

"가족과 집안에서 서로에게 평화를 빌어주지 않고서는 절대 하루를 마무리하지 말라."

"우리 삶으로 복음을 증거하는 것이 먼저입니다! 그다음이 말로 하는 선교입니다."

같은 프란치스코 교황의 언급이다. 프란치스코 교황은 또 2013년 브라질 세계청년대회를 다녀오는 길에 비행기 안에서 기자들과 대화하던 중 위험하다고 생각하지 않았느냐는 질문에 이렇게 답했다.

"군중과 함께 인사하고 반가워하며 포옹하고, 방탄차 없이 그들을 찾아 갔어도 아무런 문제가 없었습니다. 물론 위험한 면이 있을 수 있지요. 그래도 뭐, 주님이 계시니까요."

'주님이 계시니까.' 이 마음은 프란치스코 교황을 과거와는 전혀 다른 교황으로 만들어주고 있다.

그래도 자습서는 자습서일 뿐이다. 여전히 유럽 혹은 서구세계라는 울타리 안에서 생활과 역사적 공통성을 배경으로 쓰여진 자습서이기 때문이다. 여기에 차동엽이라는 '통역사'가 붙으면 상황이 생생하게 살아난다.

가령, 프란치스코 교황이 일상생활에서 꼭 실천하라고 권한 세 가지 말 '~해도 될까요?' '미안해요.' '고마워요.'에 대해서도 그는 이렇게 말한다. "안 쓰던 말을 처음 배울 때는 꼭 외국어 같기 마련. 하지만 입을 열어 길이 나면 나오게 되어 있다."며 자꾸 연습하기를 권한다.

사실 차동엽 신부의 저서 중 그렇게 많이 팔리지는 않았지만 사제로서 의미 있는 책으로 『통하는 기도』가 있다. '주님의 기도'(개신교의 '주기도문')를 주제로 '하늘에 계신'부터 '아멘'까지 전체 기도문을 하나하나 뜯어서 묵상하며 기도하는 법을 일러주는 책이다. 예수님이 기도하는 법을 여쭈는 제자들에게 가르쳐준 기도법이 '주님의 기도'다. 그가 책을 펴낸 것 역시 "교우들이 기도하는 법을 다 알고 있는 것 같아도 잘 모르는 경우가 대부분, 기도 초보자를 위한 책을 써 달라."는 한 여성 신자의 부탁 때문이었다.

하루 24시간, 1년 365일을 정말 눈코 뜰 새 없이 보낸 차 신부. 그에게 에너지는 역시 기도다. 그는 "간경화 때문에 지리산에서 휴양하면서 하루 종일 성경만 들고 기도했다."며 "그때의 기도가 지금의 저를 있게 한 에너지다. 누구에게나 기도는 삶의 에너지가 될 수 있다."고 말한다. 그래서 그 바쁜 와중에도 새벽 4~5시면 일어나 기도로 하루를 시작한다. 또 기도할 때에도 "대상의 이름을 부르고, 먼저 기도하는 대상의 일을 위해 기도하고, 그 다음에 사람의 일을 기도하되 소리 내어 기도하라."고 권했다.

물론 이 책에서도 '차동엽 표' 유머는 발휘된다. 차 신부는 각 구절을 분할해 '흠숭기도' '연대기도' '찬미기도' '축복기도' '관상기도' '화살기도' 등 천주교의 전통적인 기도로 분석하고, '생떼기도' '뚝심기도' '명령기도' 등 새 이름까지 붙인 것. 각 장의 마지막에는 동서고금東西古今의 명名기도문을 덧붙이고 "이 기도는 눈으로 읽지 말고 꼭 소리를 내어 바쳐야 은혜가 된다."고 적었다.

"껍데기뿐인 희망이라도 가져야 그걸로 다시 일어설 수 있다."며 '희망'에 관해서라면 "나에게는 비장의 무기가 있다. 그것은 희망."(나폴레옹) "역사는 운명론을 가르치지 않는다."(드골) 같은 위인의 한마디부터 여성지까지 뒤지고, 또 희망을 나누기 위해서는 기꺼이 여성잡지 인터뷰도 마다하지 않은 사람, 차동엽.

그는 빈대학 유학 시절 은사인 줄 레노 박사로부터 '사목'의 정의定義에 대해 "사람을 살리는 것"이라고 듣고 충격을 받았다고 했다. 단지 '양떼를 돌보는 것'이라는 사전적 의미를 넘어 교회 울타리 안뿐 아니라, 바깥 모두의 상처와 고통까지 어루만지고 치유하는 게 사제가 할 일임을 깨달았다는 것.

그는 2015년 들어 전화통화가 되지 않는다. "모든 강연도 접고 1~2년간 특별한 일을 할 것"이라는 게 그를 돕는 이의 전언傳言이다. 사실 차 신부는 지난 10년간 초인적인 일정을 소화하면서 자신을 혹사해왔다. 아무리 사제라지만 영성이 고일 여지를 주지 않고 계속 퍼내온 것이 아닌지 슬슬 걱정이 되기도 했었다. 그가 스스로 택한 장기 피정避靜 후에 어떤 '사람 살리는 방법'을 들고 돌아올지 궁금하다.